Fanny Wolff, 34 Jahre, ehemalige Kriegsreporterin, leidet unter Panikattacken. Also krempelt sie ihr Leben kurzerhand um, zieht zurück nach Stralsund und heuert bei den *Ostsee-Nachrichten* an. Kaum dort angekommen, spült der Sund ihr eine Leiche vor die Füße. Melanie Schmidt, junge Mutter zweier Kinder, schwierige Verhältnisse, wurde wohl ermordet. Der ermittelnde Kriminalkommissar ist ausgerechnet Lars Wolff, Fannys Zwillingsbruder. Er zeigt sich alles andere als begeistert über ihre Einmischung, doch Fanny lässt Melanies Geschichte, ihr Leben zwischen Jugendamt und Hartz IV, zwischen Partywochenenden und tiefster Depression nicht los. Ob mit oder ohne Lars: Fanny ist fest entschlossen, Melanies Mörder zu finden.

Katharina Höftmann wurde 1984 in Rostock geboren. Sie studierte Psychologie und deutsch-jüdische Geschichte in Berlin und war als Journalistin und PR-Beraterin tätig. Die Stipendiatin der Studienstiftung des Deutschen Volkes arbeitete danach u. a. für die Deutsche Presse-Agentur und Welt Online. Aus ihrem Blog *Guten Morgen, Tel Aviv* entstand ein Buch gleichen Namens. Im Aufbau-Verlag erschien ihre Tel-Aviv-Krimiserie um Kommissar Assaf Rosenthal. Katharina Höftmann lebt mit Mann und Kind in Israel und Deutschland.

KATHARINA HÖFTMANN
Erst wenn du tot bist

Kriminalroman

Berlin Verlag Taschenbuch

Mehr über unsere Bücher und Autoren:
www.berlinverlag.de

ISBN 978-3-8333-1028-7
Mai 2016
© Berlin Verlag in der Piper Verlag GmbH,
München/Berlin 2016
Alle Rechte vorbehalten
Umschlaggestaltung: ZERO Werbeagentur, München
Umschlagmotiv: © Dierk Boeser imageBroker/F1online
Gesetzt aus der Swift von psb, Berlin
Druck und Bindung: CPI books GmbH, Leck
Printed in Germany

Heimat –
wo du am kleinsten bist
und am größten.
Engramm um Engramm,
ein Puzzle aus
Menschen und Farben,
und Nächten wie Tagen.
Worte, die wir beim Gehen sagen
in Haus, Stadt oder Land
die Hose runtergelassen bis auf die Knie
immer das Herz in der Hand.

0

Tut Sand in die Maschine.
Hans Fallada

Wenn der Nebel so über dem Sund aufstieg, ja geradezu gen Himmel dampfte, war es schwer zu glauben, dass eigentlich Sommer war. Fanny Wolff band sich die Schnürsenkel etwas fester zu. Sie atmete noch einmal tief durch und stemmte ihren langen schlaksigen Körper aus seiner gebeugten Haltung in die Höhe. Dann lief sie weiter. Ihre pinkfarbenen Turnschuhe leuchteten wie kleine Bojen, während sie sich, zwei ablegenden Schiffen gleich, kontinuierlich vom Hafen entfernten. Die Sundpromenade mit ihrem Kopfsteinpflaster lag morgens um fünf wie ausgestorben da. Und auch auf der Ostsee wippten nur ein paar Möwen und Schwäne teilnahmslos in den kurzen, abgehackten Wellen auf und ab. Hinter Fanny verblasste der Hafen Stück für Stück im Morgennebel. Sie lief gleichbleibend schnell, so als hätte jemand in ihr einen Tempomat angestellt. Ihr Atem begleitete sie dabei wie ein Metronom. Ein vertrautes, beruhigendes Geräusch. Das Klick-Klack der Metronome war der Takt ihrer Jugend gewesen. An jedem Klavierwettbewerb in Mecklenburg-Vorpommern hatte sie teilgenommen. Einmal, mit 14, war sie sogar in Berlin angetreten. Wie gerne würde sie das Gefühl von damals, als sie zum ersten Mal alleine in der Großstadt war, noch einmal erleben. Diese leichte Anspannung, dieses innere Kribbeln. Diesen Sog und dieses Gefühl von Freiheit. Sie steigerte die Geschwindigkeit und sprintete am Ernst-Thälmann-Denkmal vorbei. In ihrem Kopf begann es zu arbeiten. Wer war das noch mal? Irgendein Kommunist, oder? Am liebsten hätte sie ihren Lauf sofort unterbrochen, um bei Wikipedia nachzulesen. Sie biss sich auf die Unterlippe und rannte weiter. In ihrem Leben müsse sich etwas fundamental ändern, hatte Ben gesagt. Die Worte hallten wie ein Echo in ihr nach. Warum nicht jetzt damit beginnen? Mit Unwissenheit? Mit Ignoranz? Mit geistiger Entspannung?

Sie sehnte sich nach Freiheit. Der Freiheit, nicht alles wissen zu müssen. Sie wollte nicht über der Angst, eine Chance nicht zu nutzen oder ein Detail der Geschichte nicht zu kennen, ihr Leben verpassen. Andererseits. Hatte sie nicht schon genug geändert? Sollte sie jetzt auch noch ihr Smartphone (obwohl, allein das Wort war eine Beleidigung in sich – waren denn heutzutage die Telefone klug und nicht mehr ihre Besitzer?) abwerfen wie Ballast?

Am Bootssteg hielt Fanny an, um ausgiebig zu dehnen. Erst jetzt nahm sie den Blick wahr, der sie wie eine Wandtapete im Hintergrund begleitet hatte. Die spektakuläre Rügenbrücke. Das saftige Grün der Insel, die ihr verheißungsvoll im Licht der langsam aufgehenden Sonne zublinzelte. Die roten Dächer von Altefähr. Da drüben waren sie oft nach der Schule Eis essen gewesen. Manchmal auch baden. Wenn sie keine Lust hatten, bis nach Binz oder auf den Darß zu fahren. Oder keine Zeit. Fanny hatte schon damals selten Zeit gehabt. Sie lernte und engagierte sich bereits als Schülerin bis zum Umfallen.

Am Ende des Bootsstegs, dort, wo eine gleichmäßige dünne Algenschicht das alte Holz in einen weichen grünen Teppich verwandelt hatte, zog sie die Schuhe aus und streckte dann langsam ihre Arme in die Höhe. Sie reckte sich so weit es ging in Richtung Himmel. Ihre kurzen dunklen Locken tanzten in der Morgensonne. Aber jetzt, schienen sie zu rufen, jetzt würde alles anders werden.

Immerhin war Fanny umgezogen. Zurück an den Ort, an dem sie geboren worden und aufgewachsen war und der sie irgendwie auch, so hieß es doch immer, zu der gemacht hatte, die sie heute war. Ihre Rückkehr in die lange von ihr verschmähte Heimat war allerdings nicht ganz freiwillig gewesen.

Jahrelang hatte sie, fest im Sattel eines hohen Rosses sitzend, auf diejenigen hintergeschaut, die es nicht für nötig, ja lebensnotwendig hielten, über den eigenen Tellerrand zu gucken. Sie hatte es anders gemacht. Und als Kriegsreporterin einen Weg eingeschlagen, der ihr von dem, was sie kannte, so weit entfernt wie nur möglich schien. Afghanistan. Irak. Libanon. Gaza. Bombenanschläge. Raketen. Terror. Der Krieg in all seinen Formen. Bis sie sich irgendwann nicht mehr von dieser Angst, die sie anfangs nur gelegentlich erfasste, hatte befreien können und schon der Gang in den Supermarkt zur Qual wurde.

Als die Redaktion sie dann nach Syrien schicken wollte,

war Schluss. Sie fiel in sich zusammen wie ein Kartenhaus. Plötzlich schien die Heimat, so sehr sie ihr einst auch wie ein Gefängnis vorgekommen war, in ihrer Überschaubarkeit die einzige Welt zu sein, die sie jetzt noch ertragen könnte.

Fanny dehnte ihren nicht schweren, aber wegen ihrer Größe eben auch nicht leichten Körper bis in die Zehenspitzen. Machte mit dem linken Bein einen Ausfallschritt nach hinten und streckte es durch. Ihre Wade fing langsam an zu brennen und wie eine Situation, die viel zu schnell eskalierte, wurde dieses Brennen ziemlich unerträglich. Fanny wechselte das Bein.

Und dann noch das mit ihren Eltern. Sie hatte sich zum ersten Mal in ihrem Leben so richtig geschlagen gefühlt. Niedergerungen. Besiegt. Hatte alles über den Haufen geworfen. Aus ihrem prall gefüllten Leben einfach die Luft herausgelassen. Und vor allem: Sie hatte sich von Ben getrennt. Bei dem Gedanken an seine braunen ehrlichen Augen, wurde ihr heiß. Ihr Herz begann zu rasen. Nicht schon wieder, dachte sie erschöpft und versuchte sich voll und ganz auf ihren Atem zu konzentrieren. Darauf, wie ihr Brustkorb sich gleichmäßig hob und senkte. Fanny ließ die Arme fallen und schüttelte ihren Körper förmlich aus. Ihr Herzschlag verlangsamte sich allmählich wieder. Sie wurde besser darin, die Attacken abzuwehren. Aber vielleicht war es auch nur die frische Luft. Eine Weile ließ sie sich kopfüber hängen, ihre Arme baumelten wie Strippen herunter. Sämtliche Spannung schien aus ihren Muskeln gewichen. Wie eine Marionette, deren Fäden gerissen waren.

Während sie sich schließlich ziehharmonikaartig wieder aufrollte, fiel ihr Blick auf das trübe Wasser, das in sanften Bewegungen an den Steg plätscherte. Irgendetwas trieb auf sie zu. Etwas Großes. Fanny beugte sich vorsichtig vor, und hielt sich dabei mit der rechten Hand am Steg fest. Der Gegenstand drehte sich langsam. Sie lehnte sich hinunter, um besser erkennen zu können, was da im Sund schwamm. Und plötzlich sah sie in ein paar leere Augen.

1

Dass die Welt weit ist, sagt man so; die Welt ist nicht geräumiger als die Köpfe, die sie in sich fassen, und die Köpfe sind zumeist enge Nester für selbstbehaglich schmorende Gedanken.
Ernst Barlach

»Ernsthaft?« Lars sah sie vorwurfsvoll an.

»Also echt mal. Da kann ich doch nichts dafür, dass ich eine Leiche gefunden habe!«, rief sie außer Atem. Ihr Puls hatte sich immer noch nicht wieder beruhigt von dem Schreck. Man sollte meinen, sie hätte sich in all den Jahren als Kriegsreporterin an den Anblick von toten Menschen gewöhnt. Aber es war eben was anderes, wenn man nicht damit rechnete.

Lars wandte sich ab, marschierte los und murmelte etwas. Fanny verstand so viel wie »immer«, »Probleme« und »dir«.

»Bruderherz«, rief sie und bemühte sich, ihm zu folgen, »das ist noch eine ganz junge Frau, oder?« Die Polizisten hatten eine Art Laken über den bleichen, leblosen Körper gelegt. Aber die Augen und das schmale Gesicht hatten sich in Fannys Gedächtnis gebrannt. Große, erschrocken wirkende Augen.

»Also, du hast hier gestanden ...« Ihr Bruder kam auf sie zurück.

»Genau. Ich war mitten in meinen Dehnungsübungen, und dann dachte ich auf einmal, was ist das denn da im Wasser? Ich beuge mich vor, und da starrt sie mich förmlich an.« Sie schüttelte sich schaudernd und griff nach Lars' Hand. »Wie ein Geist oder so«, flüsterte sie.

»Immer noch die alte Dramaqueen, was?« Lars verdrehte die Augen.

»Was passiert denn jetzt?«, fragte Fanny und überging diesen gemeinen Kommentar einfach.

»Wir werden die Ermittlungen aufnehmen. Schauen, ob es Selbstmord war oder ein Unfall ...«

»Vielleicht wurde sie auch getötet. Vielleicht wurde sie ermordet.«

»Fanny. Wir sind hier nicht in Bagdad. Oder Afghanistan. Du bist in Stralsund. Also krieg dich mal wieder ein.«

Als Fanny kurze Zeit später, nur äußerlich beruhigt, die Redaktion der *Ostsee-Nachrichten* betrat, folgten die Augenpaare der fünf Mitarbeiter, die im gläsernen Konferenzraum saßen, jedem ihrer Schritte. Anders als bei der Toten am Morgen, konnte man in diesen Augen jedoch viel Leben sehen: Leben und Menschliches. Misstrauen. Ablehnung. Vielleicht auch Neid. Nur eine ältere Dame lächelte freundlich und kam mit ausgestreckter Hand auf sie zugelaufen. »Frau Wolff, ich bin Brigitte Voigt. Wir hatten telefoniert.«

»Ach ja, genau. Aber nennen Sie mich doch bitte Fanny. Frau Wolff ist meine Mutter.«

»Na dann«, Brigitte Voigt lächelte verschwörerisch,

»ich bin die Biggi, und wir fangen hier übrigens schon um halb neun an.«

Fanny schaute auf ihre Armbanduhr. Eine silberne Casio, die Ben gehörte und die sie kurzentschlossen eingesteckt hatte, als sie das letzte Mal in seiner Wohnung war. Es war fast halb zehn. Na das ging ja gut los. Aber wer fing auch halb neun an zu arbeiten? Typisch Lokalredaktion.

»Ist Herr Thiele in seinem Büro?«, fragte sie schnell, auch um von ihrer Verspätung abzulenken. Nichts war ihr so peinlich, wie sich zu verspäten. Mochte das auch mittlerweile ein sozial akzeptiertes Phänomen sein – jeder tat es, selbst alte Leute –, für Fanny war Zuspätkommen auch immer eine Respektlosigkeit. Denn eigentlich verhielt der Sich-Verspätende sich so, als sei seine eigene Zeit kostbarer als die des Wartenden. Das Kreuz an der Sache war nur, dass sie selbst sich ständig verspätete. Auch wenn sie es nie, ja wirklich nie, mit der bösen Absicht tat, die sie anderen unterstellte.

»Natürlich. Mir nach bitte«, befreite Brigitte, Biggi, Voigt sie aus ihrer Verlegenheit.

Das Büro von Lutz Thiele lag ein Stockwerk über dem Redaktionsraum, in dem die auf den ersten Blick mehrheitlich weit über 40-jährigen Redakteure vor ihren Computern saßen. Den berühmt-berüchtigten Lokaljournalismus hatte sie in ihrer Karriere komplett übersprungen. Nun hatte er sie doch eingeholt, ging es Fanny durch den Kopf, während sie Biggi Voigts ausladendem Hinterteil auf einer schmalen, steilen Treppe in den zweiten Stock folgte. Oben angekommen, klopfte die Sekretärin zwei

Mal, ganz kurz, so als fürchtete sie, sich an der Tür zu verbrennen, an das dunkle Holz und winkte Fanny dann eifrig heran, als von drinnen ein Grunzen kam. Lutz Thiele blieb sitzen, als sie sein Büro betrat. Fanny versuchte, sich zu erinnern, ob der Mann, mit dem sie das Vorstellungsgespräch geführt hatte, wirklich so ausgesehen hatte wie der Mann am Ende des Zimmers. Sie hatte vergessen, wie bärig er mit seinem grauen Vollbart und der kräftigen Statur wirkte. Wobei sich sein Bauch, den sie immerhin als relativ voluminös in Erinnerung hatte, jetzt wie ein schüchternes Kind hinter dem Schreibtisch versteckte. Thiele nahm seine schmale Lesebrille ab, fuhr sich über die hohe Stirn – auf der es aussah, als seien seine Haare von ihrem Ursprungsort in Richtung Hinterkopf geflüchtet – und zeigte mit der Hand auf den Stuhl, der vor seinem Tisch stand. »Frau Wolff! Setzen Sie sich doch.«

Ungelenk, wie sie manchmal sein konnte, stolperte Fanny auf diese Aufforderung hin über das Stuhlbein, bevor sie sich erschöpft von der Nervosität, die sie schon den ganzen Morgen im Griff hatte, seufzend in den weichen Stuhl sinken ließ.

»Willkommen«, brummte er.

Fanny hatte schon beim Vorstellungsgespräch festgestellt, dass Lutz Thiele offenbar kein Mann der großen Worte war. Und dieser Gegensatz zu den Chefredakteuren, mit denen sie in der Vergangenheit zusammengearbeitet hatte, hatte ihr gleich gefallen.

»Danke, ich freue mich«, bemühte sie sich schnell zu sagen. Wie immer, wenn sie aufgeregt war, klang ihre

Stimme zu schrill und sie wusste nichts anderes mit ihrem Gesicht anzufangen, als debil zu grinsen. Männer verstanden Lächeln als Schwäche. Das hatte ihr Vater ihr eingebläut. Anscheinend nicht gründlich genug, dachte sie und bemühte sich nun, möglichst souverän auszusehen. Souverän wie eine Eidechse, die sich in der Sonne aalte.

»Sind Sie gut in Stralsund angekommen? Wohnung et cetera?«

»Ich habe heute Morgen am Sund eine Leiche gefunden«, platzte sie statt einer Antwort heraus.

»Bitte was?«, fragte er irritiert.

»Ich war auf der Promenade laufen. Meine Wohnung liegt am Hafen und das ist meine morgendliche Joggingstrecke.«

»Was denn für eine Leiche?«

»Eine junge Frau. Die Polizei ermittelt bereits. Ob es Selbstmord oder ein Unfall war. Oder«, sie holte tief Luft, »Mord.« Da waren sie wieder, diese toten Augen. Fanny merkte, wie ihr schwindlig wurde. Nicht jetzt. Sie schaute sich hilflos um. Ablenkung half bei den Attacken. Ein Glas oder eine Tasse in der Hand konnten Wunder wirken. Ihr fielen die prall gefüllten Kühlschränke in ihrer letzten Redaktion ein. Hier hatte man ihr noch nicht mal einen Kaffee angeboten.

»Wer leitet denn die Ermittlungen?«, fragte Lutz Thiele, während er gebannt auf den Bildschirm schaute und begann, auf seiner Tastatur zu tippen.

»Ähm, Lars Wolff.«

»Lars Wolff«, wiederholte Thiele nachdenklich, »Moment. Wolff? Sind Sie beide etwa verwandt?«

»Er ist mein Bruder«, nickte sie zustimmend, »Mein Zwillingsbruder, um genau zu sein.«

Über das Thiele'sche Bärengesicht huschte ein Ausdruck von Überraschung. »Was Sie nicht sagen.«

»Kann man bei Ihnen eigentlich einen Kaffee kriegen?«

»Ausnahmsweise«, sagte er und rief in Richtung Vorzimmer, »Biggi, bring mal Frau Wolff einen Kaffee bitte.« Dann lehnte er sich in Fannys Richtung über den Schreibtisch. »Ab morgen holen Sie sich den alleine, unten steht eine Maschine.«

»Klaro.«

»Jetzt stelle ich Ihnen erst einmal unsere Mannschaft vor, um 9.30 Uhr findet sowieso die Morgenkonferenz statt und alle Mitarbeiter versammeln sich im Konferenzraum. Ich würde sagen, sie lernen heute erst einmal unsere Abläufe kennen. Das ist hier natürlich nicht *Die Welt* oder *Die Zeit*, aber Sie werden sich schon eingewöhnen. Obwohl ich immer noch nicht so richtig verstehe, was Sie nach Stralsund zurückzieht.«

»Wie ich schon in unserem ersten Gespräch sagte, Herr Thiele, private Gründe.«

»Gut«, nickte er, »Wie dem auch sei. Wissen Sie, wie lange ich nicht mehr im Urlaub war? Ich freue mich, dass ich endlich eine Stellvertreterin gefunden habe.«

»Und ich freue mich auf die neue Herausforderung«, erwiderte sie prompt, »Neben der regelmäßigen Kolumne, über die wir ja bereits gesprochen haben, würde ich gerne auch ein paar Themenvorschläge für Artikel machen.«

»Kein Problem. Allerdings müssten Sie vor allem erst einmal die Vorschläge von unserem Volo begutachten. Ich möchte, dass Sie ihn ein wenig unter die Fittiche nehmen.«

»Mentoring?«, fragte Fanny gespannt.

»Wenn Sie es so nennen wollen.«, antwortete Thiele mit einer wegwerfenden Handbewegung, »Und dann gilt es, ein Gesprächsforum der OB-Kandidaten im Theater zu organisieren. Aber ich denke, Ihr erstes Thema steht sowieso, oder?«

»Sie meinen die Tote aus dem Sund?«

»Natürlich! Sie haben die Leiche gefunden und Ihr Bruder ermittelt.«

Fanny schaute Lutz Thiele nachdenklich an. Ob das so eine gute Idee war. Lars würde nicht begeistert sein, wenn sie in seinem Fall herumschnüffelte. Andererseits. Sie beide hatten viel zu lange viel zu wenig miteinander zu tun gehabt – es war höchste Zeit, das zu ändern.

Als Fanny mittags aus dem Redaktionsgebäude trat, hatte die Trübheit des Morgens einem dieser strahlenden Sommertage Platz gemacht, an die man sich im Winter dann sehnsüchtig erinnerte. Auf dem alten Markt waren Tische und Sonnenschirme wie riesige Pilze aus dem Boden geschossen und schwarzweiße Kellnerinnen flitzten mit Tabletts voller Gläser und Papierschirmchen umher. Eine Herde Touristen trottete an ihr vorbei, angeführt von einer Frau im Mittelalterkostüm, deren Gesicht so würdevoll war, dass man ihr die Verkleidung fast abnahm. Fanny sah ein wenig zu, wie die Urlauber gespannt zuhörten, was ihnen von den glorreichen Zeiten der Hanse erzählt wurde. Die Stadtführerin sah mit ihrer Haube und dem roten Samtmantel unfassbar lächerlich aus, aber den Touristen schien es zu gefallen. Was man halt so mochte, wenn man nicht zu Hause war.

Fanny wandte sich ab und schaute mit geschlossenen Augen in die Sonne. Schon seit Monaten hatte sie sich nicht mehr so entschleunigt gefühlt wie in diesem Moment. Sie atmete tief durch und als sie die Augen wieder öffnete, bemerkte sie den Blick eines Typen, der nahebei vor dem *Goldenen Löwen* saß. Er hatte etwas längeres, von der Sonne ausgebleichtes Haar, Typ Ostsee-Surfer, und sah unverschämt gut aus. Sie ließ ihre Augen weiter über den Marktplatz schweifen, als hätte sie ihn gar nicht gesehen und lief dann lächelnd in Richtung Einkaufsstraße.

Natürlich hatte keiner der neuen Kollegen sie gefragt, ob sie mit ihnen mittagessen gehen wollte, aber irgendwie konnte Fanny ihnen das nicht verübeln. So wie Lutz Thiele sie vorgestellt hatte, »nach Stationen bei Weltzeitungen in New York, Hamburg, Berlin und Einsätzen als Kriegsreporterin«, hätte sie sich selbst auch unsympathisch gefunden. Noch dazu war sie mit ihren 34 Jahren jünger als die anderen Redakteure. Allzu deutlich waren die Fragezeichen in deren Gesichtern gewesen: Was will die denn hier? Es würde sicher nicht leicht werden, ihre Herzen zu erobern. Und das nicht nur, weil vorpommersche Köpfe an etwas so Übertriebenes wie eine Eroberung der Herzen nicht glaubten. Vor allem aber war Fanny nicht der Typ Mensch, der Herzen im Sturm eroberte. Dafür wirkte sie, besonders dann, wenn sie sich unsicher fühlte, viel zu überheblich und streberhaft. Und die derzeitige Strukturlosigkeit ihres Alltags verunsicherte Fanny extrem, auch wenn sie wusste, dass Anfänge nun einmal so waren.

Für den Nachmittag hatte sie immerhin einen ersten Termin mit dem Volontär, der vormittags außer Haus gewesen war, und übermorgen wollte Thiele sie in Vorbereitung auf die Berichterstattung zur Wahl des neuen Oberbürgermeisters mit in die Bürgerschaft im Rathaus nehmen. Sie musste daran denken, wie sie in Gaza Führer der Hamas interviewt hatte. Nächtelang hatte sie sich damals vorbereitet und kaum geschlafen. Fanny seufzte. Und nun Stralsunder Kommunalpolitiker. Das konnte auch interessant sein, versuchte sie sich selbst zu motivieren. Korruption gab es schließlich auch in Kleinstädten. Nur das Publikum, das sich für diese Verbrechen interessierte, war eben deutlich kleiner. Und damit auch der Druck. Zumindest für die Schlaflosigkeit, die sich in ihr Leben geschlichen hatte wie ein ungebetener Gast, gab es nun keine guten Gründe mehr. Während sie eigentlich gar nicht richtig hungrig durch die Stralsunder Innenstadt stromerte, beschloss sie kurzerhand, bei ihrem Bruder vorbeizuschauen. Die Polizei saß, wenn sie sich richtig erinnerte, direkt hinter der Jakobikirche und damit ganz in der Nähe. Sie war noch nie auf Lars' Dienststelle gewesen, aber sie würde sein Büro schon finden.

Fünf Minuten später klopfte sie an die Tür mit dem hellen Plastikschild, auf dem sein Name stand. Ihr Bruder saß mit ernster Miene an seinem Schreibtisch. Durch das

Fenster hinter ihm konnte man Seitenschiff und Turm der Jakobikirche sehen, was dem Büro eine düstere Atmosphäre verlieh. Lars saß wie ein mittelalterlicher Stadtfürst davor und sah sowieso gerade aus, als wäre er mindestens hundert Jahre alt. Aber das konnte sie ihm ja schlecht sagen. »Schön hier«, begrüßte sie ihren Bruder stattdessen mit einem Lächeln.

»Fanny. Was willst du denn schon wieder? Noch 'ne Leiche gefunden?«

»Haha.« Sie ging langsam an seinen Tisch heran, auf dem ein Foto von ihm und Katrin stand. Seiner Angetrauten und – nach Fannys fester Überzeugung – dem Grund, warum sie und ihr Bruder sich längst nicht mehr so nahestanden wie früher. »Ich dachte, vielleicht hast du Lust, mit mir mittagessen zu gehen?«

»Ich habe leider absolut keine Zeit. Hier ist die Hölle los«, erwiderte er und wirkte plötzlich ganz unruhig. Wie zur Bestätigung ging die Tür auf, und ein junger Mann rief hinein: »Lars, kommst du zur Besprechung?«

»Bin in zwei Minuten da«, antwortete dieser und sprang auf. Hektisch suchte er seine Unterlagen zusammen. Wobei es da nicht viel zusammenzusuchen gab, denn er hatte alles fein säuberlich aufeinandergestapelt. Fanny beobachtete ihn. Beim Blick auf die Papiere in seinem Arm fiel ihr ein ausgedrucktes Bild ins Auge. Es zeigte eindeutig die junge Frau, die ihr heute Morgen im Wasser entgegengetrieben war. Melanie Schmidt stand darunter in der krakeligen Handschrift ihres Bruders, die außer Fanny nur wenige Menschen entziffern konnten.

»Ist es wegen der Leiche von heute Morgen?«

Lars nickte.

»Dann war es wohl wirklich Mord?«, schlussfolgerte Fanny aus der gehetzten Stimmung.

»Wir wissen es noch nicht genau, aber auf jeden Fall stimmt da etwas ganz gehörig nicht.«

»Was denn?«, fragte sie neugierig.

»Du, ich muss jetzt los.« Mit diesen Worten öffnete er die Tür und schob seine Schwester in Stadtfürstenmanier wie einen lästigen Bittsteller aus seinem Büro.

Melanie Schmidt war alles andere als ein seltener Name. Aber als Fanny ihn zusammen mit der Ortsangabe Stralsund bei Facebook eingab, dauerte es nur ein paar Klicks, bis sie die richtige Melanie Schmidt gefunden hatte. Sie erkannte das Gesicht aus dem Profilbild sofort. Die kleine, gerade Nase, die geschwungenen Lippen. Das lange schwarze Haar. Fanny war etwas unheimlich zumute, als sie begann, sich durch die Fotogalerie dieses Mädchens, das nun tot war, zu klicken. Dieses Gruseln rührte vor allem daher, dass deren Gesicht auf einmal lebendig war. Ein Gesicht, ein Körper und ein Leben.

Das Leben von Melanie Schmidt, die anscheinend gerade erst ihren 23. Geburtstag gefeiert hatte, schien eine einzige Party gewesen zu sein. Zumindest wenn man Facebook glaubte, denn dort war sie auf unzähligen Partybildern markiert worden. In der *Brauerei*. Im *ChocoClub*. Auf der Garagen-Party im *Hotel zur Post*. In der Kneipe *8Vorne*. Fanny registrierte überrascht, wie viele Möglichkeiten es mittlerweile gab, in Stralsund auszugehen. (Andererseits: Vielleicht hatte es die immer gegeben, nur sie, das spaßbefreite Arbeitstier, hatte davon nichts mitbekommen.) Melanie schien kein introvertierter Mensch gewesen zu sein. Sie schien Gefallen daran gefunden zu haben, sich auf den Fotos zu inszenieren. Manchmal grinste sie, wobei ein kleines Piercing an ihrem Lippenbändchen hervorblitzte. Dann wieder zog sie einen aufreizenden Schmollmund. Und auf einem der Bilder knutschte sie sogar mit einem anderen Mädchen, einer gewissen Janine Bo.

Fanny klickte fasziniert weiter und gelangte nun zu einem Album, das »My Sunshine« hieß. Als sie es öffnete, wurde ihr flau im Magen: Melanie Schmidt hatte anscheinend zwei kleine Kinder gehabt. Alle Bilder waren frei zugänglich. Was ja irgendwie typisch für diese *Dschungelcamp*-Generation war. Das Bedürfnis, sich zu präsentieren, hatte schon lange alle Ketten der einst so wichtigen Privatsphäre gesprengt. Ein mit »Justin-Schatz« betiteltes Foto zeigte einen etwa fünf Jahre alten Jungen auf dem Spielplatz an der Badeanstalt. Eine Userin namens Manuela Schmidt – Melanies Mutter? – hatte darunter kommentiert: »Fehlt nur noch Chiara-Maus«. Herzchen. Herzchen. Herzchen.

Fanny scrollte weiter. Durch die Facebook-Bilder war es fast so, als wäre Melanie Schmidt noch am Leben. Ein Leben mit zwei Kindern. Justin und Chiara, die nun keine Mutter mehr hatten. Einen Vater, der sich um den Jungen und das Mädchen hätte kümmern können, entdeckte sie auf keinem der Fotos. Nur diese Manuela-Schmidt-Person hatte fast jedes der Bilder kommentiert und schien tatsächlich Melanies Mutter zu sein.

Fanny öffnete ihr Profil in einem neuen Fenster. »Wohnt in Richtenberg« stand da unter dem Foto einer verlebten Mittvierzigerin mit schlecht blondierten Haaren. Fanny scrollte auf der Seite von Manuela Schmidt herunter. An ihrer Pinnwand befanden sich vorwiegend Meldungen, wie erfolgreich sie den neusten Level von Candy-Crush abgeschlossen hatte. Dazwischen Bilder mit sinnstiftenden Zitaten vor pseudomalerischem Hintergrund. Dinge wie »Das Schwere ist nicht, zu verzeihen, sondern wieder zu vertrauen!« (im Hintergrund: See mit Geäst im Abendlicht) oder »Leben heißt ... in seiner Seele mehr Träume zu haben, als die Realität zerstören kann« (rote Schnörkelschrift mit Schmetterlingen). Fanny las sich einen Sinnspruch nach dem anderen durch. Ihr Gesicht hatte nun den Ausdruck eines Forschers, der zum ersten Mal den seltenen Käfer mit eigenen Augen sah, von dessen Existenz er bisher nur gehört hatte. Wer dachte sich diese Lebensweisheiten bloß aus? Auf dem letzten Spruchfoto in der Galerie (Hintergrund: Hand mit Vogel im Schatten), »Lerne den zu schätzen, der ohne dich leidet und renne nicht dem hinterher, der auch ohne dich glücklich ist«, hatte Manuela Schmidt ihre Tochter markiert, und es war klar, dass es sich dabei wohl um eine Art mütterlichen Rat handelte. Fanny schüttelte den Kopf. Es war ihr unbegreiflich, wie manche Menschen sich so in der Öffentlichkeit bloßstellen konnten.

Noch unglaublicher war es aber, dass Leute wie sie dann stundenlang in dieser Rohheit der Gedanken herumschnüffelten. Fanny kaute nachdenklich an ihren Fingernägeln. Sie putschte sich jetzt innerlich langsam hoch. Dieser Voyeurismus war ekelhaft. Da man ständig von Reality-TV bestrahlt wurde, hatte man ihn sich angewöhnt und hielt ihn mittlerweile für völlig normal, aber ekelhaft war er trotzdem. Sie als Journalistin rechtfertigte diese Ekelhaftigkeit als notwendige Recherche. Aber das war natürlich Schwachsinn. In Wahrheit war ihr, wie allen, die Privatsphäre eines Menschen nichts mehr wert. Nur ihre eigene kleine Welt, und das war die unerträgliche Doppelmoral, schützte sie mit einer Akribie, die noch krankhafter als ihre Neugierde auf das Leben der anderen war. Fannys Facebook-Seite glich, was die Einstellungen zur Privatsphäre anging, Fort Knox.

»Hallo, sind Sie Frau Wolff?«, riss sie eine Männerstimme aus ihrer stummen Hasstirade gegen sich selbst.

Fanny drehte sich um. Vor ihr stand ein junger Mann. »Hi, du musst der Volo sein?«

»Genau. Ich bin Sokratis.«

Im ersten Moment dachte sie, er machte einen Scherz. Aber als er dann »Antonakis« hinzufügte, verstand sie, dass er wirklich so hieß.

»Sokratis Antonakis?«, fragte die Journalistin trotzdem noch einmal vorsichtshalber nach.

»Nich grade der typische Fischkopp-Name, wat?«, erwiderte er grinsend in breitem Mecklenburgerisch.

Sie schüttelte den Kopf. »Der Name kommt ursprünglich von der Insel Kreta, oder?«, fragte sie mit geheuchelter Unwissenheit.

Sokratis pfiff durch die Zähne.

Sie winkte ab und tat so, als wäre ihr die Anerkennung unangenehm. Aber manchmal war es eben doch gut, dass ihr Vater so ein Wissensfreak war. Auf der ersten Reise nach Kreta, wohin sie dann viele Jahre nacheinander in den Sommerurlaub fuhren, hatte er ihnen diese Besonderheit der griechischen Insel in seinem Professorenton erklärt: Auf Kreta, und nur dort, endete jeder zweite Namen auf -akis. Das kam aus der Zeit der türkischen Besatzung; die Endung bedeutet eine Verniedlichung. Psychologische Kriegsführung. Und so weiter und so fort.

»Nicht schlecht, Frau Wolff«, schob Sokratis noch hinterher, als sie nichts mehr sagte.

»Ach, bitte, nenn mich Fanny. Und jetzt erzähl mal, wie ein Sokratis Antonakis in die Lokalredaktion nach Stralsund kommt.«

»Meine Familie ist direkt nach der Wende hierhergezogen. Ich bin schon in Stralsund geboren. Meinem Vater gehört der Grieche im Hafen«, ratterte er los.

»Ah, *Jorgos*?«

»Genau«, nickte er, »Anders als mein großer Bruder hatte ich jedoch kein Interesse daran, Kellner oder Koch zu werden. Natürlich bin ich als Journalist jetzt das schwarze Schaf der Familie. Wenigstens habe ich Stralsund nicht verlassen, so wie meine Schwester.«

»Verstehe«, schmunzelte sie.

»Eine Ausbildung zum Koch musste ich aber trotzdem machen, bevor mein Vater mir erlaubt hat, in Greifswald auf Bachelor zu studieren.«

»Einen Bachelor, so, so. Worin?«

»Soziologie.«

»O Gott, dein armer Vater.«

Sokratis lachte und jetzt war Fanny sich endgültig

sicher, dass sie beide sehr gut miteinander auskommen würden. Sein Lachen hatte etwas derartig Mitreißendes, Ansteckendes, dass sie sich vorstellen konnte, dass Menschen Geld dafür zahlen würden, nur um Sokratis Antonakis lachen zu sehen. Mit seinen leicht hervorstehenden Augen und dem Grinsen, das von einem Ohr zum anderen reichte, sah er aus wie ein süßer Breitmaulfrosch. Ein bisschen Moritz Bleibtreu. Ein bisschen Heino.

»Wie alt bist du denn?«

»Fünfundzwanzig. Und du?«

»O Gott. Ich bin fast zehn Jahre älter als du. Wie unheimlich.«

»Sieht man dir nicht an.« Charmant sein konnte er also auch. »Und, Fanny, was hat dich nach Stralsund verschlagen?«

»Ich bin hier geboren. Aufgewachsen ...«

»Und dann als Reporterin in Kriegs- und Krisengebieten gewesen. Ich hab deinen Wikipedia-Eintrag gelesen. Warum wolltest du denn bloß zurück?«

Sie blickte nachdenklich ins Leere. Wenn es dafür doch nur eine einfache Erklärung gäbe. Schließlich entschied sie sich für einen Teil der Wahrheit. »Meine Eltern wollen sich scheiden lassen. Und ich hatte das dringende Bedürfnis, dort zu sein, wo ich mal ein Kind war.«

»Also wir haben den neuen Radweg nach Klausdorf, die Eröffnung der Kaufhalle und die Segelregatta. Mensch, ein wahres Potpourri aus *breaking news*«, fasste Fanny spöttisch die Themen zusammen, die sie mit Sokratis für seinen Anteil an der nächsten Ausgabe durchgegangen war.

»Aber das ist doch das Schöne am Lokaljournalismus – wir schreiben über das, was die Leute wirklich interessiert. Und über die wenigen Dinge, bei denen das Internet nicht schneller ist.«

»Weil es das Internet nicht wirklich interessiert ...« Fanny seufzte. »Du solltest was über die Griechen machen«, sagte sie schließlich, »Die Griechen in Meck-Pomm und was sie über die momentane antideutsche Stimmung in Griechenland denken. Das wäre ein Thema, das wir auch den Rostockern für den Mantel anbieten könnten.« Thiele hatte sie gebeten, ab und zu auch die Redaktion für den überregionalen Teil zu bedienen.

»Gute Idee«, stimmte Sokratis zu und machte sich eine kleine Notiz in seinem schwarzen Block. »Ich fange gleich bei meinem Vater an. Der beschimpft jeden Abend die griechische Nachrichtensprecherin in unserem Fernseher, und er wird sich freuen, wenn es endlich mal jemanden interessiert, was er zu sagen hat.«

Fanny lachte.

»Wenn ich fragen darf, an welchen Themen wirst du arbeiten, Fanny?«, fragte Sokratis.

»Ich habe heute Morgen eine Leiche gefunden. Eine junge Frau, sie hatte zwei Kinder. Und ich glaube, es war Mord.«

»Klingt nach 'ner heißen Story.«

Sie nickte langsam.

Er schaute auf die Uhr. »Schon so spät. Wäre es okay, wenn ich jetzt gehe?«

Fanny drückte kurz auf ihr Handy. Es war gerade einmal sieben. Das war also spät für diese Redaktion.

»Papa?«, sie betrat den dunklen Flur des Hauses, in dem sie aufgewachsen war. Der Geruch hüllte sie in ein Gemisch aus Vertrautheit und sentimentalen Erinnerungen. Schon komisch. Obwohl ihre Mutter ausgezogen war, roch es immer noch nach ihr. Wenn man so lange im selben Haus gelebt hatte, verwuchs man damit. Ein Auszug änderte daran nichts. Wenn es doch mit der Ehe ihrer Eltern nur genauso wäre. Fanny hatte so fest damit gerechnet, dass die beiden zusammen alt werden würden, dass sie sich jetzt fühlte, als gäbe es keine Sicherheit mehr auf der Welt. Worauf konnte man sich im Leben überhaupt noch verlassen, wenn selbst die beiden Menschen, die sie ihr ganzes Leben lang als Einheit gesehen hatte, auseinanderliefen wie kopflose Hühner?

»Muckel, ich bin im Lesezimmer«, klang die Stimme ihres Vaters durch den Flur.

Auch nach all den Jahren gab er diesen ungeliebten Spitznamen nicht auf, den er Fanny einst wegen ihrer Hasenzähne gegeben hatte. Dabei hatten Kieferorthopäden ihr längst ein hollywoodreifes Gebiss verpasst. Aber wie Gerüche und damit verbundene Erinnerungen, hafteten einem manche Dinge ein Leben lang an.

»Na, Papa, was machst du?«, sie betrat das kleine Zimmer mit den hohen Bücherregalen aus dunklem Holz. Eine Bibliothek, designt von ihrem Vater, mit all seinen Schätzen. Alte Bücher, neue Bücher, kluge Bücher, dumme Bücher – in seiner Liebe zum gedruckten Wort war ihr Vater wahllos.

»Ich habe diese alte Ausgabe von Karl Marx und Friedrich Engels wiederentdeckt. *Das kommunistische Manifest.* Hast du gelesen, oder?«

Sie gähnte. »Nee, Papa.«

»Wie kann man das nicht gelesen haben? Das gehört zur Allgemeinbildung, Fanny.«

»Hast du heute schon was gegessen?«

Er blickte gar nicht von seinem Buch auf. *Das kommunistische Manifest.* Ausgerechnet.

»Papa?«

»Ja, Stulle mit Brot«, antwortete er widerwillig.

»Mensch, du musst doch was Vernünftiges essen.«

»Mir kocht ja keiner was«, sagte er vorwurfsvoll.

»Ich mache uns jetzt Bratkartoffeln und Würstchen.«

Er nickte zufrieden und war nun schon wieder ganz in sein Manifest vertieft.

»Ich habe heute Lars getroffen.«

»Hm.«

»Mir ist beim Joggen am Sund eine Leiche entgegengeschwommen.«

»Hmm.«

»Und dann habe ich die Leiche genommen und sie mir über die Schulter geworfen und bin mit der Toten durch die Altstadt gelaufen bis zu Lars' Büro. Zwischendurch war ich noch im Supermarkt einkaufen. War gar nicht so leicht, ans Kühlregal zu kommen, mit so einer herunterbaumelnden Leiche.«

»Hmmm.«

Kein Wunder, dass ihre Mutter ausgezogen war. Dieser Mann lebte nur für seine Bücher. Die Realität interessierte ihn einfach nicht, egal, wie spannend sie war.

Nach einer Weile kam ihr Vater dann doch in die Küche geschlurft. »Hast du deine Mutter schon besucht?«

»Ich fahr am Wochenende hin. Diese Woche muss ich erst mal schauen, wie in der Redaktion alles läuft.«

»Was soll da schon laufen. Es ist doch nur eine Lokalredaktion. Das machst du mit links.«

»Ja, ja ...« Sie häufte eine Ladung Bratkartoffeln auf seinen Teller. So wie er sie mochte. Stark gepfeffert. Mit Speck und leicht angebrannt.

»Muckel, ich verstehe deine Entscheidung sowieso nicht. Warum bist du nicht in Berlin geblieben? Nach all diesen Einsätzen, deinen Kriegsreportagen, hattest du doch eine Schlüsselposition in der Redaktion. Alle Türen standen dir offen. Noch ein, zwei Jahre und du wärst Ressortleiterin geworden.«

Fanny verdrehte die Augen. »Hier bin ich stellvertretende Chefredakteurin«, entgegnete sie trotzig. Ihrem Vater zu erklären, dass sie einfach nicht mehr in der Lage war, dieses Hochgeschwindigkeits-Leben zu führen, hätte sowieso nichts gebracht. Er glaubte nicht an psychische Krankheiten. Er glaubte nur an seine Bücher und an Zahlen. Die Studenten, die er an der Fachhochschule in BWL unterrichtete, brauchten ihm auch nicht mit Burn-out oder sonstigen »Sperenzchen«, wie er das nannte, zu kommen. Und die eigene Tochter, diejenige, in der er immer sein Abbild gesehen hat, schon gar nicht. Psychische Krankheiten waren für ihren Vater eine Angelegenheit aus Georg-Büchner-Stücken. Und nur da gehörten sie seiner Meinung nach hin.

»Stellvertretende Chefredakteurin bei der Wald-und-

Wiesen-Zeitung. Mensch, Muckel, du hast doch mehr drauf.«

Sie schob ihre Gabel auf dem Teller hin und her. Der Appetit war ihr vergangen.

»Ich mein ja nur«, schob er entschuldigend hinterher und sah sie wie ein Hündchen an.

»Ist schon gut, Papa, ich weiß, dass das nicht in dein Konzept passt. Bei dir müssen immer alle Karriere machen wollen. Außer Mutti natürlich.« Die Spitze konnte sie sich nicht verkneifen.

»Deine Mutter hätte machen können, was sie will. Sie hat sich dafür entschieden, nur halbtags zu arbeiten.«

»Wer hätte sich denn sonst um uns gekümmert? Du warst doch nie da.«

Er zuckte mit den Schultern. »Ich habe mir schon mit sechs Jahren alleine mein Mittag gekocht.«

»Na, das hast du in der Zwischenzeit dann aber gründlich verlernt! Oder warum ernährst du dich, seit Mama weg ist, nur von Brot und Dosensuppe?«

Er stand bockig auf. »Ich geh jetzt weiterlesen. Und du solltest nach Hause. Schlafen. Damit du morgen fit bist, für deinen anstrengenden Job in der Lokalredaktion.«

Wütend räumte Fanny das dreckige Geschirr ab. Und dann, weil sie ganz genau wusste, dass ihr Vater keine Ahnung hatte, wie der Geschirrspüler funktionierte, ließ sie das Ganze einfach stehen und ging.

Sie steht auf einem Dach. Ein Haus irgendwo in Shuja'iyya, Gaza City. Das pfeifende Zischen der Rakete zerfetzt ihr fast das Trommelfell. Der Rauch brennt in ihren Augen und sie weiß, dass sie sich jetzt schleunigst in Deckung bringen muss. Der Gegenangriff der Israelis wird nicht lange auf sich warten lassen. Im Inneren des Gebäudes ist es dunkel, der Strom ist mal wieder ausgefallen. Und das, obwohl das Hotel über einen eigenen Generator verfügt. Es dauert einen Moment, bis sich ihre Augen an die Dunkelheit gewöhnt haben. Das Treppenhaus hat kleine Luken, durch die das Licht vorbeifahrender Autos einfällt und über die Stufen flattert wie Mückenschwärme. Alle rennen hastig die Treppe runter. Auf der letzten Stufe stolpert der CNN-Kollege. Sie zieht ihn mit sich an die innere Wand des Treppenhauses. An der Eingangstür laufen Menschen vorbei. Vermummte Männer. Aber auch Frauen und Kinder. Ihr Kameramann überlegt, ebenfalls vor die Tür zu gehen, als es zum ersten Mal knallt. Das war die Warnrakete, sie ist irgendwo in einem Gebäude der Nachbarschaft eingeschlagen. Die Leute stürmen aus den Häusern. Schrille Schreie von panischen Frauen wehen zu ihr herüber. Ein Mann brüllt Allahu Akbar. Dann entfernt sich das Stimmengewirr. Ein paar Minuten lang herrscht gespenstische Ruhe. Die Geräusche, die sie jetzt hört, kommen überwiegend aus dem Hotel. Fast hat sie das Gefühl, als höre sie irgendwo Geschirr klappern. Wäscht dort jemand ab?

Sie kommt kaum dazu, diesen Gedanken zu Ende zu führen –

wie aus dem Nichts detoniert die Bombe. Kurz danach folgt noch eine Explosion. Die Wände neben ihr beben. Glas splittert. Der Einschlag muss ganz nah gewesen sein. Vielleicht ein, zwei Häuser weiter. Der Rauch kriecht nun auch in ihr Gebäude, und sie und die Kollegen laufen nach draußen. Das Stimmengewirr setzt wieder ein. Irgendwo schreit jemand um Hilfe. Langsam kommt das Heulen der Sirenen näher.

Neben ihnen fällt ein Gebäude wie ein Kartenhaus zusammen. Wie ein Riese, der stolpert und mit einem Donnern zu Boden stürzt.

2

So ist das hier im Block, tagein, tagaus
Halt mir zwei Finger an den Kopf und mach:
Peng! Peng! Peng! Peng!
Materia

Fanny lenkte den Wagen über die Landstraße, die rechts und links von hohen Bäumen gesäumt war. Der Traum von letzter Nacht steckte ihr in den Knochen. Wie ein spitzer Stachel in ihrer Haut. Aber das Autofahren beruhigte sie. Hier und da fiel der Sonnenschein durch die Blätter, scheckte den Asphalt mit Kuhflecken aus Licht und Schatten. Sie hatte das Panoramadach, das ihr Vater so gut wie nie nutzte und das sein Wagen nur deswegen besaß, weil ein geschäftstüchtiger Verkäufer es ihm aufgeschwatzt hatte, komplett geöffnet und der Geruch von Sommer erfüllte den ganzen Wagen. Während sie mit der einen Hand lenkte, knabberte sie an den Fingernägeln der anderen herum. Ihre Gedanken kehrten wie ein Bumerang immer wieder zum Traum zurück, Fanny versuchte, an etwas anderes zu denken. Überlegte, dass es irgendwie schon komisch war, dass ausgerechnet ihr Vater, der Wirtschaftswissenschaftler, kein besonders guter Geschäftsmann war. All die Jahre hatte ihre Mutter sämtliche wichtigen Entscheidungen getroffen. Von Reisen bis hin zu Neuanschaffungen. Vielleicht war sie es auch, die das Panoramadach bestellt hatte. Und da ihr Vater ja sowieso meist zur Arbeit radelte, hatte er inzwischen bestimmt völlig vergessen, dass sein Auto überhaupt über so ein Feature verfügte. Fanny schüttelte leicht den Kopf. Egal, wie oft sie es versuchte – sie konnte sich immer noch nicht vorstellen, dass die beiden nun getrennt voneinander lebten. Das musste sich doch anfühlen, als wenn einem auf einmal ein Fuß fehlt. Natürlich durch die vielen Konferenzen und Symposien, Forschungsaufenthalte und Gastsemester, an denen ihr Vater im Laufe seiner Karriere teilgenommen hatte, war sie daran gewöhnt, dass ihre Mutter auch mal alleine war. Aber Fanny hatte immer geglaubt, dass ihre Eltern trotz allem glücklich miteinander waren. Diese Trennung kam für sie aus dem Nichts.

Für ihren Vater wohl auch. Es war, als hätte ihre Mutter einfach für sie alle entschieden. Dabei sollte sie über die Wechseljahre oder irgendeine Art von Midlife-Crisis längst hinaus sein! Warum also diese plötzliche Radikalität, sich zu trennen und in das Ferienhaus auf Rügen zu ziehen? Und das, wo sie doch wusste, dass ihr Mann alleine längst nicht mehr überlebensfähig war. Fanny wunderte sich selbst ein wenig darüber, wie sehr sie ihre Mutter für diese Entscheidung verurteilte. Hatte sie sich doch früher immer über die Selbstverständlichkeit, mit der ihre Mutter dem Vater hinterherräumte, aufgeregt. Doch auf einmal kam sie ihr mit ihrem urplötzlichen Freiheitsdrang lächerlich und unendlich egoistisch vor. All die Jahre war sie gefolgt, wie ein braver Soldat, der seinem Offizier dient, und nun auf einmal die totale Emanzipation?

Anscheinend war es ihr auch völlig egal, was das für ihre Kinder bedeutete. »Kind, du bist 34 Jahre alt. Du solltest längst deine eigene Familie haben«, hatte ihre Mutter ihr beim letzten Telefongespräch lachend auf ihren Vorwurf geantwortet. Fanny hatte nur geschnauft. Von wegen eigene Familie. Kaum jemand, den sie in ihrem Alter kannte, hatte eine eigene Familie. Jedenfalls nicht in Berlin. Aber wie sollte sie das einer Frau erklären, deren Kinder immer der Mittelpunkt ihres Lebens gewesen waren? Obwohl sie auch immer gearbeitet hatte, warf Fanny in Gedanken ein, denn darauf legte ihre Mutter wert: Kinder und trotzdem gearbeitet. Das war der ganze Stolz der Frauen aus der ehemaligen DDR, den sie den Westfrauen, so sie denn einander begegneten, mit spürbarer Verachtung für deren Hausfrauendasein entgegenschmetterten.

Fanny fuhr langsam an die Kreuzung Steinhagen heran und bog dann rechts in Richtung Richtenberg ab. Die Straße führte an einem Feld vorbei, auf dem unzählige Kornblumen blühten, strahlend blau wie ein Bild von Yves Klein. Sie bremste etwas ab und da weit und breit kein anderes Auto zu sehen war, fuhr sie eine Weile in Schrittgeschwindigkeit. Wie hatte sie diese Felder vermisst. Diese Farben und ihre Intensität! Davon hatte sie in staubigen Nächten in irgendeiner Wüste dieser Welt immer wieder geträumt. Manch einer mochte glauben, dass die Krater des Grand Canyons oder die Reisfelder Vietnams das Nonplusultra waren. Aber als jemand, der wirklich viel gesehen hatte, auf fast jedem Kontinent gewesen war, überfüttert von außergewöhnlichen Eindrücken, konnte Fanny guten Gewissens behaupten: Nirgendwo war es so schön wie in ihrer Heimat. Die hohen Dünen an der Ostsee. Weiße, breite Strände und grüne, flache Felder. Der gelbblühende Raps im Frühling. Die unzähligen Seen, deren Wasser wie eine Handvoll Diamanten glitzerte. Selbst im tiefsten, kältesten Winter, wenn einem der eisige Wind vom Meer in die Haut schnitt und das Gesicht taub werden ließ, wenn Eisschollen einsam auf der Ostsee trieben, konnte sie der Landschaft ihrer Heimat noch etwas abgewinnen. Natürlich, diese Schönheit gab es nicht ohne Preis. Denn ihre Heimat konnte gleichermaßen deprimierend sein. Manchmal strahlte sie eine Hoffnungslosigkeit und Leere aus, die es notwendig, ja überlebenswichtig machte, dass man ihretwegen wenigstens ab und zu auch ein Glücksgefühl verspürte, sonst hätte man sich eine Kugel in den Kopf gejagt. Nicht umsonst gingen die meisten jungen Menschen weg, zumindest die, die es zu etwas bringen wollten. Übrig blieben, vor allem im Inneren des Bundeslandes, viele ungute Gestalten, deren Gedankengut Fanny verachtete. Ortschaften wie das Nazi-Dorf Jamel, in dem Rechtsradikale unbehelligt von Polizei und Behörden eine Parallelwelt erschaffen haben.

Sie beschleunigte wieder und überlegte, was wohl Melanie Schmidt dazu bewogen hatte, in der Heimat zu bleiben. Aber noch während sie darüber nachdachte, verwarf sie diesen Gedanken als Unsinn. Klar, die meisten Studierten gingen weg. Aber nicht alle wollten oder konnten studieren. Und längst nicht alle wollten weg. Es gab ja schließlich noch Menschen in Stralsund und Umgebung. Darunter auch junge. Wenn jetzt auch eine junge Frau weniger.

Am Morgen hatte Lars ihr bereits die Presseerklärung der Polizei weitergeleitet, aber außer den üblichen Allgemeinplätzen von wegen »Polizei ermittelt« und »Hinweise erbeten« hatten sich darin keinerlei spannende Informationen befunden. Für Lutz Thiele genug, um daraus einen Artikel zu machen. Aber da kannte er Fanny Wolff schlecht. Sie hatte sich fest vorgenommen, den Mordfall journalistisch so intensiv wie möglich zu begleiten. Natürlich lag das in erster Linie an ihrem wohltrainierten Redakteursinstinkt, dieser Intuition, auf eine gute Geschichte gestoßen zu sein, mit *beef*, wie ihr ehemaliger Chefredakteur es nennen würde. Aber Melanie Schmidt war für Fanny nicht nur eine starke Story. Sie war ihr förmlich vor die Füße getrieben. Und Fanny war abergläubisch genug, um das als Zeichen zu verstehen. Es war, als hätten die aufgerissenen Augen sie geradezu angefleht, denjenigen zu finden, der dieses Verbrechen begangen hatte. Es war, als hätte die Geschichte sie gesucht und nicht umgekehrt, wie es in ihrer bisherigen Karriere meistens gelaufen war. Fanny war davon überzeugt, dass sie es war, die dem Mord an Melanie Schmidt auf den Grund gehen sollte. Und auch wenn sie sich eigentlich nicht mehr mit Mord und Totschlag auseinandersetzen wollte, sie würde das beklemmende Gefühl herunterschlucken und tun, was getan werden musste. So lange, bis der Mörder gefunden worden war.

Zuerst einmal würde sie die Leute auf das Schicksal von Melanie Schmidt aufmerksam machen. Druck aufbauen. Auf die Polizei, aber vor allem auf den Täter. Doch dafür brauchte sie viel mehr Informationen über das Mädchen mit den zwei Kindern, das so gerne Party gemacht hatte. Und wo würde sie die eher finden als bei Melanies Mutter? Zum Glück war es gar kein Problem gewesen, die Adresse von Manuela Schmidt herauszubekommen. Es gab immer noch Menschen, die sich ins Telefonbuch eintragen ließen. Lutz Thiele hatte bezweifelt, dass die Mutter von Melanie überhaupt mit ihr reden würde. Aber Fanny war sich, nachdem sie Manuela Schmidts Facebook-Seite so ausgiebig studiert hatte, fast sicher, dass Manuela Schmidt nur allzu gerne über ihre tote Tochter sprechen würde. Ihr Gefühl sagte ihr auch, dass Melanies Mutter ansonsten nicht viel zu tun hatte. Niemand, der so viele Posts wie sie absetzte, ging einer geregelten Beschäftigung nach. Viel wichtiger aber war: Warum postete jemand solche Weisheiten? Warum »teilte« jemand kluge Ratschläge voller Lebenserfahrung und Weltkenntnis? Manuela Schmidt wollte gehört werden. Und Fanny Wolff kam, um zu hören.

Sie passierte das Ortseingangsschild Richtenberg und fuhr die Hauptstraße entlang. Da war sie, die Tristesse ihrer Heimat, manchmal nur wenige Meter von der Schönheit entfernt. Richtig deprimierend – eben noch blühende Landschaften und nun das Ende der Welt. Die überwiegend zwei-, höchstens dreistöckigen Häuser, deren Fassaden dringend einen Anstrich benötigt hätten, standen am Straßenrand, als ob sie jemand dort vergessen hätte. Die Fenster kahl und leer. Manche Scheiben zerbrochen, vielleicht von Steinen oder Baseballschlägern gelangweilter Jugendlicher.

Alles in allem machte diese Straße den Eindruck, als sei die Bevölkerung Richtenbergs geflüchtet. Erst nach einer Weile zeigten vereinzelte, sich bewegende Gardinen, dass es doch noch Menschen in der kleinen Stadt gab. Auch wenn Fanny sich fragte, was man hier in Richtenberg mit seinem Leben anfangen konnte. Hinter dem Laden, der groß damit warb, T-Shirts mit Runen, Tierköpfen und Motorrädern zu bedrucken, bog Fanny rechts ab. An dem Dönerstand vor dem Supermarkt noch einmal rechts und dann befand sie sich in der Poststraße, wo Manuela Schmidt im Haus Nummer zehn wohnen sollte.

Fanny parkte den BMW mit etwas Abstand zu dem Häuserblock und ging die letzten Meter zu Fuß. Das Auto sah in dieser Gegend viel zu protzig aus. Wie ein Fremdkörper stand es am Anfang der Straße. Ein maximaler Kontrast zu den fahlen gräulichen Blöcken, deren kleine grüne Vorgärten die depressive Grundstimmung nicht aufheben konnten. Sie lief an ein paar Rentnern vorbei, die stumm wie Fische auf einer Parkbank saßen. Fanny war anscheinend seit Stunden das Interessanteste, was in der Straße passierte. Alle sahen sie ihr neugierig hinterher. Hinter den weißen, dauergewellten Köpfen befand sich ein Spielplatz, so verwaist, dass man ihn für eine Theaterkulisse halten konnte. Weit und breit kein Kind, obwohl es bereits Mittag war und die Schule längst aus sein sollte.

Sie kam an die Nummer zehn und suchte auf der Metallfläche mit den Schwarz unterlegten Namen und den kleinen Klingelknöpfen nach dem Namen Schmidt. Kowalski/Schmidt stand auf der dritten Klingel von oben. Die Mutter von Melanie lebte also nicht alleine. Fanny drückte beherzt auf den Knopf, und zu ihrer Überraschung öffnete sich die Tür kurz danach ohne Nachfrage mit einem gleichmäßigen Summen. Wie gut, dass ihr erster Kontakt zu Manuela Schmidt nicht über eine krächzende Gegensprechanlage stattfand. Das war bisher ihre größte Sorge gewesen. Aber jetzt hatte sie einen Fuß in der Tür, und wenn sie sich erst einmal persönlich gegenüberstanden, würde Melanies Mutter sie nicht mehr abwimmeln, davon war Fanny überzeugt. Sie lief federnd die fleckige Steintreppe mit dem schmalen schwarzen Plastikgeländer hoch, bis sie im dritten Stock an eine nur angelehnte Wohnungstür gelangte. Sie klopfte noch einmal vorsichtig und rief »Frau Schmidt?« in den langen Korridor hinein.

Manuela Schmidt, blondiert, mager und so sehr auf jugendlich getrimmt, dass man sich wie in einer dieser Gerichtsshows der Privatsender vorkam, kam ihr mit überraschtem Gesicht entgegen. »Oh, ich dachte, Sie wären mein Mann.«

»Hallo, Frau Schmidt, ich bin Fanny Wolff. Ich würde mit Ihnen gerne über Melanie sprechen.« Fannys sonst eher raue Stimme klang auf einmal wie Samt und Seide.

»Kannten Sie Melanie?«

»Nicht direkt. Leider. Aber«, sie atmete tief ein, »ich habe sie gefunden. Und ihre großen, erschrockenen Augen lassen mich seitdem nicht mehr los.«

Manuela Schmidt stand einen Moment lang wie erstarrt vor ihr. Dann machte sie die Tür weit auf. »Kommen Sie rein.«

Sie führte Fanny ins Wohnzimmer, in dem der Fernseher wie die Hintergrundmusik in einer Hotel-Lobby lief. Manuela Schmidt zeigte mit einem schiefen Lächeln auf das Sofa, und Fanny setzte sich. »Es tut mir sehr leid, was mit Ihrer Tochter passiert ist«, sagte sie langsam, mit jedem Wort sich vortastend, als wären sie in einem dunklen Tunnel. »Melanie war so«, Fanny seufzte, es lag ihr nicht, solche Dinge wie Beileidsbekundungen auszusprechen, sie hatte immer das Gefühl, jedes Wort sei falsch »... sie war so jung.« Was sollte man schon sagen? Zu einer Mutter, die ihr Kind verloren hatte?

Die Mutter von Melanie Schmidt wischte sich die Tränen, die ihr bei Fannys Worten tropfend die Wangen heruntergelaufen waren, weg und griff nach der Fernbedienung. Sie stellte das Programm leiser, ein Shoppingsender, auf dem eine stark geschminkte Frau mittleren Alters gerade erklärte, dass es nur noch zehn Geräte des von ihr angepriesenen TNS3000 gab, während sie aufgedreht eine Gurke durch den Gemüsehobel mit dem angeberischen Namen rieb. Aber egal, wie laut und egal, was lief, Fernseher hatten diese magische Anziehungskraft, die einen immerzu in Richtung Bildschirm glotzen ließ. Fanny rutschte unruhig auf ihrem Platz hin und her. Manuela Schmidt schien wie eingefroren. Auf dem kleinen Couchtisch vor ihr stand ein Aschenbecher, aus dem dichtgedrängte Kippen quollen. An der Wand dahinter stapelten sich Pakete vom Otto-Versand und von Zalando. Die Mutter von Melanie Schmidt griff so abrupt nach ihrer Zigarettenschachtel, dass sich Fanny fast ein wenig erschreckte. Es handelte sich dabei um eine dieser extra langen, dünnen sogenannten Damenzigaretten. Die Marke kannte Fanny nicht. »Rauchen kann tödlich sein« stand in betont ernsten schwarzen Buchstaben auf dem unteren Teil der Packung. Dabei konterkarierte doch schon die Einschränkung, die durch das »kann« entstand, die Intention der Warnung. Fanny war, wie alle in ihrer Familie, Nichtraucherin. Allerdings nicht ganz so militant wie ihre Eltern. Bei denen ging es so weit, dass sie selbst außerhalb geschlossener Räume aggressiv auf Raucher reagierten. Wenn beispielsweise auf der Terrasse eines Restaurants sich jemand neben ihnen eine Zigarette anzündete, setzten sie sich woandershin, manchmal beschwerten sie sich sogar. Alles am Rauchen, vor allem aber die Raucher widerten sie an. Fanny war dieser Fanatismus oft unangenehm gewesen. Sie fand es peinlich, wenn ihre Mutter sich lautstark über »das Gequarze« aufregte und dann auch noch so tat, als könne man sie am Nebentisch nicht hören.

»Wollen Sie auch eine?«, fragte Manuela Schmidt und streckte ihr die weiße Schachtel entgegen.

»Ähm, also ... warum nicht ...«, antwortete Fanny zögerlich. Ähnlichkeit schafft Sympathie. Und Sympathie schafft Vertrauen. Sie bereute die Entscheidung augenblicklich. Zu ihrem Glück handelte es sich wenigstens um Menthol-Zigaretten, so dass sie nur ein bisschen das Gefühl hatte, schon beim ersten Zug ersticken zu müssen.

Manuela Schmidt lächelte, während sie sich selbst eine ansteckte. »Na, Sie rauchen wohl nicht oft.«

»Hab's mir vor einigen Jahren abgewöhnt«, log Fanny, »aber was soll's. Ein Laster braucht der Mensch, nicht wahr?«

Manuela Schmidt nickte nachdenklich. »Meine Melanie hat nie geraucht«, sagte sie. »Schon als kleines Kind hat sie versucht, mich mit ihren Spielsachen zu bestechen, damit ich aufhöre.« Die Geschichte schien sie mit Stolz zu erfüllen.

»Wie war Melanie denn sonst so als Kind?«, beschloss Fanny, gleich aufs Ganze zu gehen.

»Immer fröhlich. Ein richtiger Sonnenschein. Wir hatten es ja nicht immer leicht, aber sie hat das Beste draus gemacht.«

Fanny nickte lächelnd, auch wenn sie diese Aussage äußerst seltsam fand. Wie kann man denn als Kind das Beste aus einer schwierigen Situation machen? War so etwas nicht Aufgabe der Erwachsenen? »Ist Melanie denn in Richtenberg aufgewachsen?«, fragte sie weiter.

Manuela Schmidt blies den Rauch aus und schüttelte den Kopf. »Wir haben erst in Stralsund gewohnt, dann sind wir nach Devin umgezogen – da war sie ganz unglücklich, das weiß ich noch –; dann sind wir weiter nach Bergen auf Rügen und danach wieder zurück nach Stralsund. Zwischendurch haben wir ein paar Monate bei meinen Eltern in Klein Damitz gelebt.« Manuela Schmidt verzerrte das Gesicht, so als ob der Gedanke an diese Zeit ihr körperliche Schmerzen bereitete. »Ich bin dann vor ein paar Jahren nach Richtenberg gekommen. Als ich Andreas kennengelernt habe.«

»Darf ich fragen, warum Sie so viel umgezogen sind?«

Melanies Mutter zog an der Zigarette, und Fanny hatte das Gefühl, dass sie damit Zeit gewinnen wollte. »Die Dinge haben sich immer so schnell geändert«, sagte sie schließlich vage, »Aber seitdem ich Andreas kenne, ist das vorbei.«

»Und Melanie, wo hat sie gelebt? Also ich meine, in den letzten Jahren? Auch in Richtenberg?«

»Nein, nein. Sie ist mit 16 nach Stralsund gegangen. Als sie die Lehre angefangen hat.«

»Was denn für eine Lehre?«

»Einzelhandelskauffrau. Bei Citti im Ostsee-Center. War 'n guter Job. Aber sie musste dann ja leider abbrechen.« Manuela Schmidt schaute einen Moment gebannt auf den Fernseher, in dem jetzt ein Fensterreiniger oder ein Fenster, wer wusste das schon so genau, angeboten wurde.

»Warum?«, fragte Fanny, obwohl sie glaubte, die Antwort zu kennen.

»Sie ist schwanger geworden. Na ja und als Justin einmal da war, hatte sich die Lehre natürlich erledigt.«

»Melanie hatte ein Kind?«

»Zwei. Chiara kam«, sie überlegte kurz, »drei Jahre später.«

»Wo sind die Kinder jetzt?«

Manuela Schmidt schaute haarscharf an ihr vorbei. Es war ihr deutlich anzusehen, dass ihr das Gespräch auf einmal sehr unangenehm geworden war. »Wer waren Sie noch einmal?«

Fanny biss sich auf die Unterlippe. Sie hatte wie immer zu viel auf einmal gewollt. »Oh Gott, bitte entschuldigen Sie. Ich habe mich noch gar nicht richtig vorgestellt. Mein Name ist Fanny, Fanny Wolff. Ich habe Ihre Tochter gefunden. Also am Sund.«

»Ich habe sie bei der Polizei noch einmal gesehen. Sie sah aus, als wäre sie nur kurz eingeschlafen. Wie Schneewittchen oder so.« Manuela Schmidt schniefte etwas und Fanny reichte ihr schnell ein Papiertaschentuch. »Mein Bruder ist der ermittelnde Kommissar, Lars Wolff. Er wird Melanies Mörder finden.«

»Und Sie? Sind Sie auch bei der Polizei?«

»Nein, nein. Ich arbeite bei den ON.«

»Ach, Sie sind von der Zeitung?« Manuela Schmidts Augen leuchteten auf.

Fanny nickte beiläufig. »Aber deswegen bin ich nicht hier ...«

»Sie wollen also nichts über Melanie schreiben?«, fragte die Mutter enttäuscht.

»Ich würde gerne über Melanie schreiben, aber ich weiß ja gar nicht, ob Ihnen das recht ist ...« Fanny schaute zu Boden.

Manuela Schmidt schwieg kurz. Dann sprang sie vom Sofa auf. »Moment, ich hole das Fotoalbum.«

»Die Kater strichen bei uns schon ums Haus, da war sie gerade einmal 13«, erklärte sie eine Weile und einige Kinderfotos später, mit Blick auf ein Bild von Melanie, das relativ aktuell zu sein schien. »Ich habe ihr immer gesagt, Melanie, mit die Kerle musst du vorsichtig sein. Mach nicht die gleichen Fehler wie ich, hab ich ihr gesagt.« Manuela Schmidt zog ihr Handy aus der Tasche. »Andererseits«, sagte sie, während sie Fanny unscharfe Bilder von den zwei kleinen Kindern mit ihrer Tochter Melanie zeigte, »sonst hätte es Justin und Chiara ja gar nicht gegeben. Und sie sind doch jetzt alles, was mir von Melanie bleibt.«

»Und Justin und Chiara sind jetzt bei ihrem Vater?«

Manuela schüttelte heftig den Kopf und ihre dünnen, strohigen Haare bewegten sich nur schwerfällig um das viel zu braun gebrannte Gesicht herum. »Pff, die kannste vergessen. Dieser unnütze Typ, der Chiara noch nicht mal als seine Tochter anerkennen wollte«, sie verzog verächtlich das Gesicht. »Und wo der Vater von Justin ist, keine Ahnung!«

»Wer kümmert sich denn jetzt um die Kinder?«

Manuela Schmidt zog eine weitere Zigarette aus der Schachtel. »Justin ist im Krankenhaus West. Und Chiara bei einer Pflegefamilie.«

Fanny überlegte fieberhaft. Krankenhaus West. Das war die Psychiatrie, soweit sie sich erinnerte. »Wieso ist Justin im Krankenhaus?«

Manuela Schmidt wich ihrem Blick aus. »Na, er wohnt da im Haus Löwenherz ... nur vorübergehend«, schob sie schnell hinterher.

Bevor Fanny weiter nachhaken konnte, ging die Wohnungstür geräuschvoll auf und eine Männerstimme, wahrscheinlich die von Andreas Kowalski, brüllte: »Manuela, Mann, ich hab dich zehnmal angerufen. Warum gehst du nicht ans Handy, ey?«

Ein bulliger Mann mit tätowierten Armen betrat das Wohnzimmer und starrte die auf seinem Sofa sitzende Fremde mit einer Mischung aus Überraschung und Abneigung an. »Wer ist die denn?«, fragte er dann an Fanny vorbei.

»Hallo, Hase« begrüßte Manuela Schmidt ihn, und Fanny zog unwillkürlich die Augenbrauen hoch, als sie diesen Kosenamen hörte, der nicht unpassender hätte sein können für den Pitbull, der da in der Tür stand, »Das ist ... ähm ... Frau Wolff. Sie schreibt für die ON. Und sie hat«, Manuela Schmidt schniefte kurz, »meine Melanie gefunden.«

»Aha«, sagte er ungerührt und drehte sich um, »Gibt's noch Bier?«

»Hab ich dir extra kalt gestellt.«

Nachdem Andreas Kowalski sich mit einer Flasche Sternburg Export versorgt hatte, kam er ins Wohnzimmer zurückgepoltert. »Was will die denn über Melanie wissen?«, fragte er weiterhin ganz so, als ob Fanny eigentlich gar nicht da sei.

»Na wie sie eben so war. Unser Engel ...«, antwortete Manuela Schmidt mit sanfter Stimme.

»Engel? Na, ich weiß nicht. Pass mal auf«, er drehte sich nun doch zu Fanny um und kam ihr dabei fast bedrohlich nah. Sein Atem roch nicht so, als ob dies sein erstes Bier wäre. »Melanie hatte es faustdick hinter den Ohren«, sagte er, und als Manuela Schmidt ihm ins Wort fallen wollte, machte Andreas Kowalski eine Handbewegung, als wolle er eine besonders lästige Fliege verscheuchen. »Die hat's mit jedem getrieben. Überhaupt ein Wunder, dass sie nur zwei Gören hatte. Na gut, das dritte ist ja draufgegangen.«

»Andreas!« Manuela Schmidt sprang entsetzt vom Sofa auf.

»Ja, ist ja gut«, er hob beschwichtigend die Hände, »gestorben.« Dann schüttelte er den Kopf und zeigte mit dem Finger in Fannys Richtung. »Da sollte man mal was drüber schreiben. Über diesen ganzen Ärztepfusch. Und all die scheiß Ämter.«

»Melanie hatte noch ein Kind?«, fragte Fanny geschockt.

Melanies Mutter nickte langsam mit dem Kopf. Sie wirkte nun regelrecht in sich zusammengefallen. Wie eine Gummipuppe, aus der man die Luft herausgelassen hatte. »Melody ist am plötzlichen Kindstod gestorben.«

Fanny versuchte erfolglos, den Kloß in ihrem Hals herunterzuschlucken. Sie hatte nicht damit gerechnet, dass der Besuch bei Manuela Schmidt sie so fertigmachen würde. Und dabei war das Traurigste nicht einmal die Gegenwart des Todes, der Gedanke an Melanie und ihre Kinder, der Verlust eines Menschen. Nein, das eigentlich Schlimme war das Leben, das Melanie Schmidt gelebt hatte. Fanny hatte Menschen kennengelernt, die so viel weniger hatten, mit Krieg und Armut kämpften und deren Leben ihr trotzdem nicht so aussichtslos vorgekommen waren. Vor allem ihre eigenen Probleme kamen Fanny im Vergleich dazu auf einmal geradezu lächerlich vor. Natürlich nur bis zu dem Moment, in dem sie, präzise getimt, wie es nur ihr größter Feind, die eigene Psyche, konnte, eine heftige Panikattacke heimsuchte. Manuela Schmidt erzählte gerade schniefend, wie Melanies Tochter Melody mit fünf Monaten eines Morgens leblos im Bett gefunden worden war, als es Fanny immer schwerer fiel, Luft zu kriegen. Es war, als würde sie in einem stickigen Raum sitzen, ein schweres Gewicht auf ihrer Brust. Als Reaktion auf dieses Gefühl der Atemlosigkeit fing sie an zu hyperventilieren. Ihr wurde heiß und sie hätte sich am liebsten die Kleider vom Leibe gerissen. Gleichzeitig fing ihr Herz an, wie verrückt zu rasen. Sie fühlte sich, als stünde sie auf einem Laufband, das viel zu schnell eingestellt war und das man nicht anhalten konnte. Dann begann sie zu keuchen. Zu krampfen. Ihre Hände zitterten. »Wo ist die Toilette?«, presste sie gerade noch so hervor, und Manuela Schmidt zeigte verdutzt in Richtung Korridor. Fanny torkelte ins Bad und mit der letzten Kontrolle, die sie über ihren Körper hatte, öffnete und schloss sie die Tür. Dann sank sie auf die kalten Fliesen, wo sie wie ein angeschossenes Reh liegen blieb.

Als sie eine ganze Weile später, es kam ihr wie Stunden vor, aber es war typisch, dass sie in diesen Momenten völlig das Zeitgefühl verlor, wieder ins Wohnzimmer schlich, saß Manuela Schmidt inzwischen vor dem alten Computer. Andreas Kowalski hockte, jetzt mit einer neuen, vollen Flasche Bier, an derselben Stelle wie vor ihrem Anfall.

»Geht's wieder?«, fragte Manuela Schmidt und drehte sich halb von ihrem Computer in Fannys Richtung.

»Danke, äh, mir war nur ein bisschen komisch«, sagte

Fanny und machte sich daran, ihren Notizblock und den Kugelschreiber einzusammeln. Ihre Hände zitterten nicht mehr, die Beruhigungstropfen wirkten langsam.

»Panikattacken. Kenn ich. Hatte Melanie auch. Meistens, wenn sie vom Partymachen kam. War dann völlig von der Rolle. So wie Sie eben.« Manuela Schmidt stand auf und kam langsam in ihre Richtung gelaufen. »Da müssen Sie mal eine Therapie machen. Gibt's doch heute alles.« Sie tätschelte vertraulich Fannys Schulter.

»Ja, ähm, danke. Ich muss jetzt los«, erwiderte sie matt, »ich melde mich ganz bald wieder.«

Kurze Zeit später saß Fanny wieder im Wagen ihres Vaters. Die Enge des geschlossenen Raums gab ihr ein Gefühl von Sicherheit. Langsam fiel die Anspannung von ihr ab. Was blieb, war eine große Leere. Und nach der Leere kam ein Gefühl, das sie so noch nie erlebt hatte. Sie kam sich plötzlich ganz einsam vor. So als wäre sie, Fanny Wolff, der letzte Mensch auf dieser Welt. Und niemand stand ihr bei, und niemand konnte ihr helfen. Sie legte die Arme über das Lenkrad und ließ den Kopf darauf sinken. Manuela Schmidts Worte hallten in ihr nach. Die Journalistin bereute es auf einmal zutiefst, dass sie noch vor wenigen Minuten so abwertend über das Leben der Schmidts geurteilt hatte. »Da müssen Sie mal eine Therapie machen. Gibt's doch heute alles.« So einfach war das für Manuela Schmidt. Fanny schüttelte mühsam den Kopf. Ausgerechnet bei Manuela Schmidt fand sie die Sorte Zuspruch, die sie von ihren eigenen Eltern überhaupt nicht kannte, dachte sie deprimiert.

Natürlich konnte Fanny nicht von ihnen erwarten, dass sie verstanden, was sie durchgemacht hatte. Aber es war nicht nur das: Egal, was sie zu Fanny sagten, und wenn sie es auch noch so gut meinten, ihre Worte enthielten immer irgendeine Art von Wertung. Noch nie, so lange sich Fanny erinnern konnte, hatten sie einfach mal mit ihrer Meinung hinter dem Berg gehalten. Oder sie gar ohne Kommentar etwas tun lassen, womit sie selbst nichts anfangen konnten. In dieser Hinsicht waren sich ihre Mutter und ihr Vater so ähnlich, als hätten sie die gleichen Gene. Bei Lars stießen sie mit diesem Verhalten auf Granit, er war immun gegen ihre Spitzen und Ratschläge. Für Außenstehende wirkte es fast so, als ruhe ihr Zwillingsbruder in sich wie ein Buddha. Aber Fanny brauchte die Anerkennung von Menschen wie Luft zum Atmen. Erst recht die von ihren Eltern.

Sie hob den Kopf langsam und schaute aus dem Beifahrerfenster auf die Straße. Die Rentner waren verschwunden. Kinder waren immer noch keine in Sicht. Übrig blieb nur eine leere, ruhige Straße, mit hohen Bäumen, deren strahlend grüne Kronen der Wind leicht hin und her wiegte.

3

Einsamkeit ist eine Feindin, mit der man ringen muss –
Tag und Nacht –, bis die Überwundene uns ihre köstlichsten
Gaben reicht: Freiheit des Herzens.
Fritz Reuter

Zurück an ihrem Schreibtisch, tat Fanny das, was schon immer zu ihren absoluten Lieblingsbeschäftigungen gehört hatte: Sie sortierte. Äußerlich sortierte sie Papier, aber eigentlich versuchte sie ihr Inneres in Ordnung zu bringen. Nun legte sie einen Ordner für den Mord an Melanie Schmidt an. Regelmäßig würde sie die Gedanken aus ihrem Notizbuch in diesen übertragen. Außerdem zusätzliche Informationen einheften. Wie hatte ihr das in ihrem Alltag als Reporterin gefehlt, wenn sie wieder einmal in einem dieser Länder unterwegs gewesen war, in denen sich nichts organisieren ließ, weil das Chaos einen schlichtweg übermannte. Fannys Mundwinkel schnellten für einen klitzekleinen Moment nach oben, bevor sie sich mit ernstem Gesicht wieder dem Ordner widmete.

Das erste Blatt war die Pressemitteilung der Polizei. Nichtssagend und standardisiert. Dahinter heftete sie ein paar Bögen, auf die sie nun anfing, ihre Notizen fein säuberlich abzuschreiben. Nicht nur, damit sie auch später noch alles lesen könnte, sondern vor allem, um alles noch einmal Revue passieren zu lassen. Melanie Schmidt war in eine offenbar nicht gerade heile Familie hineingeboren worden. Die Mutter, wechselnde Beziehungen, hatte ihre Tochter von Wohnung zu Wohnung und von Ort zu Ort mitgeschleppt. Als sie bei den Eltern der Mutter gewohnt hatten, schien etwas Schlimmes passiert zu sein. Das hatte Fanny sofort gespürt. (»Missbrauch?«, notierte sie auf das A4-Blatt.) Melanies Kinder, Justin, Chiara und Melody, waren von verschiedenen Vätern, schrieb sie weiter stichpunktartig auf. Melody war Anfang des Jahres am plötzlichen Kindstod gestorben.

Fanny überlegte, welche Informationen sie von Manuela Schmidt erhalten und nicht aufgeschrieben hatte. Melanie hat nicht gestillt. Das fiel ihr plötzlich ein. Das war ihr zunächst nebensächlich vorgekommen, jetzt schrieb sie sich die Info trotzdem auf. Was das mit Melanies Tod zu tun hatte? Nichts, rein gar nichts, wahrscheinlich. Was es mit ihrem Leben zu tun hatte? Vielleicht alles. Denn, wenn sie bewusst nicht gestillt hatte, verriet das unter Umständen etwas über ihren Charakter. Oder ihren Lebensstil.

Fanny drehte sich leicht auf ihrem Stuhl und tippte die Worte »Stillen oder nicht« in die Google-Suchleiste. Sie scrollte langsam über die Artikel, die nun angezeigt wurden. »Wer nicht stillt, ist eine Rabenmutter«, »Warum Mexikos Frauen ihre Kinder nicht stillen«, »Ich will mein Kind nicht stillen«. Sie las kurz in einen Bericht herein, der davon sprach, dass Werbung für Ersatzmilch in vielen Ländern verboten oder gar eingeschränkt worden war. Unter anderem sei das Risiko für plötzlichen Kindstod höher, wenn die Mütter nicht stillten. Fanny seufzte und beugte sich wieder über ihren Ordner. Stillen oder nicht, dabei handelte es sich offenbar um eine Gretchenfrage. Eigentlich seltsam, dass ihr dieses Detail auf einmal so wichtig vorkam. Sie zwang sich, ihre Notizen weiter durchzugehen. Manchmal hatte sie eine Tendenz, sich in Details zu verlieren. Sich in zu vielen Artikeln festzulesen. Von einem Thema zum anderen, immer detaillierter. Sie kam dann vom Hundertsten ins Tausendste. Und am Ende fühlte sie sich völlig unproduktiv, weil sie ihre Zeit mit einem Riesenhaufen unzusammenhängender Texte verschwendet hatte.

Sie versuchte sich auf das Wesentliche zu konzentrieren. Wer war der Vater von Chiara? Manuela Schmidt hatte keinen Namen genannt. Vielleicht kannte sie ihn gar nicht? Melanie war auf ihren Facebook-Fotos meist zusammen mit einer Freundin zu sehen. Die würde es wissen. Fanny blätterte in ihrem Ordner, weiter hinten hatte sie ein paar ausgedruckte Fotos von Melanies Facebook-Profil eingeheftet, unter denen sie sich die Namen der Abgebildeten vermerkt hatte. Janine Bo. Sie loggte sich bei Facebook ein. Janine Bo wohnte ebenfalls in Stralsund. Fanny wusste sofort, dass sie Melanies Freundin, selbst, wenn sie deren richtigen Nachnamen herausfinden würde, nicht im Telefonbuch zu suchen brauchte. Stattdessen wechselte sie auf ihr Profil. »Freundin hinzufügen«, stand dort und rechts daneben »Nachricht senden«. Die Journalistin klickte auf Letzteres.

»Liebe Janine. Ich recherchiere für die ON über den

Mord an Melanie. Würdest du mit mir über sie sprechen?«

Sie überflog die Nachricht noch einmal. Dann drückte sie auf den blauen »Senden«-Button. Danach klickte sie in ihr Postfach zurück. Sie öffnete die eben geschriebene Nachricht und starrte auf den Bildschirm. Und tatsächlich, nach wenigen Sekunden erschien unter der Message ein kleiner Haken: »Gesehen: Do, 16:07«.

»Fanny Wolff – der Herr Oberbürgermeister Peter Roth. Peter Roth – Fanny Wolff, meine neue Stellvertreterin.«

»Angenehm«, grüßte Fanny artig.

»Willkommen zurück in Stralsund. Wie ich höre, waren Sie als Kriegsreporterin auf der ganzen Welt unterwegs? Sehr beeindruckend ...« Peter Roth lächelte sie strahlend an und präsentierte ein prächtiges schneeweißes Gebiss. Es war nicht zu übersehen: Der Mann fand sich äußerst gut aussehend. Mit seinen grauen Schläfen und dem markanten Gesicht wirkte er auch wirklich, als wäre er einem alten Hollywood-Streifen entstiegen. Peter Roth fuhr sich beiläufig durch sein volles, ansonsten pechschwarzes Haar und zwinkerte ihr zu.

»Danke. Und, werden Sie wiedergewählt?«, fragte die Journalistin unbeeindruckt zurück. Wer sie kannte, wusste, dass der Zug, der sich nun um ihren Mund gelegt hatte, nicht gerade Ausdruck ihrer Wertschätzung für jemanden war.

»Frau Wolff wird das Gesprächsforum im Theater organisieren«, schaltete sich Thiele ein.

»Na dann werden wir ja mehr miteinander zu tun

haben. Erfreulich.« Peter Roth warf ihr erneut einen mehrdeutigen Blick zu.

»Das werden wir«, antwortete sie trocken. Ihr war nicht nach Flirten zumute. Nicht mit diesem Gockel von einem Oberbürgermeister, und schon gar nicht unter den Augen ihres neuen Chefs. »Wirtschaft, Bildung, Familien und Lebensqualität – das sind die vier großen Themen in Ihrem Wahlkampf, richtig?«, fragte sie und sah aus dem Augenwinkel, dass Thiele auf seine Armbanduhr schielte.

»Es geht darum, die großartige Entwicklung, die unsere Heimatstadt genommen hat, weiter voranzutreiben. In den letzten Jahren konnten wir viele gute Ansätze entwickeln und auf den Weg bringen. Ob Stadtteilsanierungen, Kinderbetreuung, Museen oder die Schaffung von neuen Arbeitsplätzen – Stralsund blüht. Und ich werde gemeinsam mit meinem Team dafür sorgen, dass das auch so bleibt.«

Fanny unterdrückte ein Gähnen. Sobald Politiker in ihre auswendig gelernten, bis zur Unglaubwürdigkeit perfektionierten Monologe verfielen, schaltete sie ab. Es gab nichts Langweiligeres als Sätze, die sie auch in Presseerklärungen nachlesen konnte. »Wunderbar, all diese Themen können wir dann ja ausführlich im Gesprächsforum diskutieren. Obendrein würde ich die Veranstaltung gerne mit den sozialen Medien verbinden und es möglich machen, dass die Leute auch Fragen per Chat stellen können. Vielleicht schaffen wir es auf diese Weise, auch die Jüngeren einzubinden. Diejenigen, bei denen die Wahlbeteiligung schon seit Jahren rapide sinkt.«

Der Oberbürgermeister nickte aufmerksam. »Tolle Idee. Ich sehe schon, Sie bringen frischen Wind mit. Herr Thiele, da haben Sie aber einen Fang gemacht!« Zahnpastalächeln.

»Hmm«, brummte der Chefredakteur ungerührt zurück, und Fanny hätte ihn für seine stoische Art am liebsten umarmt. Wenn es nicht eine solch absurde Vorstellung gewesen wäre, Thiele mit einem derart impulsiven Beweis ihrer Zuneigung zu belästigen.

»Kennen Sie das Rathaus und seine Räumlichkeiten, Frau Wolff?«, fragte Roth. Dieses Hollywood-Lächeln schien ihm ins Gesicht gemeißelt zu sein. Als sie ihrer Mutter vorhin von dem Termin erzählt hatte, war deren einziger Kommentar zu Peter Roth »ach, der Wessi« gewesen. Was das anging, stellte Fanny immer wieder fest, dass die Generation ihrer Eltern noch mit der Mauer im Kopf lebte. Die Wessis und die Ossis, so absurd es ihr selbst vorkam, für ihre Eltern war das ein Unterschied. Und wie scherzte ihre Mutter so gerne? »Warum gehen die Wessis 13 und nicht 12 Jahre zur Schule? Weil sie ein Jahr Schauspielunterricht haben.« Dass es mittlerweile auch in manchen neuen Bundesländern 13 Jahre Schulpflicht gab, geschenkt.

Wenn man Roth jedoch beobachtete, hielt man es tatsächlich für möglich, dass er mindestens ein Jahr Schauspielunterricht erhalten hatte. Er bewegte sich mit einer Nachdrücklichkeit und Vehemenz, als wollte er unbedingt von allen gesehen werden. Und wenn er redete, dann immer so, als würde er auf einem roten Teppich oder einer großen Bühne stehen. Aber für Fanny waren das eher Auswirkungen seines Politikerdaseins als das Ergebnis seiner Herkunft.

»Ob Sie es glauben oder nicht, Herr Roth, aber ich habe das Rathaus noch nie von innen gesehen. Obwohl ich in Stralsund aufgewachsen bin. Es sieht ja auch nicht gerade besonders einladend aus mit dieser düsteren Backsteingotik und den gefährlich spitzen Türmen.« Sie machte sich nun einen Spaß daraus, ebenfalls so zu sprechen, als hätte sich eben ein roter, schwerer Samtvorhang vor ihrer Nase geöffnet.

»Na dann wird es aber Zeit. Am besten zeige ich Ihnen gleich mal das Highlight. Unseren Kollegiensaal, in dem sich die Bürgerschaft versammelt.«

Einen kurzen Gang durch die alten Gemäuer später öffnete Roth mit ehrfürchtigem Gesicht die hohen, schweren Holztüren zum Saal. Fanny und der Oberbürgermeister (Thiele hatte sich inzwischen mit seinem Telefon am Ohr abgesetzt) schritten durch den Eingang mit dem Stralsunder Wappen. Der weiße Pfeil und das Tatzenkreuz auf rotem Grund fand sich gleich zweimal auf dem oberen Absatz der Flügeltüren. Rechts neben dem Eingang hingen düstere Gemälde von altertümlich ausschauenden Männern in schwerem Samt.

»Wulflam, von Semlow, Steinwich, Sarnow und so weiter ...«, zählte Peter Roth wissend auf, als er Fannys Blick auf die Bilder bemerkte. »Alles Bürgermeister der Hansestadt Stralsund«, erklärte er unnötigerweise.

»Hatten ja nicht alle so viel Glück. Wussten Sie, dass Sarnow auf dem Alten Markt vor allen Leuten enthauptet wurde?«

»1393«, sagte er schnell, als wenn er, der Zugezogene, beweisen müsste, wie viel er über die Stadt wusste, »Da waren wir auf dem Stand, auf dem sich ISIS, Taliban, al-Qaida und wie sie alle heißen heute befinden. Aber da kennen Sie sich ja besser aus als ich.« Er grinste und zwinkerte ihr verschwörerisch zu.

Sie antwortete darauf nicht und machte eine Runde durch den prachtvollen Saal mit der holzgetäfelten Decke. Er strahlte etwas Beklemmendes aus. Derart geschichtsträchtige Orte waren ihr unheimlich. Wer hatte hier schon alles gesessen? Wer dies und das gesagt? Die ganzen Jahrhunderte, die vielen Leben. Gleichzeitig hatte die Atmosphäre paradoxerweise fast etwas Heimeliges. Vielleicht fühlte es sich so an, wenn man irgendwo hingehörte?

»Was wollen Sie noch sehen, Frau Wolff?«, unterbrach der Möchtegern-Cary-Grant ihre Gedanken. »Ich könnte Ihnen noch unser Standesamt zeigen. Wir haben dort zwei wunderbare Säle. Die alte Achtsmannskammer und den großen Stuckraum.«

Fanny schüttelte langsam den Kopf. »Danke für das reizende Angebot, aber ich habe nicht vor zu heiraten.«

»Man soll nie nie sagen«, antwortete er mit einem wiehernden Lachen, das bedrohlich durch den ganzen Raum echote.

Als sie abends endlich nach Hause kam, ließ Fanny sich erschöpft auf ihr Bett fallen. Sie grub ihren Kopf ins Kissen und ärgerte sich, dass auch dieser Tag nicht ohne Attacke vonstattengegangen war. Die Panik war zum unliebsamen Begleiter geworden und erst wenn sie mal eine ganze Woche ohne einen Anfall überstünde, würde sie sich selbst glauben, dass sie diese Krankheit alleine überwinden konnte. Wenn diese Woche nicht bald kam, müsste sie sich vielleicht doch mal einen Psychologen suchen. Viele ihrer Freunde, ob Kollegen oder nicht, gingen zum Analytiker oder Therapeuten. Aber für Fanny hatte das einen faden Beigeschmack, als zeuge es von Charakterschwäche. Zumal sie sich fragte, was diejenigen, die nicht wie sie im Krieg gewesen waren, einem Psychotherapeuten eigentlich zu erzählen hatten. Worunter litt man im Wohlstand? Wahrscheinlich war sie ihrem Vater ähnlicher, als sie sich eingestand.

Fanny stand seufzend wieder auf. Sie lief in die Küche und setzte Wasser auf. Dann öffnete sie das Fenster ihrer Dachwohnung und sah auf den Hafen mit seinen großen Speichern. Schon die ganze Woche lang fand dort irgendein Fest statt. Auch an diesem Abend waren unzählige Menschen unterwegs, die von hier oben wie Figuren in einem Puppenhaus aussahen. Sie schaute auf ihr Telefon und stellte fest, dass es erst 19 Uhr war. Auf dem Display blinkte eine Nachricht von ihrer alten Schulfreundin Maria: »Hast du Lust, heute zum Hafenfest zu gehen? Sag Bescheid und ich hol dich ab. LG, Maria«.

Fanny seufzte. Sie war erschöpft und müde. Am liebsten hätte sie sich mit dem Laptop ins Bett gelegt und alte *Homeland*-Folgen geguckt. Sie schaute wieder aus dem Fenster. An manchen Tagen bei Ben in Berlin hatte sie sich geradezu zwingen müssen, aus dem Haus zu gehen. Sie hatte immer Ausreden gefunden, warum Dinge bis morgen warten konnten. Alles, um nur die Wohnung nicht verlassen zu müssen. Natürlich konnte sie es nicht vermeiden, ab und zu in die Redaktion zu fahren und wahrscheinlich war das ihre Rettung gewesen. Aber je häufiger die Attacken kamen, desto mehr nahm ihre Bereitschaft ab, am normalen Leben teilzunehmen. Komischerweise waren ihr die Flüge und Reisen immer noch leichtgefallen. Vielleicht, weil sie dann die gewohnte Umgebung, die gespickt war mit all den Erinnerungen an ihre Schwächen, hinter sich lassen konnte. Auf Reisen erfand sie sich neu. Manchmal stellte sie sich sogar unter falschem Namen vor. Erfand eine andere Herkunft. Dort, wo sie niemand kannte, konnte sie sein, wer sie wollte.

Fanny nahm eine Flasche Bier aus dem Kühlschrank, nichts starkes, Mädchenbier mit Zitronengeschmack – Alkohol konnte ihre Panik verschlimmern –, und setzte sich auf den kleinen Balkon. Vom Wasser her wehte eine Brise 90er-Jahre-Musik herüber. Was man halt so hörte, auf einem Hafenfest in Stralsund. Gerade lief »Mambo No. 5«. Das Lied erinnerte sie an ihren Abi-Ball und an Zeiten, in denen sie Musik ganz anders gehört hatte als heute. Mit viel mehr Leidenschaft. Nicht gerade diesen Mambo-Chartshit, aber gute Musik von damals eben. Texte, die sie heute noch mitsingen konnte.

I thought you died alone
A long long time ago
You're face to face
With the man who sold the world

Das Ganze in der Version von Nirvana natürlich. Fanny lächelte und griff nach ihrem Handy. »Maria?«, rief sie kurze Zeit später in den Hörer. »Ich bin ich einer Stunde fertig. Kommst du vorbei?«

Die beiden Frauen spazierten durch den Hafen. Händler hatten ihre kleinen Buden aufgestellt und boten von Fischbrötchen bis Mittelalter-Schmuck alles an, was das Touristenherz begehrte. Dazwischen befand sich, fremdkörperartig, ein Autoskooter, um den sich diejenigen versammelt hatten, die ansonsten in den Häuserblocks außerhalb des Stadtzentrums gut vor den Augen der Urlauber versteckt wurden.

Fanny und Maria liefen eine Weile an der Kaimauer entlang, an der Segelbote, Yachten und kleine Koggennachbauten für Touris festgemacht hatten. Im Schatten der *Gorch Fock*, die in einem Seitenbecken lag und majestätisch schwoite, nahmen die beiden Frauen schließlich auf der Terrasse des *Goldenen Anker* Platz. Fanny beobachtete ihre Freundin, wie sie die Bestellung aufgab und dabei nonchalant mit dem Kellner flirtete. Maria war optisch das komplette Gegenteil von ihr: klein, zierlich, die langen, glatten Haare weizenblond und über ihrem Stupsnäschen ein paar strahlend blaue Augen. Maria war außerdem eine der wenigen aus ihrer Klasse, die in Stralsund geblieben waren. Hatte eine Ausbildung zur Bankkauffrau bei der Sparkasse gemacht und ein Duales Studium hinterhergeschoben. Jetzt war sie die Leiterin der Kreditabteilung. Eine beeindruckende Karriere. Auch wenn ein solcher Lebenslauf bei Fanny Angstzustände ausgelöst hätte, ob der Langeweile, die sie damit verband. Zum Glück war Maria trotzdem alles andere als langweilig. Wegen ihrer offenen, freundlichen Art war sie schon früher eine der beliebtesten Schülerinnen am ganzen Gymnasium gewesen. Und dass sie ausgerechnet mit ihr, der aufgrund ihres Ehrgeizes und ihrer nicht gerade pubertätsgerechten Interessen nicht besonders geschätzten Mitschülerin, befreundet gewesen war, hatte Fanny schon damals mit unbändigem Stolz erfüllt.

»Fanny-Maus, wie geht's dir zurück in Stralle?«, fragte Maria lachend, nachdem der Kellner sie beide in Höchstgeschwindigkeit mit Bier vom Fass und der berühmten Ankerplatte versorgt hatte.

Fanny lächelte zurück und zupfte verlegen an dem Fischernetz, das hinter ihr an der Häuserwand hing. »Gut, glaube ich. Irgendwie fühle ich mich wohl. Es ist ein bisschen, als käme man von einer langen Reise nach Hause.« So ganz stimmte das nicht, aber sie wusste nicht genau, wie sie das Gefühl sonst erklären sollte. Was ihr ein wenig peinlich war, immerhin war sie vermeintlich eine Wortkünstlerin. »Und du? Wie geht es dir?«, lenkte sie deshalb schnell ab.

»Läuft. Markus und ich versuchen, schwanger zu werden. Weißte, es wird ja langsam Zeit.« Maria hatte noch nie Probleme gehabt, über intime Themen zu sprechen. Fanny glaubte, dass sie auch deswegen in der Schule so beliebt gewesen war. Maria hielt mit nichts hinterm Berg und verstand es gleichzeitig, Everybody's Darling zu sein.

»Ist das denn so schwierig?«, fragte Fanny und machte ein ahnungsloses Gesicht.

»Na ja, wir sind ja nicht mehr die Jüngsten«, ihre Freundin lachte verlegen und Fanny erschrak. Maria hatte ja Recht, jetzt oder nie lautete wohl das Motto. Und wenn sie darüber nachdachte, bedeutete das bei ihr wohl »nie«.

»Aber weißte«, fuhr Maria fort, »wenn's passiert, passiert's. Ich mach mir da jetzt auch nicht so'n Druck. Läuft doch alles ...«

»Das stimmt. Wie ist denn euer neues Haus so?«

»Bestens. Es ist übrigens gar nicht weit weg von dem deiner Eltern. Am Knieperteich.«

»Wow«, Fanny pfiff durch die Zähne, »nicht schlecht.«

»Was machen denn deine Eltern überhaupt?«

»Tja, die sind jetzt halt erst mal getrennt.«

»Verrückt ...«

»Ja, wem sagst du das. Wer hätte gedacht, dass ich mit Mitte 30 noch zum Scheidungskind werde?«

»Und was sagt Lars dazu?« Maria und Fannys Zwillingsbruder waren das Traumpaar der Schule gewesen. Vielleicht waren Maria und Fanny nur deswegen überhaupt Freundinnen geworden.

»Kennst ihn doch ...«, murmelte Fanny, während sie einen Schluck von ihrem Bier nahm, »der macht das alles mit sich selbst aus. Kannste vergessen, dass der mal über seine Gefühle sprechen würde. Vielleicht macht ihm diese ganze Trennung auch gar nichts aus, wer weiß das schon ...«

»Ach Lars ...«, hauchte Maria und ihr Blick bekam etwas Verträumtes.

»Du guckst ja immer noch wie ein betäubtes Eich-

»Ja genau. Ich weiß ja, dass Sie schon angefangen haben, zu recherchieren.«

»Ein wenig, ja. Warum?«

»Ich möchte, dass Sie sich voll und ganz darauf konzentrieren«, entschied er und klopfte mit seinem Kugelschreiber auf den Schreibtisch.

»Ja, ähm, kein Problem«, antwortete sie irritiert, »Aber warum finden Sie das auf einmal so wichtig?«

»Meine Frau kannte das Mädchen«, sagte er, als wenn diese Information als Begründung ausreichend war.

»Woher?«

»Meine Frau arbeitet im Jugendamt. Nun ja, und das Mädchen war dort, wie soll man sagen, Stammkundin. Meiner Frau geht dieser Todesfall wirklich nah. Und sie hat ja recht, wo leben wir eigentlich, dass hier eine junge Frau umgebracht wird. Mitten in Stralsund.«

Fanny nickte nachdenklich. So funktionierte Thiele also. Wenn man etwas von ihm wollte, musste man Frau Thiele ins Boot holen. Sie konnte sich ein Grinsen nicht verkneifen. »Dann spreche ich am besten zuerst einmal mit Ihrer Frau, oder?«, fragte sie.

»Ja, das wäre wohl das Beste«, antwortete Thiele schnell. »Und die Organisation von dieser Podiumsdiskussion kriegt Sokratis auch hin. Trauen Sie dem Jungen ruhig was zu.«

Uta Thiele saß an ihrem Tisch wie die Königin der Kleingärtner. Ein akkurat geschnittener Bonsai stand neben einem Topf mit einer exotischen Orchidee. Dahinter und davor weitere Blumen, deren Namen Fanny nicht kannte.

Auf einem schmalen Fensterbrett setzte sich der Blumenreigen fort. Und mittendrin Uta Thiele mit einem mehr als wohlgenährten Körper. Das war aber auch schon die einzige Ähnlichkeit zu ihrem Mann. Uta Thiele strahlte eine Wärme aus, die Fanny sofort ein wohliges Gefühl vermittelte. Sie ließ sich in den Sessel gegenüber dem Schreibtisch fallen und schaute Uta Thiele lächelnd an. Nachdem sie ein paar Nettigkeiten ausgetauscht hatten, kam Fanny zur Sache. »Ihr Mann sagte mir, dass Sie Melanie Schmidt kannten?«, fragte sie, während sie ihren Notizblock und den Kugelschreiber zückte.

Uta Thiele seufzte und das Geräusch schien tief aus ihrem runden Körper zu kommen – ungefähr da her, wo das Herz liegt. »Melanie war mein Sorgenkind.«

»Sorgenkind?«

»Genau. Sie war ja selbst noch ein Kind. Selbst für ihre 23 Jahre nicht besonders erwachsen. Aber ihr Leben bestand aus einer Kette von falschen Entscheidungen und unglücklichen Umständen.«

»Zum Beispiel?«

»Nun für ihre Herkunft konnte sie ja nichts ... Aber dass sie drei Mal ungewollt schwanger wurde, dafür natürlich schon. Wobei es bei Melody auch nicht so richtig ungewollt war, denke ich. Sie hatte ein Bedürfnis nach Geborgenheit und sie dachte, die Kinder können ihr das geben. Dabei war sie wirklich nicht reif genug, um Mutter zu sein.«

»Ihre jüngste Tochter ist am plötzlichen Kindstod gestorben?«

»Und Melanie hat sich deshalb schwere Vorwürfe gemacht. Sie war nun endgültig davon überzeugt, dass sie keine gute Mutter sein konnte. Und trotzdem sage ich Ihnen, es wäre nur eine Frage der Zeit gewesen bis zur nächsten Schwangerschaft ...« Uta Thiele rückte den Orchideen-Topf einige Millimeter nach rechts, als ob sich dort auf dem Schreibtisch eine Markierung befände, wo er zu stehen habe. »Wenn sie nicht ermordet worden wäre«, schob sie dann noch hinterher und schaute Fanny bestürzt an.

»Wer könnte das getan haben? Hatte sie irgendwelche Feinde?«

Uta Thiele schüttelte langsam den Kopf. »Melanie war zwar zuweilen verantwortungslos und himmelschreiend naiv, aber sie hat bestimmt niemand etwas getan. Sie war doch selbst eine verlorene Seele.«

»Warum glauben Sie das?«

»Ich weiß nicht, ob Sie die Mutter von Melanie schon kennenlernen durften? Bei der ist das arme Kind im größtmöglichen Chaos aufgewachsen. Sie hat Melanie immer wieder im Heim abgegeben. Und egal, wie verzweifelt Melanie in den letzten Jahren war, weil ihr mal wieder die Kinder weggenommen wurden, ihre Mutter war bestimmt nicht für sie da.«

»Warum wurden ihr die Kinder weggenommen?«

»Melanie hatte ein Drogenproblem.«

»Was für Drogen?«

»Vor allem Partydrogen, Ecstasy und so'n Zeugs. Ich kenne mich damit ehrlich gesagt nicht so gut aus. Aber ich habe einige Gutachten in den Unterlagen, in denen das genau aufgeführt wurde.«

Fanny schaute Uta Thiele nachdenklich an. Es irritierte sie, mit welcher Lässigkeit die Sachbearbeiterin darüber sprach, dass eine junge Mutter regelmäßig Drogen nahm. In ihrem Ton lag keine Spur von Wertung oder gar Verurteilung. Nicht unbedingt die Reaktion, die man erwarten würde.

»Frau Thiele, Sie sagen das so lässig. Das ist doch furchtbar, dass eine Frau drei Kinder in die Welt setzt und trotzdem nicht von den Drogen lassen kann!«

Uta Thiele schaute nachdenklich auf ihre Orchidee. Sie spielte kurz mit dem Torf in dem Topf. »Wissen Sie, Frau Wolff, ich mache diesen Job jetzt seit 30 Jahren. Ich habe das schon zu DDR-Zeiten gemacht. Glauben Sie mir, ich habe viele schlechte Mütter gesehen. Von den Vätern, die meist durch Abwesenheit glänzen, will ich mal gar nicht sprechen. Sie können sich nicht vorstellen, wie viele Menschen Kinder in die Welt setzen und sich dann einen Scheißdreck um sie kümmern. Oder schlimmer noch, die Kinder mit Missbrauch und körperlicher Gewalt traktieren und sie für ein normales Leben völlig versauen. Und ich sage Ihnen, Frau Wolff, die Melanie, die war trotz allem kein schlechter Mensch. Die hat ihre Kinder über alles geliebt, auch wenn sie sie nicht erziehen, geschweige denn für sie sorgen konnte. Als Justin damals ins Heim musste, stand sie täglich vor meiner Tür. Sie hat um ihn gekämpft wie eine Löwin.«

»Was wird jetzt aus Justin und Chiara?«

»Chiara ist schon seit einer Weile bei einer Pflegefamilie. Diese hat nun einen Antrag auf Verbleib gestellt.«

»Was bedeutet das?«

»Nun, dass Chiara bei der Familie bleiben kann. Wahrscheinlich dürfen sie das Mädchen sogar adoptieren.«

»Und Justin?«

»Hier ist die Situation schwieriger, der Junge ist schwer verhaltensauffällig. Im Moment ist er in der Kinderpsychiatrie. Es gibt wenige Bewerberfamilien für solche Kinder. Und Justin ist ja auch schon sechs.«

Fanny notierte sich die Worte in Stichpunkten. »Auch schon sechs« – das war also alt auf dem Markt der Kindervermittlung.

»Was ist mit den Vätern der Kinder?«, fragte sie schließlich.

Uta Thiele schüttelte den Kopf. »Justins Vater hat die Vaterschaft als solche zwar anerkannt, aber der lebt selbst von Hartz IV und denkt nicht im Traum daran, auch nur Unterhalt zu zahlen. Geschweige denn, sich um seinen Sohn zu kümmern.«

»Und der Vater von Chiara?«

»Das ist eine komische Geschichte. Melanie kam kurz vor ihrem Tod zu mir und wollte den Mann nachträglich als Vater eintragen lassen. Wir haben das Verfahren eingeleitet, aber soweit ich es absehen kann, wird es dabei auf eine Klage hinauslaufen.«

»Das bedeutet?«

»Wir klagen im Namen des Kindes auf Feststellung der Vaterschaft. Und dann entscheidet das Gericht, ob der Mann Vater von Chiara ist oder nicht.«

»Wenn er ihr Vater ist, warum sollte er das nicht zugeben wollen?«, fragte Fanny und noch während sie es sagte, wurde ihr klar, wie naiv diese Frage war.

Uta Thiele schaute sie mit zusammengepressten Lippen an. »Es geht immer ums Geld. Die Kerle wollen nicht zahlen.«

»Verstehe.« Fanny überlegte kurz. »Wovon hat Melanie denn überhaupt gelebt?«, fragte sie dann.

»Hartz IV. Eine richtige Stelle hat sie natürlich als alleinerziehende Mutter von zwei Kindern nicht mehr gefunden, obwohl sie gerne arbeiten wollte und ich mehrmals versucht habe, sie zu vermitteln. Na ja, sie hätte den Unterhalt wirklich gut gebrauchen können. Ich habe natürlich versucht, zu helfen, wo ich konnte. Wir haben ihr das Geld für die Erstausstattung bewilligt und über die Paulus-Diakonie konnte ich ihr sogar noch weitere Zuschüsse beschaffen. Gereicht hat es trotzdem nie.«

»Können Sie mir sagen, wer laut Melanie der Vater von Chiara war?«

Uta Thiele überlegte einen Moment. »Ich fürchte nicht. Das dürfte ich wenn überhaupt nur der Polizei sagen.« Sie schaute Fanny mit hochgezogenen Augenbrauen an. Lutz Thiele hatte seiner Frau also erzählt, dass ihr Bruder der ermittelnde Kommissar war.

»Verstehe«, antwortete die Journalistin nachdenklich. Die beiden Frauen saßen sich einen Moment lang schweigend gegenüber. Und erst jetzt begriff Fanny, dass Uta Thiele ihr eigentlich vor allem eine Sache mitteilen wollte: Sie glaubte, dass der Vater von Chiara etwas mit dem Tod von Melanie Schmidt zu tun hatte. Fanny fasste sich an den Kopf und kam sich auf einmal benutzt vor. Warum hatte Uta Thiele das nicht der Polizei direkt gesagt?

4

Sehr viele Menschen leben ohne Gegenwart.
Gerhart Hauptmann

»Habt ihr mit Uta Thiele gesprochen?« Fanny hatte sich vor Lars' Schreibtisch aufgebaut wie eine Wand. Heute würde sie sich nicht wieder von ihrem Bruder wie eine lästige Bittstellerin aus dem Büro schieben lassen.

»Uta, wer?«, fragte Lars genervt.

»Also nicht. Uta Thiele hat Melanie Schmidt im Jugendamt betreut. Ich war heute bei ihr, sie ist die Frau von meinem Chef.«

»Und? Was hat sie zu berichten?«

»Das sage ich dir nur, wenn du mir als Gegenleistung auch was sagst.«

Lars schaute sie mit gerunzelter Stirn an. »Fanny, wir spielen doch hier nicht Monopoly. Das Mädchen wurde ermordet.«

»Wie? Wann? Wo?«

Der Kommissar schaute aus dem Fenster. »Das darf ich dir nicht sagen. Mann, das weißt du doch.«

»Lars, ich will das Gleiche wie du. Den Täter finden!«

»Ja, aber bei mir ist das mein Job und bei dir nicht. Oder willst du jetzt zur Kommissarin umschulen?«

»Jetzt hab dich doch nicht so, Brüderchen. Ich habe

doch im Gegenzug auch was zu bieten. Ich könnte deine Informantin sein.«

»Fanny, wir sind hier auch nicht im Agentenfilm. Und soweit ich weiß, versorgt der Informant die Polizei mit Informationen und nicht umgekehrt.«

»Dafür brauchst du mich nicht zu bezahlen ...«, sie grinste Lars an, und so langsam schien seine harte Fassade zu bröckeln.

»Du bist so eine Mega-Nervensäge.« Er lächelte zurück. Das heißt, sein Gesicht war immer noch ernst, aber Fanny sah das Lächeln in seinen Augen.

»Wir helfen uns gegenseitig, so wie früher. Weißt du noch, ich habe immer Deutsch und Englisch für dich gemacht ...«

»Und ich dafür Mathe und Physik für dich ...«

»Wir waren doch ein super Team.« Fanny legte ihre Hand auf seinen Arm. Zum ersten Mal, seitdem sie zurückgekehrt war, fühlte sie echte Nähe zu ihrem Bruder. Eine Nähe, wie sie früher normal zwischen ihnen war. In der Schule hatte man sie nur die Wölfe genannt, weil sie eh immer zusammen gewesen waren und manchmal wie ineinander verwachsen schienen. Auch wenn ihre Charaktere sehr unterschiedlich waren, schon immer hatte sie sich nur mit Lars zusammen vollständig gefühlt. Sie ergänzten einander wie Yin und Yang. Und sie konnten die Gedanken des anderen lesen. Wahrscheinlich war es dieses unsichtbare Band, das nur Zwillinge kannten, die im Kinderwagen Schulter an Schulter gelegen hatten.

»Ja«, sagte Lars schließlich, »Wir waren ein Team. Bis du abgehauen bist.« Er hatte das noch nie so deutlich ausgesprochen, aber Fanny hatte immer geahnt, wie sehr er ihr verübelte, dass sie ihn in Stralsund zurückgelassen hatte.

»Lars, du weißt, dass ich hier rausmusste. Aber jetzt bin ich wieder da. Und wir wieder ein Team? Hm?« Sie schaute ihn mit großen Augen an.

Lars überlegte eine Weile. Und gerade, als sie das Gefühl hatte, er würde nie wieder etwas sagen, antwortete er: »Setz dich hin. Und hör zu.«

Melanie Schmidt war überfahren worden. Und dann hatte man sie in den Sund geworfen. Jetzt, wo Fanny die Details des Mordes kannte, berührte sie der Tod der jungen Frau noch viel mehr. Wieder und wieder stellte sie sich vor, wie jemand das Mädchen mit dem Auto überrollt und dann einfach im Meer entsorgt hatte. Nachdem sie sich eine Weile mit diesem düsteren Bild gequält hatte, zog sie ihren Ordner unter dem Schreibtisch hervor und versuchte sich ganz auf die Informationen, die sie von Lars erhalten hatte, zu konzentrieren:

Die Rechtsmedizin ging davon aus, dass der Tod in der Nacht von Samstag zu Sonntag eingetreten war. Danach, wahrscheinlich direkt im Anschluss an den Mord, wurde die Leiche irgendwo im Südwesten der Insel Rügen ins Wasser geworfen. Wahrscheinlich hatte der Täter nicht damit gerechnet, dass die Strömung den toten Körper geradewegs nach Stralsund zurücktrieb.

Der Tod selbst war durch den Aufprall eines Autos verursacht worden. Natürlich könnte es sich dabei auch um einen Unfall gehandelt haben, das hatte Lars auf ihre

Nachfrage hin sofort eingeräumt. Aber dann wäre es Vertuschung von Fahrerflucht oder wie auch immer man diese Straftat nannte, überlegte Fanny mit Blick auf ihre Notizen. Doch ihr Bruder schien sich sicher zu sein, dass es sich bei dem »Autounfall« um pure Absicht gehandelt hatte. Und irgendwie schien alles dafür zu sprechen, auch wenn Lars bei den rechtsmedizinischen Erkenntnissen nicht ins Detail gegangen war.

Melanie Schmidt war am Samstagabend bei der *Brauerei*-Party gewesen, das hatte Fanny eben noch einmal in ihrem Facebook-Account gecheckt. Von dort hatte sie sich anscheinend alleine auf den Weg nach Hause gemacht, wo sie jedoch nie angekommen war. Die Journalistin öffnete die Stadtplan-App auf ihrem Handy. Die *Brauerei* lag nicht gerade zentral – war Melanie von dort zu Fuß nach Hause gelaufen? Manuela Schmidt hatte ihr doch die Adresse ihrer Tochter gesagt ... Fanny blätterte schnell in ihrem Buch. Großer Diebsteig 5. Sie schaute zurück auf die Karte. Das konnte man theoretisch laufen. 28 Minuten würde der Spaziergang laut Navigations-App dauern.

Die nächste Frage war natürlich: War sie den Weg alleine gegangen? Hatte sie unterwegs womöglich jemanden getroffen? Lars hatte ihr erzählt, dass sie bisher nicht wussten, mit wem Melanie auf der Party als Letztes gesprochen hatte. Fannys Hinweis auf den Exfreund von Melanie und möglichen Vater von Chiara hatte ihren Bruder aufhorchen lassen. Lars hatte ihr versprochen, dieser Spur vordringlich nachzugehen.

Fanny selbst würde währenddessen nicht untätig herumsitzen. Janine Bo, die Freundin von Melanie, hatte eingewilligt, sich mit ihr zu treffen. Sie arbeitete in einem Restaurant im Hafen und hatte ihr angeboten, dass sie sich dort nach ihrer Schicht unterhalten könnten.

Am Nachmittag stieg Fanny auf ihr Rennrad und fuhr vom Neuen Markt in Richtung Hafen. In ihrem Bauch hatte sich ein Kribbeln breitgemacht, das sie nicht mehr loswurde. Keine romantischen Schmetterlinge, sondern eher eine Art innere Unruhe, eine Nervosität. Als stünde etwas Unangenehmes bevor. So ein Gefühl, wie man es vor Prüfungen und Zahnarztterminen hat. Das Kopfsteinpflaster, über das die schmalen Reifen nur mühsam holperten, machte die Angelegenheit nur noch schlimmer. Das Kribbeln war auch daran schuld, dass sie sich den ganzen Vormittag nicht richtig hatte konzentrieren können. Zum Glück konnte sie Artikel über Themen wie »Elf Geburten im Hanseklinikum« und »Bequeme Ernte im Hochbeet« auch mit einem Bruchteil ihrer normalen geistigen Fähigkeiten erledigen. Immerhin hatte sich endlich ein richtiges Gespräch mit zwei ihrer Kollegen ergeben, das sogar in ein gemeinsames Mittagessen ausgeufert war. Sie hatten natürlich nicht über wirklich persönliche Dinge gesprochen. Es hatte sich eher um ein erstes Abtasten und Austauschen von Eckdaten der jeweiligen Biografien gehandelt – zwischen ihr, Kerstin Kunze und Frank Peters. Die beiden anderen waren um die fünfzig. Kerstin, Studium der Journalistik in Leipzig. Frank, eigentlich diplomierter Lehrer aus Rostock, Fächer Deutsch und Geschichte. Beide arbeiteten bereits seit vielen Jahren bei den *Ostsee-Nachrichten*. Und beide schienen sich umgekehrt ehrlich für Fannys Laufbahn zu interessieren. Zum ersten Mal hatte Fanny nicht das Gefühl bekommen, sich angesichts ihrer bisherigen Karriere für ihren jüngsten Schritt entschuldigen zu müssen. Als Sahnehäubchen hatte Frank sie sogar noch zum Grillen mit den Kollegen eingeladen.

Fanny grinste zufrieden, während sie die kleine Brücke an der Fährstraße überquerte und auf das Hafengelände fuhr. Wenn sie jetzt so darüber nachdachte, glaubte sie fast, die Redaktion habe Kesrtin und Frank vorgeschickt, um sie unter die Lupe zu nehmen und auf Würdigkeit zu prüfen. Sie schüttelte den Kopf, während sie das 80er-Jahre-Bianchi-Rad am Fahrradständer anschloss. Im Moment hatte sie wirklich eine lange Leitung.

Bevor sie die Treppe zum Restaurant *Fischerman's* hochlief, atmete Fanny noch einmal tief die Hafenluft ein, dieses Gemisch aus Diesel, Fisch und Meer. Dann betrat sie die Gaststätte durch den großen Wintergarten. Sie erkannte Janine Bo sofort. Die junge Frau mit den lila Haarsträhnen und der dunklen, eindeutig in einem Solarium gebräunten Haut saß an einem Ecktisch kurz vor der Toilette. Fanny ging lächelnd auf sie zu. Weil sie sich so viele Fotos von Melanie und Janine im Netz angeschaut hatte, kam es ihr fast so vor, als würde sie die junge Frau seit Ewigkeiten kennen. Deren kühle Begrüßung erinnerte sie daran, dass das Stalken von Facebook-Profilen einem eine Nähe vorgaukelte, die es nicht gab.

»Ich habe nicht viel Zeit, was wollen Sie von mir?«, fragte Janine schroff.

Fanny schaute sie etwas irritiert an. Im Chat hatte

Melanies Freundin deutlich freundlicher gewirkt. War seitdem etwas passiert? »Ich recherchiere für einen Artikel zum Mord an Melanie ...«

Janine horchte auf. »Es war also Mord?«

Die Bemerkung verwirrte die Journalistin noch mehr. »Ja, also ... ich dachte, das wüssten Sie?«

»Ey, ich habe so viele Gerüchte gehört ... Keine Ahnung, was wirklich stimmt.«

»Das tut mir leid, ich dachte, jemand hat Ihnen mitgeteilt, dass Melanie umgebracht wurde.«

Sie winkte ab. »Egal, ich habe es mir ja eh gedacht. Übrigens, Sie können mich duzen! Das ›Sie‹ ist für alte Leute.«

Fanny ignorierte die darin enthaltene Beleidigung, dass Janine es offenbar für angemessen hielt, sie zu siezen.

»Du warst am Wochenende mit Melanie auf der *Brauerei*-Party, oder?«

Janine zog misstrauisch ihre dünn gezupften Augenbrauen in die Höhe. »Stellt nicht eher die Polizei solche Fragen?«

Fanny nickte nachdenklich, »Aber wir wissen doch beide, dass die Bullen bestenfalls ihren Job machen. Für mich hingegen ist die Aufklärung von Melanies Tod eine Herzenssache. Ich habe das noch nicht erwähnt, aber ich habe ihre Leiche gefunden.«

Das war kühn von ihr, aber es lohnte sich vielleicht – wenn man sich bei jungen Leuten auf etwas verlassen konnte, dann auf ihre Abneigung den Ordnungskräften gegenüber.

»Ach so? Wie krass ... Wie hat sie ausgesehen? War sie verletzt?«

»Nein. Hätte sie nicht im Hafenwasser getrieben – man hätte denken können, dass sie schläft ...«

Janine starrte einen Moment lang wie gebannt in das Innere des Restaurants mit der maritimen Deko. Dabei trommelte sie nervös mit ihren langen künstlichen Fingernägeln auf die Tischplatte. »Ich war auch auf der Party am Samstag. Und ich verfluche mich seitdem täglich dafür, dass ich Melanie nicht nach Hause gebracht habe.«

»Warum hättest du sie nach Hause bringen sollen?«

»Weil sie total druff war. Und normalerweise geht es ihr dann immer super, aber an diesem Abend war es anders.«

»Inwiefern?«

»Sie hat ewig heulend auf der Toilette gehockt und ständig davon gelabert, dass sie Chiara nun auch noch verlieren würde.«

»Kanntest du ihre Kinder?«

»Geht so. Sie waren ja selten bei ihr.«

»Und die Väter? Kanntest du die?«

»Nur Dago. Aber den kennt ja jeder hier ...«

Fanny überlegte kurz. »Ist das der Vater von Chiara?«

Sie nickte langsam. Fast so, als wenn sie sich da auch nicht sicher wäre.

»Hast du gesehen, ob Melanie nach der Party mit jemandem mitgegangen ist?«

»Nee«, sie schüttelte vehement den Kopf, »Nachdem die beiden da schon wieder so einen Affentanz aufgeführt hatten, ist mir das zu blöd geworden und ich bin nach Hause gefahren.«

»Die beiden?«

Janine druckste herum. »Melanie und Dago. Haben sich mal wieder angebrüllt wie die Bekloppten. Das war doch einfach nur noch behindert, Alter.«

»Und du hast ihr sicherlich schon hunderttausendmal gesagt, dass sie den Typen endlich abhaken soll?«, schlussfolgerte Fanny schnell.

»Ja ebend!«, stimmte Janine zu. »Der will doch schon lange nichts mehr von ihr. Für den ist sie nur ein Fickschweinchen.«

»Ein was?«, fragte Fanny perplex. Da hatte sie wohl etwas nicht richtig verstanden.

»Ein Fickschweinchen«, wiederholte Janine, »eine Matratze. 'ne Schlampe ebend. Und sie war doch nicht die Einzigste, mit der er was hatte.«

Fanny unterdrückte das Bedürfnis, Janines »ebend« und »Einzigste« zu korrigieren. Stattdessen nickte sie scheinbar wissend, auch wenn sie den Ausdruck »Fickschweinchen« in ihrem ganzen Leben noch nicht gehört hatte. Was ja irgendwie für ihr Leben sprach.

»Kannst du dir vorstellen, dass dieser Dago Melanie umgebracht hat?«, fragte Fanny schließlich, nachdem sie und Janine noch eine Weile über das Hickhack in der Beziehung zwischen der Toten und ihrem Exfreund gesprochen hatten.

Janine Bo überlegte kurz. Dann sagte sie: »Nee. Dem trau ich einiges zu, aber für so was ist der viel zu cool.« Fanny schaute sie einen Moment lang irritiert an, bis sie begriff, dass »cool« wohl eine Art Synonym für »faul« war.

Als Fanny zurück in die Redaktion kam, waren die meisten ihrer Kollegen schon ins Wochenende verschwunden. Auf ihrem Tisch lag ein Fax der Polizei. Mitten auf dem Schrieb prangte ein Foto von Melanie Schmidt, deren große Rehaugen auf dem ausgewählten Bild noch argloser schienen als auf allen anderen Fotografien, die Fanny bisher von ihr gesehen hatte. Das Bild wurde von folgendem Text umrahmt:

»MORD – Die Polizei bittet um Mithilfe. In der Nacht vom 25. zum 26. Juli wurde die 23-jährige Melanie S. ermordet. Sie wurde zum letzten Mal auf der *Brauerei*-Party in der *Alten Brauerei* Stralsund gesehen. Von dort machte sie sich zu Fuß auf den Weg in Richtung Großer Diebsteig, wo sie allerdings nie ankam. Wir suchen dringend Zeugen, die Melanie S. in der betreffenden Nacht gesehen haben und/oder auffällige Beobachtungen in der Gegend um die *Alte Brauerei* gemacht haben. Für Hinweise, die zur Klärung der Tat oder zur Ergreifung des Täters führen, ist eine Belohnung in Höhe von 10.000 Euro ausgesetzt, deren Zuerkennung unter Ausschluss des Rechtsweges erfolgt. Bitten wenden Sie sich an ...«

Und so weiter und so fort. Fanny schaute einen Moment nachdenklich auf das Blatt. Bedeutete dieser Aufruf, dass Lars und seine Kollegen ratlos waren? Oder war so ein Aufruf ein normaler Schritt in den Ermittlungen? Sie griff nach ihrem Handy.

Lars antwortete nach zwei Freizeichen. »Na? Was gibt's?«

»Ich habe mich bloß gerade gefragt, ob die Tatsache, dass ihr solche allumfassenden Hilfeschreie herausschickt, darauf hinweist, dass ihr keine Ahnung habt, wer Melanie Schmidt ermordet hat?«

»Du hast das Fax also bekommen. Kann man das Foto gut erkennen?«

»Ja, aber beantworte meine Frage.«

»Wir wissen nur sicher, dass Melanie gegen zwei Uhr nachts nach Hause wollte und sich alleine auf den Weg gemacht hat. Dann verliert sich ihre Spur. Was hat dein Gespräch mit Melanie Schmidts Freundin gebracht?«

»Außer der Tatsache, dass ich ein neues Wort gelernt habe, nicht viel. Laut Janine ist der Ex von Melanie nicht der Mörder. Weil er zu faul für einen solchen Mord sei.« Sie lachte sarkastisch.

»Dafür hatte er ein hervorragendes Motiv.«

»Du meinst, weil Melanie ihn als Vater von Chiara anerkennen lassen wollte?«

»Nicht nur das. Sie hat ihn vor ein paar Monaten angezeigt.«

»Wegen?«

»Körperverletzung.«

»Ach, hör auf.«

»Hat die Anzeige aber nach einigen Tagen zurückgezogen.«

»Janine hat mir erzählt, dass die beiden sich ständig gestritten haben. Könnte also auch nur ein weiterer Versuch gewesen sein, ihm eins auszuwischen. Oder seine Aufmerksamkeit zu bekommen«, sagte Fanny nachdenklich, während sie abermals die Facebook-Bilder von Melanie Schmidt durchklickte. Auf keinem der Fotos war Melanie mit einem Mann zu sehen. Das fiel Fanny jetzt erst auf. Oder diese Bilder waren ausnahmsweise nicht öffentlich.

»Klar, wahrscheinlich hat er ihr nichts getan. Zumal der Typ bisher bei uns, abgesehen von ein paar Bußgeldbescheiden und unbezahlten Rechnungen, nicht auffällig geworden ist. Aber wer weiß, was Melanie Schmidt noch alles probiert hat, um dem Kerl eine reinzuwürgen. Vielleicht wurde es ihm irgendwann zu bunt.«

»Habt ihr den denn schon befragt?«

»Ist vorgeladen ...«, antwortete Lars knapp.

»Vorgeladen? Fahrt ihr denn nicht gleich mit Blaulicht zu dem nach Hause und nehmt ihn mit?«

»Jetzt erklär mir bitte nicht, wie wir unsere Arbeit machen sollen.«

»Ist ja gut ... ich besuche morgen übrigens Mutti«, wechselte sie das Thema, »Willst du mitkommen?«

»Nee«, brummte ihr Bruder, »Ich hab Katrin versprochen, eine neue Bank für unseren Garten zu schreinern.«

»Seit wann kannst du denn so was?«, fragte sie lachend.

Statt einer Antwort schnaufte er nur in den Hörer.

»Und morgen Abend will ich mit Maria auf die *Choco-Club*-Party, komm da doch mit!«

»Maria? Ihr habt noch Kontakt?« Es klang fast besorgt, wie er das fragte.

»Ja klar. Ihr doch auch, oder etwa nicht?«

»Sporadisch.«

»Also willste mit?«

»Auf die *Choco-Club*-Party? Um Himmels willen. Da seh ich so viel von unserer Klientel, da hab ich ja keine ruhige Minute.«

»Spießer. Dann vielleicht Frühstück am Sonntag?«, sie gab nicht auf. Irgendwie würde sie es schon schaffen, ihren Bruder dieses Wochenende zu sehen.

»Ja, vielleicht ...«, antwortete er zögerlich. Wahrscheinlich musste er erst einmal bei Katrin um Erlaubnis fragen.

»Okay«, entschied Fanny kurzerhand, »Dann bis Sonntag. 10.30 Uhr bei mir!«

»Na gut«, er holte Luft, als ob er noch etwas sagen wollte.

»Ja?«

»Welches neue Wort hast du denn eigentlich nun von dieser Melanie-Schmidt-Freundin gelernt?«

Sie lachte. »Fickschweinchen.«

»Oh Mann, du weißt aber auch wirklich gar nichts.« Damit hängte er auf.

Fanny und Maria tanzten gerade mit Händen und Füßen und Hüften zu einem 90er-Jahre-Hip-Hop-Song, als Maria ihr gegen den Bass ankämpfend ins Ohr schrie: »Du, der DJ starrt dich schon die ganze Zeit an. Dreh dich mal unauffällig um, der sieht richtig gut aus!«

Fanny kicherte und machte eine gekonnte Drehung um 90 Grad in Richtung DJ-Pult. Als sie sah, wer dort hinter den Plattenspielern stand, stellte sie überrascht fest, dass es derselbe Typ war, dem sie vor ein paar Tagen auf dem Alten Markt begegnet war. Fanny beschloss, ihn auch diesmal zu ignorieren und wandte sich wieder ihrer Freundin zu. »Maria, den hab ich schon mal getroffen. Der hat mich neulich schon am Markt abgecheckt.«

Ihre Freundin, die heute genau so war, wie Fanny sie aus Schulzeiten in Erinnerung hatte, lachte aufgedreht. »Ja und? Wie findste den?«

Fanny zuckte die Achseln. »Ja ... sieht ganz gut aus.« Und als Maria sie enttäuscht anschaute, schob sie noch hinterher: »Er hat was. Sieht aus wie Kurt Cobain ... na ja ... für Arme ...«

»Ohhhhhh«, rief ihre Freundin amüsiert, während sie ihr blondes Haar nach hinten warf, »und wir wissen ja alle, wie heiß du den fandest ...«

Als Fanny einige Zeit später an der Bar stand, um für sich und Maria Drinks zu besorgen, legte sich auf einmal eine Hand auf ihre Schulter. Sie drehte sich um und vor ihr stand der blonde DJ, der sein Podest wohl jemand anderem überlassen hatte.

»Hi, bist du neu in Stralsund? Ich kenn dich gar nicht ...«, so einfallslos dieser Spruch auch war, Fanny hatte mittlerweile genug intus, um das nicht zu merken. Oder zumindest nicht mehr schlimm zu finden.

»Ich bin alt in Stralsund«, antwortete sie lachend, »bin gerade aus Berlin zurückgezogen.«

»Interessant. Zurück in die Mutterstadt, oder was?«, sagte er betont lässig.

»Ja, sozusagen ...«

»Und was macht sie so im Leben?«

Fanny brauchte einen Moment, bis sie kapierte, dass

er jetzt von ihr in der dritten Person sprach. »Journalistin«, antwortete sie knapp.

»Nice. Und möchte die Dame einen Cuba?«, fragte er.
»Ich kriege die Drinks doch kostenlos ...«

»Na dann ...«, antwortete sie unbeeindruckt und fuhr sich scheinbar beiläufig durch ihre schwarzen Locken.

Als sie am nächsten Morgen aufwachte, konnte sie sich nur bruchstückhaft an die letzte Nacht erinnern. Der blonde DJ neben ihr bewegte sich langsam im Bett, dabei rutschte die Decke von seinem braungebrannten Hinterteil. Fanny drehte sich in die entgegengesetzte Richtung zur Wand und stieß einen stummen Schrei aus: Was zum Teufel ...? Sie fischte nach ihrer Handtasche, die neben ihr auf dem Boden lag, und wühlte so leise wie möglich nach dem Handy. Als sie es endlich gefunden hatte, sah sie mehrere Nachrichten darauf blinken. Die letzte war von Maria und lautete: »Ich will ALLES wissen. Ruf mich an!!!«

Fanny verdrehte die Augen. Die erste Stralsunder Party, auf die sie seit Urzeiten ging, und dann gleich so was. Wie hatte ihr das nur passieren können – hatte sie hier nicht ganz neu anfangen wollen?

Mit jeder Minute kehrten mehr Erinnerungen zurück und sie begriff, dass sie den Alkohol wohl nicht mehr gewohnt gewesen war. Nach dem vierten Cuba Libre und viel Palaver über Gott und die Welt hatte der DJ sie geküsst. Und Maria hatte ihr in einem leidenschaftlichen Plädoyer vor den Toiletten erklärt, dass sie nur einmal jung sei. Das war, bevor sie, die wohl auch etwas viel intus hatte, in Richtung Klo stürmte. Maria konnte ja nicht ahnen, dass Fanny die Letzte war, die man überzeugen musste.

Jedenfalls war sie offenbar mit zu ihm gegangen. Sie schaute vorsichtig nach rechts. Seine halblangen blonden Haare fielen ihm in Strähnchen ins Gesicht. Gut sah er ja wirklich aus. Auch wenn der Sex nicht halb so aufregend gewesen war, wie man sich das vorher immer so ausmalte. Aber das Wissen, dass One-Night-Stands es nicht mit der Qualität von wirklicher Intimität aufnehmen konnten, hatte Fanny noch nie vom schnellen Sex abgehalten.

Sie ließ sich ins Kissen zurücksinken: Erst jetzt bemerkte sie das Hämmern in ihren Schläfen, das einem so nur Billig-Alkohol bescherte. Sie war todmüde und so verkatert wie schon lange nicht mehr. Vor allem aber ärgerte sie sich über sich selbst – wie schnell sie alle ihre guten Vorsätze über Bord geworfen hatte!

Fanny griff erneut nach ihrer Tasche, nur um festzustellen, dass sie gestern Abend vergessen hatte, ihre Beruhigungstropfen einzupacken. Sie schloss die Augen, riss sie aber gleich wieder auf, weil es ihr nicht möglich war, sich an einem fremden Ort, neben einem fremden Menschen zu entspannen. Abgesehen davon, roch die Luft in diesem Raum nach einem Gemisch aus Kiff und Lüften-ist-überbewertet und trug dazu bei, dass ihr noch schwindliger wurde.

Fanny setzte sich vorsichtig in dem engen Bett auf und schaute sich um. Die Einrichtung des Zimmers konnte man guten Gewissens als spartanisch bezeichnen.

Selbst das Bett war, um genau zu sein, nur eine Matratze. Am Fenster standen zwei große, rechteckige IKEA-Tische nebeneinander, auf denen sich allerlei Equipment befand, das man vermutlich zum DJ-en benötigte. Unter dem einen Tisch siechte eine Topfpflanze dahin, die wohl 2010 zum letzten Mal Wasser bekommen hatte. Außerdem vier verschiedene Paar Sneakers, die irgendwie alle gleich aussahen.

Was Fanny allerdings nicht entdecken konnte, waren ihre Klamotten und wenn sie das richtig erfühlte, hatte sie nicht mal einen Slip an. Sie sollte sich so schnell wie möglich aus dem Staub machen. Wenn ihre Glieder nur nicht so schwer gewesen wären ... Noch während sie das dachte, bewegte sich der Körper neben ihr plötzlich wieder.

»Hey, na Sie«, grüßte der DJ verschlafen.

»Hey ... na ... ähm ...«, antwortete Fanny, und ihre Stimme klang wie ein Reibeisen. Sie räusperte sich wie alte Frauen das taten, die nur noch wenig sprachen. »Ich weiß gar nicht, wie du heißt ...«, stammelte sie. Das war ihr jetzt richtig peinlich, sie kam sich vor wie in einem schlechten Liebesroman,

»Stefan«, sagte er grinsend, während er sich ausgiebig streckte, »aber meine Freunde nennen mich Dago.«

5

Die Vagabunden sind das Salz der Erde, oder wenigstens der fliegende Same, der die sonst fest am Boden klebende und am Boden verrottende Kultur über die ganze Erde verbreitet.
Friedrich Spielhagen

»Du hast was?«, rief Lars, und seine sonst so tiefe Stimme klang wie das Kreischen eines Adlers.

»Ich habe aus Versehen mit dem Tatverdächtigen Nummer eins geschlafen.« Sie nahm einen großen Schluck aus der Kaffeetasse. Kein Schluck der Welt war jedoch lang genug, um sie vor dem vorwurfsvollen Blick ihres Zwillingsbruders bewahren zu können. Irgendwann musste sie wieder aus der Tasse auftauchen. Und der Moment war jetzt gekommen.

»Ich wusste doch nicht, dass das dieser Dago war«, schob sie kleinlaut hinterher.

»Okay, also warte mal. Du hattest also nicht nur Sex mit einem dir völlig Fremden, du hast es noch nicht mal für nötig gehalten, ihn vorher nach seinem Namen zu fragen?«

»Boah, Lars, ich kann mit dir auf keinen Fall über mein Sexleben sprechen.«

»Das wirst du wohl müssen, wenn du neuerdings mit

Mordverdächtigen in die Kiste hüpfst.« Er fuchtelte mit seinem Zeigefinger in der Luft herum. Ein Zeichen dafür, dass ihr Bruder, dessen Gesten als minimalistisch zu beschreiben normalerweise immer noch übertrieben gewesen wäre, sich wirklich aufregte.

»Sag mir lieber, was ich machen soll, wenn der Typ mich anrufen sollte ...«

»Du hast dem auch noch deine Nummer gegeben?«

»Ja, was sollte ich denn machen? Wäre ja wohl ein bisschen unhöflich gewesen, einfach so abzuhauen.«

»Unhöflich? Deine größte Sorge in dem Moment waren deine Umgangsformen?«

»Na jetzt übertreib mal nicht.«

»Ich fass es nicht. Alter, Fanny, du bist doch keine 19 mehr! So benimmt man sich doch nicht mit Mitte dreißig. Und schon gar nicht als Frau.«

»Ach Gottchen, jetzt komm mir bloß nicht mit solchen Altherren-Ansichten. Du klingst ja schon wie Mutti.« Sie holte tief Luft. »Die will jetzt übrigens Wolfshunde züchten. Dabei wäre sie doch eher der Typ für Golden Retriever ...«, begann sie im Plauderton zu erzählen. Wenn sie nur lange genug sprach, würde ihr Bruder sich vielleicht beruhigen. »Hunde hören wenigstens drauf, wenn man ihnen etwas sagt. Und ich wäre dann die Rudelführerin. Da sind die Hierarchien klar gesetzt. Anders geht es bei Hunden gar nicht«, zitierte sie ihre gemeinsame Mutter.

»Davon abgesehen, findest du nicht, dass du zu alt für einen DJ Mitte zwanzig bist?« So leicht ließ sich der Herr Kriminalkommissar natürlich nicht ablenken.

»Findest du nicht, dass du zu jung für all diese antiquierten Kommentare bist?«

»Mannomann, wie soll ich das nur meinem Vorgesetzten erklären ...« Er fuhr sich durch seine kurzgeschnittenen Locken.

»Was?« Jetzt war sie es, deren Stimme einen Satz nach oben machte. Wobei es bei ihr weniger nach Adler als nach Hafenmöwe klang. »Wieso willst du denn jetzt deinem Vorgesetzten davon erzählen?«

»Das will ich nicht. Das muss ich. Dazu bin ich verpflichtet!«

»Aber ich kenn diesen Dago doch gar nicht. Es ist ja nicht so, dass wir durchbrennen wollen.«

»Das würde mich bei deinem Lebenswandel nicht überraschen.«

Fanny seufzte. Sie und ihr Bruder starrten einander einen Moment lang an.

Auf einmal fing Lars an zu lachen. Was als zögerliches Glucksen startete, wuchs sich zu einem tiefen, brüllenden Röhren aus. Tränen liefen ihm über die Wangen. Nach ein paar Sekunden, in denen Fanny nicht wusste, ob er jetzt wohlmöglich den Verstand verloren hatte, begann sie ebenfalls zu kichern.

»Und jetzt?«, fragte sie schließlich, nachdem sie sich vor Lachen fast in die Hosen gemacht hatte und ihr der Bauch weh tat.

»Jetzt frühstücken wir erst mal.«

Fanny schaute sich neugierig um. Die Straße Großer Diebsteig war wie leergefegt. Die Stimmung hier am

Ende der Stadt, kurz vor der gewaltigen Rügenbrücke, in deren Schatten das ganze Viertel lag, hatte etwas von Apokalypse. Sie fühlte sich an ihre einstige Nachbarschaft in New York erinnert, wo sie an der Delancey Street im Schatten der Williamsburg Bridge vis-à-vis der Projects, den Sozialwohnungen der Gegend, gelebt hatte.

Sie lief ein paar Schritte weiter und kam an ein großes Gelände, an dem »Alba Metall Nord GmbH« auf einem Metallschild stand. Im Hintergrund war eine riesige Müllverwertungsanlage zu sehen. Gegenüber davon befand sich ein Flachbau, in dem, einem Schild zufolge, die Wilfried Heuer KG ihren Sitz hatte. Wer auch immer das war. Was auch immer die hier taten. Hinter dem Gebäude ragten die Pylone der Rügenbrücke gewaltig und einschüchternd auf.

Fanny ging langsam in Richtung des Wohnhauses mit der Nummer fünf. Hier hatte Melanie Schmidt also gewohnt. Nicht gerade das beste Viertel. Aber immerhin in der Nähe des Hafens, und selbst mit dem Fahrrad war man in kürzester Zeit auf Rügen. Was bestimmt praktisch war, denn ein Auto hatte sich die junge Mutter ganz sicher nicht leisten können. Während im weiteren Straßenverlauf kleine, modernisierte Mietshäuser folgten, befand sich Melanie Schmidts Wohnung in einem alten Klinkerbau. Wobei das untere Stockwerk anscheinend für Garagen oder Werkstätten genutzt wurde, denn es bestand fast ausschließlich aus hohen, verschlossenen Toren.

Fanny lief einmal um das Gebäude herum und fand schließlich auf dem Hof eine niedrige Eingangstür. Sie führte in einen dunklen Flur, aus dem ihr ein Geruch nach feuchtem Keller entgegenwehte. Sie zögerte kurz, eigentlich hatte sie sich mit Nachbarn über Melanie Schmidt unterhalten wollen, aber da hier weit und breit keine Menschenseele zu sehen war, musste sie sich wohl oder übel selbst ein Bild von der Wohnsituation der jungen Frau machen. Sie folgte ihrer Neugierde und dem modrigen Geruch und stieg langsam die alte Holztreppe empor.

Zwischen den beiden Stockwerken wurde es im sowieso schon nicht besonders gut beleuchteten Treppenhaus auf einmal ganz duster. Fanny tastete nach einem Lichtschalter, aber die feuchte, kühle Wand ließ sie zurückschrecken. Wer weiß, was dort für Getier herumkroch, schoss ihr durch den Kopf. Wie auf Befehl lief sie mitten in ein Spinnennetz hinein. Sie zuckte zurück und zog sich die feinen Fäden von der Stirn.

Dann holte Fanny ihr Handy aus der Tasche, um sich den Weg zu leuchten. Als der Lichtstrahl auf die Wand mit dem abgeplatzten Putz fiel, während sie nach oben ging, fragte sie sich, wieso eine Wohnung in diesem Haus überhaupt noch vermietet werden durfte. War es zu fassen, dass Menschen in Deutschland unter solchen Bedingungen leben mussten?

Am Ende der Treppe kam Fanny an eine schlichte Spanplattentür, die zu ihrer großen Überraschung nur angelehnt war. Sie zögerte kurz: Sollte sie da wirklich reingehen? Aber wer Fanny Wolff kannte, wusste, dass die Frage rein rhetorisch war. Zwar fürchtete sie sich in diesem dunklen Treppenhaus fast zu Tode, denn Dunkelheit war ihr verhasst, aber nicht in die Wohnung gehen? Nein, ihre Neugierde war schon immer stärker als ihre Angst gewesen.

Sie drückte die Tür weiter auf und ein leichtes Quietschen unterbrach die Stille. Fanny drehte sich erschrocken um, bis sie verstand, dass sie selbst es war, die das Geräusch verursacht hatte. Vorsichtig betrat sie die Wohnung. Zu ihrer Erleichterung und im Gegensatz zu dem düsteren Treppenhaus wirkte die Wohnung recht freundlich. Ein kurzer Flur mit Laminatboden, rechts ab ein kleines Bad mit Wanne, links die Küche, dann kam man ins Wohnzimmer, durch dessen Fenster man tatsächlich die Rügenbrücke sah. An der Wand hing ein großes Audrey-Hepburn-Poster, pinker Hintergrund, *Breakfast at Tiffany's*, Holly Golightly mit langer Zigarettenspitze im kleinen Schwarzen mit dem hohen dunklen Dutt. Der Klassiker eben. Auch wenn Melanie, wie viele Menschen, die sich dieses Bild an die Wand hängten, den Film bestimmt nicht einmal gesehen hatte.

Darunter stand ein ausgeblichenes Sofa. Ein kleiner Couchtisch und ein Regal, auf dem in weißen Holzbuchstaben das Wort LOVE prangte.

Fanny drehte sich einmal um die eigene Achse. Irgendwie erinnerte der Raum sie an Marias Jugendzimmer bei ihren Eltern. Man sah eindeutig, dass hier ein Mädchen wohnte. Vor allem aber sah man, dass sich Melanie offensichtlich Mühe mit der Einrichtung gegeben hatte. Die war zwar schlicht und man konnte sehen, dass die einzelnen Stücke keinen großen Wert hatten, aber alles wirkte liebevoll zusammengestellt und dekoriert.

Vom Wohnzimmer ging noch ein kleiner Raum ab, der wohl als Kinderzimmer gedient hatte. Hier stand ein Holz-Doppelstockbett, allerdings fiel Fanny sofort auf, dass beide Betten nicht bezogen waren. Die Kinder hatten wahrscheinlich schon länger nicht mehr hier übernachtet. Dazu passte, dass es auch nur wenig Anziehsachen für die Kleinen gab. In dem Schrank hingen überwiegend Teile, die wohl eher Melanie Schmidt gehört hatten. Miss-Sixtie-Jeans, Orsay-Oberteile und Kleider von H&M.

Fanny ging langsam zurück und folgte dem Flur in die Küche. Das war der einzige Raum in der Wohnung, der ungemütlich war. Die Möbel sahen heruntergekommen aus und das Fenster war viel zu klein, um den eh schon winzigen Raum erhellen zu können. Fanny wollte gerade wieder herausgehen, als sie am Kühlschrank einen großen DIN-A3-Zettel entdeckte. Auf dem Blatt waren mehrere Tabellen ausgedruckt, in deren Spaltentiteln immer das Gleiche stand: »Datum, Tageszeit, Vorfall, Auswirkung auf Ihre Stimmung« – hinter der letzten leeren Spalte stand über einer weiteren Spalte: »Sehr schlecht, Schlecht, Gut, Sehr gut.« Die Tageszeiten waren in »Morgens, Mittags, Nachmittags, Abends, Nachts« aufgeteilt. In den einzelnen Tabellenzellen gab es kurze Notizen in einer runden Mädchenschrift – vermutlich der von Melanie Schmidt. Fanny zog das Blatt unter dem Magnet hervor und ging damit in der Hand zurück ins Wohnzimmer. Es gab sechs Tabellen, von denen vier ausgefüllt waren. Das erste eingetragene Datum war der 22. Juli. Die Spalte mit den Feldern »Morgens, Mittags, Nachmittags« waren frei. Hinter »Abends« stand in der

Spalte »Vorfall«: »Kino mit Janine«, dahinter unter »Auswirkung auf Ihre Stimmung« stand bei »Schlecht«: »In dem Film war eine Mutter mit ihren Kindern am Strand. Ich vermisse Chiara und Justin so doll.« Unter »Gut« hatte sie notiert: »Süßer Kellner an der Bar im Kino. Viel gelacht mit Janine.«

Fanny schaute einen Moment unsicher von dem Blatt auf. Jetzt schnüffelte sie wirklich im Privatleben von Melanie Schmidt herum. Das hier war irgendwie doch heftiger, als ein Facebook-Profil durchzuscrollen. Sie drang in die Intimsphäre eines anderen Menschen ein. Klar, der Stimmungskalender hatte am Kühlschrank gehangen, aber die junge Frau hatte ja nicht ahnen können, dass eine Fremde ihre Wohnung betreten würde. Fanny schluckte ihr Unwohlsein runter und las weiter. Vielleicht befand sich in diesen Gefühlsaufzeichnungen ja irgendein wichtiger Hinweis, auch wenn Lars und seine Leute sich den Kalender dann sicher schon geschnappt hätten. Am 23. Juli stand unter »Morgens« und »Sehr schlecht«: »Dago hat sich immer noch nicht gemeldet. Warum versteht er nicht, dass ich seine Hilfe brauche?«, »Mittags« und »Sehr gut«: »Nächste Woche darf ich Justin sehen. Hat mir Frau Thiele gerade gesagt.« Der letzte Eintrag betraf »Abends« und »Schlecht« und bestand nur aus einem Wort: »Manuela«. Fanny nahm an, dass es sich dabei um Mutter Schmidt handelte, warum auch immer Melanie sie beim Vornamen genannt hatte.

Sie wollte gerade weiterlesen, als sie auf einmal ein Quietschen aus dem Flur hörte. Jemand öffnete die Wohnungstür. Fanny schaute sich panisch um. Wo sollte sie sich verstecken? Wer auch immer das war, sie hatte hier jedenfalls nichts zu suchen! Sie verstaute das Papier hastig hinter dem Sofa und lief ins Kinderzimmer. Dort kauerte sie sich auf der Fensterseite neben den Kleiderschrank und wartete, während sie ängstlich versuchte, ihren Atem unter Kontrolle zu kriegen. Ausgerechnet in diesem Moment fiel ihr schlagartig auf, dass sie seit mehr als 24 Stunden keine Panikattacke gehabt hatte. Ihr Herz klopfte bis zum Hals. Sie versuchte sich auf ihren Atem zu konzentrieren. Langsam ein und aus. Nein, sie bekam auch jetzt keine Attacke. Dies war eine normale Stressreaktion, versuchte sie sich zu überzeugen.

Mittlerweile waren die fremden Schritte aus dem Wohnzimmer zu hören. Es klang, als ob die Person schwere Stiefel trug. Ein leichtes Klimpern begleitete das Getrampel, wie von einem großen Schlüsselbund, das am Hosenbund hin- und herschaukelte. Fanny biss sich auf die Lippen. Jetzt bekam sie es doch langsam mit der Angst zu tun. Was, wenn es sich bei dem Mann, denn sie war sicher, dass es ein Mann war, im Wohnzimmer um Melanie Schmidts Mörder handelte? In einem Anflug ganz normaler Panik suchte Fanny hektisch nach ihrem Handy in der Hosentasche, bis ihr wieder einfiel, dass sie das Telefon auf dem Sofatisch liegen gelassen hatte. »Fuck«, hätte sie am liebsten laut ausgerufen, stattdessen formten ihre Lippen das Wort, ohne dass sie einen Mucks von sich gab. Die Schritte entfernten sich währenddessen und kamen dann wieder näher. Entfernten sich, kamen näher. Da suchte jemand etwas.

Fanny begann zu schwitzen. Früher oder später würde

der Mann ins Kinderzimmer kommen, und so zierlich war sie nicht, dass man sie hinter dem kleinen Kleiderschrank nicht sah. Aber genau als der Unbekannte die Tür öffnete, klingelte draußen ihr Handy. Das konnte doch nicht wahr sein, dachte Fanny verzweifelt. Wenigstens entfernten sich die Schritte nun wieder. Aber jetzt wusste derjenige, dass jemand in der Wohnung gewesen war. Sie fasste sich an den Kopf. Vielleicht wäre es besser, wenn sie aus ihrem Versteck herauskommen würde?

Noch während sie überlegte, entfernten sich die Schritte endgültig und wenige Sekunden später hörte Fanny, wie die Tür zugezogen und der Schlüssel zweimal im Schloss gedreht wurde. Sie lief schnell aus dem Kinderzimmer heraus. Ein Griff an die Türklinke bestätigte ihre Befürchtung: Sie war eingeschlossen. Und ihr Handy natürlich weg. Und auch wenn das jetzt spätestens der Moment für eine Panikattacke gewesen wäre, zu ihrer eigenen Überraschung schlug ihr Herz nur so schnell, wie es bei jedem anderen Menschen in so einer Situation geklopft hätte. Abgesehen davon natürlich, dass sich andere Menschen nicht in solche Situationen brachten.

Nachdem Fanny eine gute halbe Stunde am Fenster verbracht und festgestellt hatte, dass es keine Fußgänger auf dem Weg vor dem Haus gab, machte sie sich nochmals auf die Suche nach einem Ersatzschlüssel. Vielleicht war das gar keine schlechte Fügung, hatte sie doch jetzt einen wunderbaren Vorwand, um Melanie Schmidts Haushalt zu durchwühlen. Was blieb ihr auch anderes übrig? Wenigstens hatte der Fremde ihren Rucksack, den sie neben dem Sofa abgestellt hatte, nicht entdeckt. Aber da war auch nichts drin, was ihr aus der Wohnung helfen konnte. Indem der Mann ihr Handy mitgenommen hatte, war sie praktisch von der Außenwelt abgeschnitten. Dass es in der Wohnung kein Festnetztelefon gab, überraschte die Journalistin nicht. Sie wunderte sich eher, wenn Leute überhaupt noch über so einen aus der Zeit gefallenen Anschluss verfügten.

Systematisch zog Fanny alle Schubladen und Schränke auf. Allerdings fiel ihr nichts besonders Interessantes in die Hände. Die Polizei hatte sicher alles Aufschlussreiche, wie den Computer oder Laptop, wenn es denn so was gegeben hatte, mitgenommen. Einen Zweitschlüssel fand sie natürlich auch nicht. Immerhin entdeckte sie im Küchenschrank ein paar Dosen »Gut & Günstig Spaghetti in Tomatensauce« – verhungern würde sie also nicht. Außerdem müsste in der Redaktion bald jemandem auffallen, dass sie von ihrem Termin nicht zurückgekommen war. Sie hatte Sokratis von ihrem Plan, »mit den Nachbarn zu sprechen«, erzählt. Es sollte also nur eine Frage der Zeit sein, bis man sich auf die Suche nach ihr machen und sie aus der Wohnung befreien würde.

Mit Zeit ist das jedoch so eine Sache. Braucht man sie, saust sie bekanntermaßen schneller als ein Düsenjet an einem vorbei. Vor allem bei Reisen. Erst freute man sich wochenlang, und bevor man sich versah, saß man schon wieder im Flieger zurück und gleich danach auf dem heimischen Sofa. Aus diesem Grund hasste Fanny Kurzurlaube. Sie war am liebsten immer gleich wochenlang unterwegs. So lange, dass man eigentlich schon längst die Nase voll hat, dass es einem über ist, in fremden Betten zu schlafen und keine Alltagsroutine zu haben. Erst dann hatte sie das Gefühl, bereit für die Heimkehr zu sein.

Dementsprechend hatte sie sich anfangs, nachdem sie sich eingestanden hatte, dass sich etwas in ihrem Leben ändern musste, überlegt, sich als Reisejournalistin selbstständig zu machen. Aber erstens kam ihr die Idee absurd vor, auf einmal über exklusive Hotels und schicke Restaurants zu schreiben, und zweitens hatte sie von den freiberuflichen Kollegen erfahren, wie wenig man damit verdiente, und die Idee schnell verworfen. Sie war zwar alles andere als auf Geld fixiert, aber die Tatsache, dass das nur so war, weil sie immer Geld hatte, war ihr vollends bewusst. Ein mickriges Gehalt frustrierte sie so sehr, dass sie bei der Arbeit nachlässig wurde. Sie fand eine schlechte Bezahlung in gewisser Weise schlimmer als Pro-bono-Jobs. Wenig Geld war in ihren Augen eine schiere Respektlosigkeit vor ihrer Leistung. Kein Geld konnte andere Gründe haben. Da hielt sie es wie mit der Liebe. Keine Liebe war okay, aber wenig Liebe, das war wie den Hungertod sterben, während man vor einem reich gedeckten Tisch saß. Es machte sie tief unglücklich.

Genauso unglücklich, wie sie gerade über diese Zeit war, die einfach nicht vergehen wollte. Oder war sie vielleicht schon vergangen? In der ganzen Wohnung gab es keine einzige Uhr. Seltsamerweise auch keinen Fernseher oder ein Radio. Und ausgerechnet heute hatte sie ihre Armbanduhr vergessen. Fanny schaute wieder aus dem Fenster, war es inzwischen dunkler geworden? Sie kniff die Augen zusammen. Nein, es war noch genauso hell wie bei ihrer Ankunft hier. Fanny ging zurück zum Sofa und drehte sich einmal um die eigene Achse. Da fiel ihr eine kleine Kommode auf, die in einer Ecke neben der Tür zum Kinderzimmer stand. Wahrscheinlich hatte die Tür sie vorher verdeckt. Fanny zog vorsichtig die erste Schublade auf. Unterwäsche. BHs. Unterhosen. Stringtangas. Söckchen. Strumpfhosen. Das würde sie jetzt nicht auch noch durchwühlen. Im zweiten und dritten Fach befanden sich Kinderklamotten. Erst in der untersten Schublade stieß Fanny auf etwas Interessantes. Es handelte sich um einen dicken Ringordner, prall gefüllt mit Papieren.

Sie zog den Ordner mit beiden Händen aus der Schublade und setzte sich zurück auf das Sofa. Dann öffnete sie vorsichtig den Ordnerdeckel. Fanny stutzte, als sie die erste Seite sah. Jemand hatte eine Fotografie von einer auf der Straße liegenden, verdreckten Puppe auf der ganzen A4-Breite ausgedruckt. Darauf standen die Worte »Missbrauch macht die schärfste Messerschneide stumpf«. Unten links auf dem Blatt, auf den ersten Blick hätte man es fast übersehen können, stand in kleinen schwarzen Druckbuchstaben »H. G. Countdown«. Fanny starrte die Seite eine Weile ratlos an und blätterte dann weiter.

Nun kamen jede Menge Schreiben vom Jugendamt. Keine Dokumente, auf die Melanie besonders gut achtgegeben hatte. Viele Briefe hatten Eselsohren oder Kaffeeflecken. Es überraschte Fanny geradezu, dass diese Blätter es überhaupt in einen Ordner geschafft hatten und nicht irgendwo lose herumflogen. In einem der Schreiben gab es eine Liste von Anforderungen, die Melanie bis zum nächsten Termin erfüllen sollte. Fanny sah sich die Stichpunkte mit hochgezogenen Augenbrauen an. Ganz oben waren regelmäßige Drogentests aufgeführt. Darunter standen Punkte wie: eine sauberere und aufgeräumte Wohnung, saubere Kleidung für Chiara, eine Buchführung über Einnahmen und Ausgaben.

Die Tatsache, dass das Jugendamt Melanie solche selbstverständlichen Dinge als Aufgaben gestellt hatte, sprach dafür, dass bei der jungen Frau oft Chaos geherrscht haben musste. Fanny sah sich nochmals aufmerksam um. Es kam ihr so vor, als ob Melanie Schmidt zuletzt ihr Leben in den Griff bekommen hatte. Diesen Eindruck hätte sie nicht wirklich begründen können. Vielleicht glaubte sie das nur, weil die Wohnung so aufgeräumt wirkte, wie ein richtiges Zuhause. Aber das konnte auch täuschen, denn immerhin hatten die Drogen in der Nacht vor Melanies Tod, wenn man ihrer Freundin Janine glauben konnte, wieder die Oberhand gewonnen. Nachdem Fanny noch eine Weile weitergeblättert hatte, stieß sie auf einen handgeschriebenen Brief, an dem Fotos von der kleinen Chiara mit einer Büroklammer festgemacht worden waren. Er war auf den 24. November 2013 datiert und damit fast zwei Jahre alt.

»Liebe Melanie«, stand dort in großen, zackig geschriebenen Buchstaben, »Chiara geht es sehr gut bei uns. Heute ist etwas besonders Tolles passiert, sie hat ihre ersten eigenen Schritte gemacht. Anfangs stand sie nur wippend auf dem großen Wohnzimmerteppich, zögerlich und schüchtern. Doch nachdem mein Mann und ich sie mehrmals ermutigt haben, zu uns zu kommen, machte sie – es war wie ein kleines Wunder – ein paar zaghafte Schritte. Sie ist dann kurz danach auf ihren dicken Windelpopo gefallen. Aber trotzdem war sie stolz wie Oskar.

Ich kann mir vorstellen, dass es für Dich sehr schwer sein muss, diese Meilensteine im Leben Deiner Tochter nicht erleben zu dürfen und hoffe sehr, dass Dir die Zeit in der Kur guttut. Ich schicke Dir anbei, zur Aufmunterung, ein paar Fotos aus den letzten Monaten. Du siehst, wir sind viel mit Chiara unterwegs. Sie liebt die Kamele im Zoo. Und die Enten am Knieperteich. In den Winterferien würden wir gerne eine Woche mit ihr an die Ostsee fahren. Natürlich nur, wenn Du und das Jugendamt einverstanden seid. Bisher hat man uns nicht über einen neuen Termin für ein Treffen mit Dir informiert. Aber ich denke, Du wirst sie bald sehen. Bis dahin mach Dir keine Sorgen, Chiara geht es wirklich gut bei uns. Wir haben sie so sehr ins Herz geschlossen. Ich wünsche Dir viel Kraft für Deinen weiteren Weg, Deine Henrike Winkler.«

Fanny schaute nachdenklich die Fotos an. Die Kleine sah wirklich glücklich auf ihnen aus. Und immer sehr niedlich angezogen. Auf einem der Bilder war Chiara mit zwei Erwachsenen zu sehen, von denen Fanny annahm, dass es sich um das Ehepaar Winkler handelte. Sie, eine hochgewachsene elegante Frau, kurze hellblonde Haare, er sogar noch ein wenig größer, aschblonder Igelschnitt. Beide in klassischen Jeans. Sie trug dazu eine blauweiß gestreifte Bluse, er ein dunkelblaues Poloshirt und eine

Barbour-Jacke. Die beiden sahen so konservativ aus, dass Fanny grinsen musste.

Aber wie es Melanie wohl damit gegangen war, dass ihre Tochter bei diesen Fremden aufwuchs? Wenn Fanny die vielen Jugendamt-Schreiben richtig interpretierte, war Chiara seit ihrem vierten Lebensmonat immer wieder bei Familie Winkler gewesen. Melanie schien über lange Zeiträume nicht in der Lage gewesen zu sein, sich um ihre Tochter zu kümmern. Erst in den letzten Monaten schien sie sich etwas berappelt zu haben. Zumindest deutete das letzte Schreiben, unterzeichnet von Uta Thiele, auf so etwas hin:

»In Bezug auf unser heute Morgen geführtes Telefonat...«, Fanny überflog die Zeilen, »freue ich mich, Ihnen mitteilen zu können, dass ein weiteres Treffen zwischen Ihnen und Ihrer Tochter Chiara für den kommenden Monat, August, geplant ist. Für einen konkreten Termin werde ich mich mit der Pflegefamilie abstimmen und dann wieder auf Sie zukommen ...«

Melanie Schmidt hätte also ihre Tochter bald wieder treffen dürfen. Das implizierte jedoch auch, dass Melanie sie eine Zeitlang davor nicht hatte sehen dürfen. Warum? Welche Anforderungen hatte sie nicht erfüllt?

Fanny schüttelte unwillig den Kopf. Uta Thiele hatte sie zwar benutzt, um eine Botschaft an Lars zu übermitteln, aber verraten hatte sie ihr eigentlich nichts. Sie überflog noch einmal alle Papiere, vor allem den Brief der Pflegemutter von Chiara. Dort war von einer Kur die Rede – vermutlich ein Entzug. Wo war Melanie Schmidt in Behandlung gewesen? Es war klar, dass ihr kein Therapeut oder Psychiater etwas erzählen würde, aber bei so etwas war man ja nicht alleine. Saß man da nicht ständig in Gesprächsrunden herum, wie bei den Anonymen Alkoholikern? Und sehr viele Therapiemöglichkeiten würde es in Stralsund wohl nicht geben. Wie automatisch wollte Fanny nach ihrem Handy greifen, um Janine Bo, der Freundin von Melanie, noch einmal eine Nachricht zu schreiben. Sie stöhnte auf, als ihr wieder einfiel, dass ihr Handy weg war. Sie kam hier nicht weiter.

Aber wenn sie wieder draußen wäre – mittlerweile empfand sie die Wohnung als Gefängnis –, würde sie anfangen, mit allen Leuten, die irgendwie um das Leben von Melanie Schmidt herum organisiert waren, zu sprechen. Ihr fiel ein, dass Uta Thiele eine gewisse Paulus-Diakonie erwähnt hatte, die Melanie unterstützt hatte. Außerdem fragte sich Fanny eigentlich schon seit Tagen immer wieder, was eigentlich mit Melanies Sohn Justin war. Chiara hatte immerhin die Zuneigung und Liebe der Pflegefamilie zur Hilfe, um den Tod ihrer Mutter zu verarbeiten. Aber was war mit dem kleinen Jungen? Frau Thiele hatte erwähnt, dass er schon einmal im Kinderheim untergebracht gewesen war. Würde er nun nach seiner Entlassung aus der Klinik dort aufwachsen?

Fanny legte sich in ihrer ganzen Länge auf das kleine Sofa. Sie starrte an die weiße Decke. In einer Ecke hingen Spinnweben. Ein Weberknecht baumelte mittendrin, und von hier unten konnte man partout nicht erkennen, ob er tot war oder sich nur ausruhte. Sie drehte sich seufzend auf die Seite. Es würde mühsam werden, mit all diesen Menschen zu sprechen. Das war ein regelrechtes

Detektivspiel und sie hasste solche Puzzlearbeiten. Aber Fanny hatte die Hoffnung noch nicht aufgegeben, dass eines dieser Gespräche, oder alle zusammen, sie der Antwort auf ihre drängendste Frage näher bringen würden: Wer hatte Melanie Schmidt umgebracht? Und warum?

Fanny rieb sich die Augen. Lars hatte ja recht. Bisher war Dago der Einzige, der ein Motiv hatte. Aber nein, sie winkte innerlich ab. Das konnte sie sich einfach nicht vorstellen. Und nun, wo sie ihn kannte, noch viel weniger.

Beim Gedanken an Dago und die Nacht mit ihm spürte Fanny ein kurzes Ziehen im Bauch. Fast wie ein Kribbeln. Nicht dass sie sich verliebt hatte, nichts läge ihr ferner. Aber aufregend war es natürlich rückblickend schon gewesen. Und auch wenn der DJ etwas von einem Kleinstadt-Platzhirsch hatte und, soweit sie sich erinnern konnte, viel dummes Zeug geredet hatte, sie konnte nicht leugnen, dass er sie irgendwie reizte. Manchmal reichte es ja schon, wenn jemand anders war. Ob er sie wohl wiedersehen wollte?

Sie setzte sich auf und schob diesen Gedanken schleunigst beiseite. Dago war ein Tatverdächtiger. Sie musste die nötige Distanz bewahren. Auch wenn sie nicht glaubte, dass er Melanie Schmidt umgebracht hatte, wissen konnte sie es nicht! Wahrscheinlich merkte man ja den wenigsten Mördern an, was sie getan hatten. Das hätte die Arbeit der Polizei auch zu einfach gemacht.

Sie sprang jetzt auf und lief ein paar Schritte in dem kleinen Zimmer hin und her. Dann sah sie wieder aus dem Fenster. Allmählich bekam sie einen Lagerkoller.

Vielleicht sollte sie noch einmal nach einem Zweitschlüssel forschen? Aber inzwischen hatte sie jeden Winkel der Wohnung durchsucht. Oder aus dem Fenster brüllen? Irgendwann würde schon jemand auf sie aufmerksam werden. Als sie gerade zum x-ten Mal unschlüssig an den Fenstern vorbeitigerte, entdeckte sie auf dem Fensterbrett im Kinderzimmer einen Briefumschlag, auf dem der Stempel einer bekannten Stralsunder Kanzlei prangte. Bevor sie sich weiter mit dem Fund beschäftigen konnte, hörte sie auf einmal, wie jemand die Tür aufschloss. Vor Erleichterung lief sie, ohne zu überlegen, wer das sein könnte, in Richtung Flur. Sie staunte nicht schlecht, als Lars vor ihr stand.

»Brüderchen, Gott sei Dank.«

Er sah sie streng an. »Fanny. Was hast du hier zu suchen?«

»Ich weiß, sei mir nicht böse. Ich wollte nur mit ein paar Nachbarn sprechen. Und dann stand die Tür offen. Und als jemand kam, habe ich mich lieber versteckt. Dieser Jemand hat etwas in der Wohnung gesucht. Vielleicht war es der Mörder.«

»Wieso Mörder? Der Hausmeister hat auf der Dienststelle Bescheid gesagt.«

»Ach so ...«

»Und der hat sich wahrscheinlich gefragt, warum die Wohnungstür offen stand.« Lars stöhnte. »Ich dachte, ich gucke nicht richtig, als ein Kollege mit deinem Handy ankam.«

»Sag mal, habt ihr eigentlich Melanies Handy?« Wie blöd, dass sie daran nicht schon vorher gedacht hatte.

Fanny schaute ihren Bruder gespannt an, ein Handy hatte er bis jetzt mit keinem Wort erwähnt.

»Nein. Sie hatte kein Handy bei sich. Vielleicht hat der Mörder es ihr abgenommen. Oder es liegt irgendwo auf dem Grund des Sunds.«

»Und kann man bei der Telefongesellschaft trotzdem ein Protokoll ihrer letzten Anrufe und Nachrichten anfordern?«

»Nur Anrufe, haben wir längst gemacht. Aber da war nichts Ungewöhnliches dabei. Wieso fragst du?«

»Ich hatte ja reichlich Zeit, mich durch die ganzen Unterlagen von Melanie zu lesen. All die Briefe vom Jugendamt. Auflagen, die sie zu erfüllen hatte, damit sie ihre Kindern sehen durfte. Und ich habe einfach den Eindruck, dass sie ihr Leben in den letzten Wochen, oder vielleicht sogar Monaten, langsam in den Griff bekommen hatte.«

»Dagegen spricht die Menge an Amphetaminen, die sie vor ihrem Tod eingeworfen hat.« Lars schaute sie skeptisch an.

»Ja eben. Und ich frage mich, was da passiert ist. Warum ist sie rückfällig geworden? Oder hat ein anderer sie unter Drogen gesetzt? Und dann gibt es natürlich noch die Möglichkeit, dass der Mord überhaupt nichts mit Melanie selbst zu tun hatte.«

»Wie meinst du das?«

»Keine Ahnung. Vielleicht hätte es genauso gut eine andere junge Frau treffen können. Ich kann mir einfach nicht vorstellen, wer ein Motiv gehabt haben soll, Melanie zu ermorden.«

»Meinst du so etwas wie ein Sexualverbrechen? Die Rechtsmedizin hat keine Spuren gefunden, die auf eine Vergewaltigung hinweisen.«

»Ich dachte auch eher in Richtung Fahrerflucht. Oder ein Irrer, der einfach Bock drauf hatte, jemand umzunieten.«

»Die machen sich selten die Mühe, die Leiche zu entsorgen. Die rasen einfach weiter.«

»Hm«, Fanny schaute ihren Bruder nachdenklich nickend an, »das weißt du natürlich besser als ich. Gibt es denn mittlerweile irgendeinen Hinweis aus der Bevölkerung? Ihr habt doch immerhin diese Poster überall verteilt.«

»Da kommt immer viel Quatsch zurück. Einer will Melanie Schmidt in der Mordnacht am Umspannwerk gesehen haben. Der Nächste sagt, dass sie noch lebt.«

»Das Umspannwerk liegt nicht allzu weit von der Brauerei weg. Was könnte sie dort gewollt haben? Hängen da vielleicht irgendwelche Junkies rum? Oder war sie doch zur falschen Zeit am falschen Ort?«

»Fanny, in den meisten Mordfällen kennen Täter und Opfer sich. Und außerdem, darf ich dich daran erinnern, dass wir einen Tatverdächtigen haben?«

Sie zog eine Grimasse. »Dago? Lars, der war es nicht.«

»Ach so, weil du ihn ja jetzt so gut kennst, oder was?«

»Nee, aber – ach Mann, ich weiß nicht, nenn es meinetwegen weibliche Intuition oder so ...«

»Und hat deine weibliche Intuition dir auch verraten, dass er nach ihrem Tod Geld von Melanies Konto abgehoben hat?« Dass ihr Bruder diese Information preisgab, konnte nur auf seinen Beschützerinstinkt zurückgeführt werden. »Was für Geld?«

»Das Geld, das sie vom Amt bekommt. Ich habe ihre Kontobewegungen überprüfen lassen. Und siehe da, Montagabend nach ihrem Tod wurde das gesamte Guthaben abgehoben. Und die Sicherheitskameras in der Sparkasse am Neuen Markt haben uns dann gezeigt, dass es dein Lover war.«

»Erstens, Dago ist nicht mein Lover. Zweitens, das hast du alles heute herausgefunden?«

»Mehr oder weniger. Ich verschwende meine Zeit eben nicht damit, in den Wohnungen fremder Menschen herumzusitzen.« Lars grinste nicht, während er das sagte.

Das Telefon klingelt schrill. »*Guten Tag, Frau Wolff. Es liegt eine Entführungswarnung für Sie und Ihren Kollegen vor.*« *Am anderen Ende, irgendwo in einem grauen Büro in Deutschland, räuspert sich der Mitarbeiter vom Bundeskriminalamt. Abteilung ST. Polizeilicher Staatsschutz.*

In ihrem Kopf überschlagen sich die Gedanken. Schiitische Milizen oder Daesh? Aber spielt es am Ende eine Rolle, wer dir die Kehle aufschlitzt? Sie hat jetzt den Eindruck, draußen auf dem Flur Schritte zu hören. Schwere, schnelle Schritte von Stiefeln mit knallenden Hacken. Unten auf der Straße diskutieren ein paar Männer. Ihre Stimmen werden lauter, flachen ab und brüllen dann schlimmer als zuvor. Sie versteht eigentlich ganz gut Arabisch, aber im Moment klingt alles nur wie eine einzige Drohung. Sie kann die Worte nicht mehr identifizieren, die Angst lähmt ihr Hirn. Der Fotograf beginnt hektisch, seine Sachen zusammenzusuchen. Sammelt auch ihre Unterlagen zusammen, weil er ihr ansieht, dass sie geradezu bewegungsunfähig ist.

»*Die kennen Ihre Namen und wissen, in welchem Hotel Sie abgestiegen sind, der BKA-Mitarbeiter empfiehlt Ihnen, das Haus so schnell wie möglich zu verlassen.*« *Wer hat sie verraten? Der Fahrer? Der Übersetzer? Die Lehrerin? Was, wenn es die Lehrerin war? Sie schien eine der wenigen integren Personen zu sein, die sie in diesen letzten schlimmen Tagen im Westen Bagdads getroffen haben. Dort zwischen den geräumten US-Stützpunkten, die jetzt langsam zu Ruinen zerfallen, in Sichtweite der Autobahnbrücke, unter der die Leichen liegen. Umgebracht in einer nicht enden wollenden Spirale aus Rache. Schiiten. Sunniten. Völlig egal, denn als Tote hatten sie eh keine Religion mehr. In dieser Umgebung nicht die Moral zu verlieren schien eine schier übermenschliche Leistung.*

Die deutsche Botschaft will eine gepanzerte Limousine schicken. So lange müssen sie hier ausharren. »Halten Sie sich von Fenstern und der Tür fern. Wir kontaktieren Sie, wenn es so weit ist.« Die Stimme des Mannes verstummt. Er sitzt nun wieder in dem sicheren Büro in Berlin. Vielleicht auch in Wiesbaden.

Wenn sie die Augen zusammenkneift, sieht sie am Horizont die schwarze Fahne der IS-Kämpfer wehen.

6

Man muss sein Herz an etwas hängen, was es lohnt.
Hans Fallada

Fanny fuhr erschrocken aus dem Bett, als ihr Handy plötzlich auf dem Nachttisch brummte. Es war mitten in der Nacht. Auch wenn es im Sommer nie so richtig dunkel wurde. Auf ihrem Telefon blinkte ein Anruf, aber sie kannte die Nummer nicht. Allein die Angst, dass ihren Eltern oder Lars etwas zugestoßen sein könnte, ließ sie sofort abnehmen.

»Fanny«, sagte eine männliche Stimme, die sie nicht gleich zuordnen konnte, »ich bin's. Dago. Können wir uns treffen?«

Ihr Herz machte einen kleinen Satz und klopfte bis in den Hals. Von dort rutschte es ihr in die Schlafanzughose. Sie hatte auf einmal fast ein bisschen Angst. »Dago«, sagte sie und hoffte, dass er nicht hörte, wie ihre Stimme zitterte, »weißt du eigentlich, wie spät es ist?«

»Ja, ich weiß, sorry«, murmelte er, und schon kam ihr die Angst von eben lächerlich vor, »aber ich kann nicht schlafen. Dein Bruder macht mir die Hölle heiß.«

Jetzt knipste Fanny ihre Nachttischlampe an. Dago wusste also, dass Lars ihr Bruder war. »Da kann ich dir nicht helfen ...«

»Ich hab Melanie nicht umgebracht. Mann, ich bring doch keinen Menschen um, so was würde ich nie tun. Und schon gar nicht Melanie.«

»Warum hast du dann ihr Konto leergeräumt?« Sie biss sich sofort auf die Zunge. *Fuck*, das hätte sie nicht sagen dürfen. Lars würde stinksauer sein. Allein schon die Tatsache, dass sie hier mitten in der Nacht mit seinem »Haupttatverdächtigen« telefonierte! Und dann gab sie auch noch Ermittlungsdetails preis. Wenn Lars das herausfand, würde er nicht mehr mit ihr sprechen. Geschweige denn, ihr noch irgendetwas über den Fall erzählen.

»Mann, sie hat mir Geld geschuldet. Und ich schulde anderen Leuten Kohle. Viel Kohle. Meine ganze DJ-Ausrüstung, das ist alles auf Pump gekauft. Da dachte ich eben, ich hole mir, was mir gehört. Ich weiß, dass das ein Fehler war. Bitte, du musst mir glauben.«

»Dago, ich bin es nicht, die du überzeugen musst«. Die harte Fassade bröckelte ja schnell, dachte Fanny abfällig über sich selbst, als sie sich das sagen hörte. Andererseits kein Wunder, wenn man so aus dem Schlaf gerissen wurde. Und das auch noch bei diesen Albträumen, die sie einfach nicht loswurde.

»Aber streng genommen schuldest du doch Melanie Geld. Besser gesagt Chiara.«

»Ich sag dir jetzt mal was, Fanny. Chiara ist nicht meine Tochter. Die is Ollis. Sieht übrigens auch haargenau so aus wie er.«

»Wer ist Olli?«

»Mein bester Kumpel.«

»Mit dem hatte Melanie auch was?«

Als Antwort murmelte er irgendetwas, das sie nicht verstand. Fanny schüttelte den Kopf. Was war das nur für ein Durcheinander? Und wie war sie da reingeraten? »Ich muss jetzt wirklich schlafen«, sie schluckte, »bitte ruf mich nicht mehr an.«

»Fanny, du musst mir glauben ...«

Sie legte schnell auf.

Aber an Schlaf war natürlich nicht mehr zu denken. Gegen fünf schließlich entschloss Fanny sich, laufen zu gehen, auch wenn sie sich wie erschlagen fühlte. Aber ein wenig frische Luft würde ihr hoffentlich guttun. Der Wetterbericht hatte einen heißen Tag, vielleicht sogar den Beginn einer Hitzeperiode angekündigt, aber jetzt, frühmorgens, war die Luft noch frisch und klar.

Im Hafen waren die ersten Fischer eingelaufen und sortierten nun den Fang.

»Na, Lüdtke, was gibt's heute?«, rief sie im Vorbeijoggen zum Kutter rüber.

»Barsch und Aal, kommste mittachs Fischbrötchen essen, Fanny?«

Sie hob die Hand und rannte weiter. Abgesehen von den Fischern und ein paar Möwen, die ungeduldig auf ihren Anteil warteten, herrschte auf der Hafeninsel noch Ruhe. Fanny passierte ein paar geschlossene Restaurants, die Tische und Stühle auf den Terrassen akribisch miteinander verkettet. Vor ihr lag das Ozeaneum wie ein Raumschiff zwischen den alten, hohen Speichern. Ihre Füße trugen sie jetzt in einem gleichmäßigen Takt. Sie versuchte, sich ganz darauf zu konzentrieren, auf das Geräusch ihrer Schuhe auf dem Asphalt. Sie bog rechts ab und an der Feuerwehr lief sie geradeaus weiter in Richtung Sundpromenade. Dort passierte sie das Hansa-Gymnasium, eine Schule wie aus dem Bilderbuch mit einzigartigem Blick aufs Wasser. Sie folgte diesem Blick über den Sund, der die langsam aufgehende Sonne spiegelte. Höchstens eine Woche war es jetzt her, dass sie Melanie Schmidt am Bootssteg entdeckt hatte. Und schon war Lars überzeugt davon, den Mörder gefunden zu haben. Fanny schnaubte. Nicht mal für ein paar Laufminuten gelang es ihr, das Gedankenkarussell anzuhalten. Dabei joggte sie doch nur, damit sie mal an nichts dachte. Eigentlich war ihr Sport zuwider. Sie versuchte, sich wieder auf ihren Atem zu konzentrieren. Wahrscheinlich lief sie einfach zu langsam. Fanny sprintete los und innerhalb kürzester Zeit erreichte sie die Badeanstalt und das Krankenhaus. Dann nahm sie den Weg weiter hoch in Richtung Fachhochschulgelände. Weil ihre Waden jetzt langsam anfingen zu brennen, drehte sie noch vor dem ersten Hochschulgebäude um und lief den Berg wieder herunter. Sie ließ den Hubschrauberlandeplatz des Hanseklinikums rechts hinter sich und nahm nun, anders als auf dem Hinweg, die Route durch den kleinen Wald oberhalb des Sundes am Kinderheim vorbei. Auf dem Hof des Kinderheims standen einsam ein paar Spielgeräte. Die Luft flimmerte leicht über dem grauen Beton. Wie lange Melanies Sohn hier wohl untergebracht gewesen war? Fanny zog die Geschwindigkeit erneut an und erst als sie das Bootshaus erreichte, genehmigte sie sich endlich eine Pause zum Dehnen. Anders als sonst ging sie dafür jedoch nicht auf den Steg, sondern blieb oben an einer Bank. Dort stand sie nun und starrte so gebannt auf das Wasser, auf die Insel gegenüber, das Glitzern der Morgensonne und die Silhouette der Stadt mit den hohen Kirchtürmen, dass sie für eine Weile völlig vergaß, weshalb sie hier war.

Als Fanny in der Redaktion ankam, wartete Sokratis schon an ihrem Schreibtisch. »Du bist aber früh da heute. Was passiert?«, fragte sie ihn und knallte ihren schwarzen Rucksack mit Schwung auf den Schreibtisch.

»Nee, nee, ich wollte nur noch ein paar Sachen vor der Konferenz erledigen. Und dich um deine Meinung fragen. Du bist gestern ja gar nicht mehr wiedergekommen.«

Sie verzog den Mund. Na toll, wahrscheinlich hätte es Tage gebraucht, bis man sich in der Redaktion gefragt hätte, wo sie eigentlich abgeblieben war. »Ich war in der Wohnung von Melanie Schmidt eingeschlossen. Bis mein Bruder mich befreit hat.« Der letzte Satz klang etwas zu theatralisch, aber beschrieb die Geschehnisse doch richtig.

»Was? Wie krass«, Sokratis schaute sie besorgt an, »Alles in Ordnung mit dir? Hat dich da jemand eingesperrt, oder was?«

»Ach, meine eigene Dummheit«, sie machte eine wegwerfende Handbewegung, »Ich war einfach zu neugierig.«

»Ist wohl 'ne Berufskrankheit ...«

»Ja, stimmt.« Sie lachte. »Also, was wolltest du mich denn fragen?«

»Ich habe jetzt eine Griechen-Geschichte gemacht, wie du vorgeschlagen hast. Na ja ...«, er zuckte verlegen mit den Schultern, »es ist das erste Mal, dass ich über etwas wirklich Wichtiges schreibe.«

»Und? Gutes Gefühl, was?«

Er grinste sein Grinsen, und sie hatte das Gefühl, jeden einzelnen seiner 32 Zähne sehen zu können.

»Na, zeig mal her.«

Sokratis reichte ihr feierlich das Blatt Papier und Fanny begann sofort, aufmerksam zu lesen. Sie ließ sich nicht davon stören, dass er neben ihr lauerte wie ein aufgeregter Spatz, der auf den nächsten herunterfallenden Krümel wartete. Nach ein paar Zeilen war sie heimlich erleichtert. Warum, wusste sie selbst nicht genau. Wahrscheinlich wäre ihre Enttäuschung über einen schlechten Text größer gewesen, als sie selbst geglaubt hätte – aber zum Glück konnte Sokratis tatsächlich schreiben. Das Ganze war noch etwas unstrukturiert, man würde die Absätze anders anordnen müssen, aber das würde er lernen. Hingegen, so zu schreiben, dass man als Leser dranblieb und wirklich wissen wollte, was der Artikel zu berichten hatte, das war ein Talent, das man hatte oder eben auch nicht. Davon war Fanny überzeugt. Deswegen hielt sie auch nicht viel von Journalistenschulen. Wenn man schreiben konnte, musste man nur die Abläufe und das Tagesgeschäft erlernen. Und das tat man am besten *on the job*, wie es so schön hieß. Oder *learning by doing*. Noch so eine fürchterliche Phrase. Sie las den Text zu Ende und schaute von dem Bogen hoch. Sokratis sah sie erwartungsvoll an.

»Wirklich gut. Der Opener ist toll, am Ende machst du die Sache rund. Der Artikel ist berührend, aber trotzdem, soweit es geht, objektiv. Und du hast es geschafft, ihn so geschickt zu verdichten, dass man unglaublich viele Infos erhält, ohne sich belehrt zu fühlen. Da wird sich die Redaktion in Rostock freuen.«

Sie hatte es nicht für möglich gehalten, dass sein Grinsen noch breiter werden konnte. Aber es konnte.

»Nur ein bisschen besser ordnen musst du das Ganze noch. Es fehlt die klare Linie«, sagte sie deshalb schnell, »das ist alles noch zu wirr.«

Ihre Kritik konnte seinem Grinsen nichts anhaben. Stolz wie ein kleines Kind, das irgendetwas zum ersten Mal in seinem Leben geschafft hatte. Und so musste Fanny unwillkürlich auch lächeln.

»Als Nächstes kannst du dich den Flüchtlingen widmen, die vor einer Weile in Viermorgen angekommen sind«, redete sie weiter. »Ich will ein paar O-Töne. Wie denken die Stralsunder über die neuen Einwohner? Und mach dich auf was gefasst, da werden einige miese Antworten kommen.«

»Oh, ich glaube, da täuschst du dich. Es gibt viele Stralsunder, die gerne helfen.«

»Na ja, das kommt sicher auch darauf an, wo du fragst. Fahr mal in die Platten in Grünhufe und Knieper West.«

»Wollen wir etwa Rassisten eine Plattform geben?« Sokratis klang auf einmal wütend.

Fanny holte tief Luft. »Natürlich nicht. Aber guter Journalismus sollte ein Bild zeigen, das so umfassend wie möglich ist. Und dazu gehört auch, dass wir diejenigen zitieren, die nicht mit diesen Veränderungen einverstanden sind. Und dass wir ihre Ängste ernst nehmen und sie nicht dämonisieren. Es gibt nichts Schlimmeres als Kollegen, die im Elfenbeinturm sitzen und an ihren Lesern vorbeischreiben.«

Er überlegte einen Moment, bevor er antwortete: »Da hast du sicher recht, aber wenn Otto Normalverbraucher zu Hause auf dem Sofa liest, dass alle anderen Stralsunder den Flüchtlingen helfen, macht er es doch auch eher, als wenn ich denen eine Stimme gebe, die nur Hass verbreiten. Im Zweifel denkt er dann, dass Rassismus in Ordnung ist, dass es okay ist, Rassist zu sein, weil andere sich ja genauso fühlen. Wir Journalisten sind doch diejenigen, die Meinungen bilden müssen. Die mit ihren Artikeln Leute darin beeinflussen, was sie denken.«

Fanny schaute Sokratis kopfschüttelnd an. Diese Einstellung war ihr in ihrer Karriere schon oft begegnet. Manche Journalisten hatten einen geradezu lächerlichen Machtanspruch, von wegen vierte Gewalt und so. Viel zu viele verfolgten eine eigene Agenda und dabei verloren sie völlig den Bezug zu dem, was die Masse, das Volk, wenn man so wollte, wirklich dachte.

Dagegen hatte sie sich schon immer gewehrt und es hatte ihr oft Kritik eingebracht. »Sokratis, ich habe auch Ideale und Werte und ich wünschte, ich könnte sie auf fremde Menschen übertragen. Aber als Journalistin ist es nicht meine Aufgabe, Gehirne zu waschen. Alles, was ich tun kann, ist, die Leute so gut wie möglich zu informieren und darauf zu hoffen, dass sie sich daraufhin die richtige Meinung bilden.«

Ihr junger Kollege schnaufte unzufrieden. »Wir haben Verantwortung. Und überhaupt, Fanny, wenn du so streng in deiner Medienethik bist, wie konntest du dann bei der *Bild* arbeiten?«

»Das ist doch klar – es ist die meistgelesene Zeitung in Deutschland. Wie kann man da nicht arbeiten wollen? Man muss doch verstehen, was die Leute lesen wollen.«

»Na ja, aber dieses Skandalisieren, wie die es machen, das ist doch der Demokratie nicht zuträglich ...«

»Ach, es ist doch nicht nur die *Bild*, die Katastrophen herbeischreibt. Mittlerweile funktioniert der gesamte Journalismus doch nur noch über hypernervöse Nachrichten. Aber darum geht es mir nicht, denk doch mal darüber nach, wie wenig wir noch für den Normalbürger schreiben. Ich sage doch gar nicht, dass du keine Meinung zu den Themen haben sollst. Im Gegenteil. Aber du gibst der demokratischen Debatte so etwas wie die Worte – und in einer Demokratie muss ich auch denen zuhören, die ich unter Umständen verabscheue.« Sie schaute Sokratis eindringlich an.

Er zog eine Schnute wie ein bockiges Kleinkind. »Da hast du recht«, sagte er dann plötzlich zu ihrer Überraschung. »Dann mach ich mich mal auf«, nun kehrte das Grinsen in Sokratis' Gesicht zurück, »vom Martinsgarten bis nach Viermorgen. Und auf ein paar Dörfer fahre ich am besten auch noch. Es lebe die Demokratie! Die haben wir Griechen ja immerhin erfunden!«

Fanny sah ihm lachend nach. Gerade als sie sich auf den Weg zur Kaffeemaschine machen wollte, klingelte ihr Telefon.

»Ich bin's, Lars.«

Fanny fiel der nächtliche Anruf von Dago wieder ein und sie hielt es nicht für unmöglich, dass ihr Bruder in der Zwischenzeit davon erfahren hatte und ihr nun die Leviten lesen wollte. »Ja?«, fragte sie deswegen vorsichtig.

Aber Lars ging es um etwas anderes: »Erinnerst du dich noch an Christina Koch?«

Sie überlegte einen Moment lang verwirrt. »Die aus unserer Klasse?«

»Ja genau. Die Streberin.«

»Was ist mit ihr?«

»Die ist jetzt Betreuerin in einer Einrichtung für Suchtkranke. Samariter-Haus.«

»Betreuerin?«

»Na, hier, Psychotante.«

»Okay ...«, sagte Fanny langsam, sie ahnte, worauf ihr Bruder hinauswollte.

»In dieser Einrichtung wurde auch Melanie Schmidt betreut.« Ihr Bruder machte eine Kunstpause, er schien abgelenkt, so als würde er nebenbei noch etwas lesen.

»Und was hab ich damit zu tun?«

»Du weißt ja, dass ich nicht immer besonders nett zu der war. Geh du doch da mal vorbei und sprich mit der.«

Fanny huschte ein Lächeln übers Gesicht. Sie hatte mit ihrer Ahnung richtiggelegen. »Was? Heißt das etwa, dass du meine Hilfe bei den Ermittlungen brauchst?« Fanny konnte nicht anders, als den Moment auszukosten.

»Komm, krieg dich mal wieder ein, sonst überlege ich mir das gleich wieder anders.«

»Ist ja schon gut. Aber warum denkst du, dass die Koch mir mehr erzählt?«

»Weil du damals in der Schule auch unbeliebt warst. Schweißt so was nicht zusammen? Rückblickend zumindest?«

Fanny schnaufte. »Na ja, ich werde mich bemühen, es so aussehen zu lassen.«

Fanny blieb kurz vor dem hohen Altbau stehen, an dem das Schild mit den Worten *Kirchliche Evangelische Suchtkrankenhilfe* hing. Sie las den Namen mit hochgezogenen Augenbrauen, es war ihr nicht recht, dass sich all diese Institutionen in kirchlicher Hand befanden. Schon als Uta Thiele die Paulus-Diakonie erwähnt hatte, war ihr das aufgefallen.

Hier oben im Norden, schon gar in der ehemaligen DDR, hatte doch keiner was mit Religion am Hut. Sicher, an Weihnachten, da waren die Gottesdienste voll. Selbst ihre Eltern, atheistisch wie zwei Holzklötze, pilgerten am Heiligabend in die Kirche. Aber das hielt Fanny eher für den letzten Versuch, dem Weihnachtsfest irgendeine Art von Tradition einzuhauchen, um damit den an Absurdität grenzenden Konsum und Stress im Vorfeld zu rechtfertigen. Ein paar Zugezogene würden sich vielleicht noch als gläubig bezeichnen, aber ansonsten kannte sie in Stralsund niemanden, der aktiv und nur wenige, die laut Geburtsurkunde evangelisch waren. Katholiken gab es schon gar nicht. Warum also mussten die Einrichtungen, die den Menschen in Stralsund halfen, dies im Namen Gottes tun? Waren religiöse Menschen wirklich die Einzigen, die altruistisch genug sind, um anderen zu helfen? Sie wunderte sich. So wie manche Menschen es für eine Selbstverständlichkeit hielten, an Gott zu glauben, so selbstverständlich war es für Fanny, dass es ihn nicht gab. Oder sie. Oder es. Allein diese Ungewissheit machte es für sie unmöglich, an die Existenz eines über allen Wassern Schwebenden zu glauben.

Sie ging zögerlich zum Eingang, eine rote Holztür, die jemand mit viel Liebe restauriert hatte. Das Haus stand mitten in der Altstadt, gegenüber dem berühmten Meereskundemuseum, in dem Fanny das letzte Mal an einem Wandertag in der sechsten Klasse gewesen war. Eigentlich schade. Hätte irgendjemand in ihrem Umfeld ein Kind gehabt, wäre das ein guter Grund gewesen, mal wieder dorthin zu gehen. Aber sie kannte niemanden mit Nachwuchs. Sicher, ihr Bruder würde wahrscheinlich bald Kinder wollen, wenn er es nicht schon tat. Aber darauf, Tante zu werden, konnte sie sich schon allein deswegen nicht freuen, weil das Lars nur umso mehr an die schreckliche Katrin binden würde.

Fanny schaute auf die Klingelschilder und ganz unten links stand klein *Suchthilfe*. Sie drückte drauf, und kurz danach ging die Tür summend auf. Die Einrichtung befand sich gleich im Erdgeschoss, und eine junge Frau, übersät mit Tätowierungen und ziemlich offensichtlich dem Rockabilly-Stil verfallen, öffnete ihr.

»Hi, ich wollte eigentlich mit Christina Koch sprechen«, begrüßte Fanny die Frau und blieb kurz an dem Pin-up-Girl auf ihrem Oberarm hängen, Lady Luck stand darüber in altmodischen Saloon-Buchstaben geschrieben. Die sexy Figur hielt zwei bunte Würfel in der Hand. Fanny schüttelte innerlich den Kopf: schon Wahnsinn, was sich Menschen so in die Haut ritzen ließen. Freiwillig wohlgemerkt.

»Frau Koch kommt erst gegen elf.« Das Rock-Girl aus einer anderen Zeit pustete ihren akkurat geschnittenen und schwarz gefärbten Pony beiseite. Dann rückte sie das Bandana-Tuch, das über dem Ponyansatz haftete wie festgeklebt, ein wenig nachts rechts und sagte: »Aber kommen Sie doch rein, sind ja nur noch ein paar Minuten. Sie können gerne hier warten.«

Fanny nahm das Angebot dankbar an und folgte dem gestreiften Spaghettiträger-Oberteil, unter dem sich ganze Gemäldelandschaften befanden, in eine kleine Küche. Man würde Stunden brauchen, um all diese verschiedenen Tätowierungen eingehend zu betrachten. Da hatte sich jemand wirklich zum fleischgewordenen Kunstwerk gemacht.

»Ich bin übrigens Franzi.«

»Hi, Franzi, sorry, dass ich dich so anstarre, aber deine Tattoos sind echt der Hammer.«

»Oh, danke.« Sie schien ehrlich erfreut über das Kompliment.

»Ich bin übrigens Fanny.«

»Hi, Fanny.« Sie lächelte und setzte sich an einen Klapptisch, der mitten in der Küche stand.

»Franzi, arbeitest du schon lange bei der Suchthilfe?«

»Ich hab mein soziales Jahr hier gemacht. Jetzt studiere ich Soziale Arbeit in Neubrandenburg und jobbe hier nebenbei.«

»Was genau machst du so?«

»Och, alles Mögliche. Ich bin das Mädchen für alles und jeden. Vorbereitung von Seminaren und Treffen. Und wenn einer 'n Problem hat, kommt er zu mir, um sich auszuheulen.« Sie schaute Fanny stolz an. Die wunderte sich nicht, dass Franzi sich nicht weiter danach erkundigte, was sie eigentlich hier wollte. Vielleicht dachte sie, dass Fanny zum Beratungsgespräch kam. Wahrscheinlich war man in diesen Einrichtungen eher diskret.

»Ich bin Journalistin und recherchiere über Melanie Schmidt, kanntest du sie?«, fragte Fanny geradeheraus.

Franzi schaute sie überrascht an. »Oh, von der Zeitung...«

»Ja, aber die *Ostsee-Nachrichten*, nicht die *Bild* oder so was«, bemühte Fanny sich schnell klarzustellen. Nicht dass Franzi am Ende verstummte.

»Na dann ist ja gut.« Sie grinste.

»Und? kanntest du Melanie?«

Franzi stockte kurz. »Ja, ich kannte Melanie«, sagte sie dann zögerlich. »Sie war ja immer mal wieder hier und wir sind manchmal zusammen was trinken gegangen. Und ab und zu haben wir uns auf Partys getroffen. Aber das war eher zufällig.«

»Ich hatte das Gefühl, dass sich Melanie in letzter Zeit etwas berappelt hatte.«

Franzi fuhr nachdenklich mit der Hand über die Tischplatte. »Sie wollte ihre Kinder zurück. Das weiß ich. Und sie hat wirklich hart an sich gearbeitet, um clean zu bleiben.«

»Hatte sie Freunde, die auch Drogen genommen haben?«

Die junge Frau sah Fanny mit einem komischen Blick an. Fast, als wäre sie amüsiert über die Frage. »Kommst du aus Stralsund?«

»Ja schon. Aber ich bin kurz nach dem Abi weggegangen ...«

»Aha.« Sie atmete tief durch. »Also, zum Feiern nehmen hier alle Drogen. Klar, die meisten saufen nur, aber das finde ich manchmal noch gefährlicher, weil es sozial voll akzeptiert ist. Aber auch Ecstasy und MDMA sind total verbreitet. Gras wird sowieso in allen möglichen Formen konsumiert. Pilze sind auch beliebt. Poppers war eine Zeit so 'n richtiger Trend auf Partys. Na ja und Koks natürlich, obwohl das den meisten zu teuer ist. Ab und zu fahren 'n paar Leute nach Dresden und bringen Crystal mit.«

Fanny schluckte. Das waren eine ganze Menge verschiedener Substanzen. Irgendwie hatte sie sich nie in solchen Kreisen herumgetrieben. Vielleicht war sie auch zu ignorant, um zu merken, ob jemand in ihrem Umfeld Drogen nahm. Sie wandte sich wieder an Franzi. »Du meinst also, dass Melanie viele Freunde hatte, die irgendwelche Drogen konsumierten?«

»Ja sicher. Sie hat einen festen Freundeskreis, mit dem sie feiern geht.« Franzi griff sich an die Stirn. »Also hatte, meine ich. Ein paar davon kenne ich auch. Janine, Dago natürlich und Olli. Steffi und Nicole. Die waren ständig zusammen unterwegs. Und die nehmen alle irgendwas.«

»Ist von denen hier sonst noch jemand bei euch im Zentrum?«

»Nee. Aber die haben ja auch nichts zu verlieren. Für Melanie war das 'ne Auflage vom Jugendamt. Sie musste hier regelmäßig vorbeikommen. Ob sie wollte oder nicht.«

»Und? Hat sie Fortschritte gemacht, deiner Meinung nach?« Fanny nutzte nun die Tatsache aus, dass sich Franzi anscheinend sehr wichtig fühlte, während sie ihr diese ganzen Sachen erzählte. Ihr Trick für alle Gespräche, es gab nur wenige Menschen, die das Gefühl, etwas Wichtiges zu sagen zu haben, nicht genossen.

Die junge Frau strich sich über die bunten Arme. »Sie hatte viele Rückfälle. Immer wenn sie feiern gegangen ist. Ich habe sie selbst oft total druff erlebt.«

»Wie war sie dann?«

»Na happy eben.«

»Happy?«

»Das ist ja das Problem«, dozierte Franzi nun, »der Alltag ist so öde und das Leben so anstrengend. Die Ämter, die Eltern, der ganze Scheiß. Da will man ab und zu mal ausbrechen. Eben nicht dieses ganze morgens aufstehen und arbeiten gehen und schuften und schuften und dann abends 'ne Flasche Bier und ab ins Bett und am nächsten Morgen geht derselbe Mist wieder von vorne los. Wie so 'n Hamster im Laufrad.« Sie grinste Fanny verschmitzt an. »Na, nicht so wie unsere Eltern eben.«

In dem Moment öffnete sich die Tür, und als sich Fanny umdrehte, erkannte sie Christina Koch sofort. Im Gesicht der ehemaligen Klassenkameradin sah sie, dass auch die sie erkannt hatte. »Fanny? Fanny Wolff? Was machst du denn hier?«, fragte sie erstaunt.

Fanny lachte ihr freundlichstes Lachen. »Hi, Tina, ich wollte dich mal besuchen kommen.«

Wenn man zusammen zur Schule gegangen war und sich dann jahrelang nicht gesehen hatte – zu Klassentreffen war Fanny nie gegangen und sie vermutete, Christina hatte sich dort ebenfalls nicht blicken lassen –, war so ein Wiedersehen oft viel freundschaftlicher und emotionaler, als es dem Verhältnis, was man damals zu einander gehabt hatte, entsprochen hätte. Darauf setzte Fanny und tatsächlich, Tina schien sich so über den unverhofften Besuch zu freuen, dass sie sie mit einer Umarmung begrüßte. Sie kam allerdings etwas unbeholfen daher, linkisch geradezu, so als würde Christina Koch nicht besonders oft Menschen umarmen. »Du, lass uns in mein Büro gehen. Franzi, machst du uns bitte einen Kaffee? Du trinkst doch Kaffee, oder?«

Fanny nickte lächelnd und folgte der Psychologin in den letzten Raum am Ende des Flurs. Nach einer Couch suchte man dort vergebens, aber neben einem großen Schreibtisch standen zwei bequeme große Sessel. An den Wänden hingen Landschaftsaufnahmen. Rügen und Hiddensee, wenn sie nicht alles täuschte. »Hast du die gemacht?«, fragte Fanny mit Blick auf die Schwarzweißfotografien.

»Ja«, antwortete Christina Koch fröhlich. »Mensch, Fanny, so eine Überraschung. Wirklich. Seit wann bist du denn in Stralsund? Wohnst du nicht mehr in Berlin?«

Fanny registrierte überrascht, dass Tina anscheinend mehr über ihren Lebensweg wusste als umgekehrt. »Ähm. Nicht mehr. Ich bin wieder hergezogen, vor ein paar

Wochen. Ich habe die Stelle der stellvertretenden Chefredakteurin bei den ON übernommen.«

»Warum bist du zurückgekommen?«, fragte Tina neugierig. Fanny konnte sich nicht erinnern, dass die Klassenstreberin damals so ein offener, gesprächiger Typ gewesen wäre. Irgendwie hatte sie sie als überkorrekte, verklemmte Spießerin im Gedächtnis, die mit kaum jemandem redete. Wobei das natürlich auch daran gelegen haben konnte, dass außer ihrem Schatten, wie hieß die noch?, kaum ein Mitschüler was mit Christina Koch hatte anfangen können. Im Vergleich dazu war Fanny geradezu beliebt gewesen.

»Ich ... ja ... ich weiß auch nicht so genau«, antwortete sie langsam und plötzlich kam es Fanny ganz natürlich vor, das gegenüber Tina auszusprechen – vielleicht lag es daran, dass die jetzt immerhin Psychologin war –, »ich hatte wohl eine Art Burn-out.« Sie schob einen Seufzer hinterher. Abgesehen von Ben hatte sie das noch nie einem Menschen gegenüber zugegeben.

»Verstehe«, sagte Tina mit warmer Stimme. »Und um mit dem Druck klarzukommen, hast du Drogen genommen? Bist du deswegen zu mir gekommen?«

Fanny lachte verlegen. »Was? Nein, o Gott. Nein. Ich bin hier, weil ich für eine Geschichte recherchiere und du mir vielleicht weiterhelfen kannst.«

Die Psychologin schaute sie aufmunternd an. »Weißt du, es ist keine Schande, sich Hilfe zu suchen. Den Burnout begleiten doch sicher auch noch andere Symptome, die dich einschränken. Panikattacken? Depressionen?«

Fanny zog ihre Augenbrauen zusammen. Es ärgerte

sie, dass diese Fremde, denn nichts anderes war Christina Koch ja, ihr zu nahe trat.

»Denk einfach mal drüber nach. Ich gebe dir natürlich auch gerne eine Empfehlung für einen Kollegen. Falls es dir unangenehm ist, mit mir darüber zu sprechen.«

»Ja, ähm, danke«, murmelte Fanny. Der Verlauf des Gesprächs brachte sie völlig aus dem Konzept. Sie streckte ihren Rücken durch, und plötzlich kam ihr ein Gedanke. Was, wenn Lars sie hier gar nicht wegen Melanie Schmidt hergeschickt hatte? War das etwa seine Reaktion auf ihre Nacht mit Dago? Glaubte Lars, dass sie ein Drogenproblem hatte? Ihre Beruhigungstropfen waren doch alles andere als harte Drogen! Und die Panikattacken würden sich irgendwann schon legen.

Die Zimmertür öffnete sich, und Franzi balancierte ein Tablett in den Raum. Sie stellte die beiden Kaffeetassen auf dem kleinen Tisch zwischen den Sesseln ab und entfernte sich schattenartig wieder. So unauffällig das eben ging, wenn man so aussah wie Franzi.

»Also, auf jeden Fall«, sagte Fanny, nachdem sie einen kurzen Schluck von dem wirklich guten und wirklich heißen Getränk genommen und sich wieder etwas gesammelt hatte, »ich bin wegen Melanie Schmidt hier. Sie wurde umgebracht und ich habe die Leiche nicht nur gefunden, ich recherchiere auch für einen Artikel über sie. Über ihr Leben, wenn man so will.«

Tina schaute sie bestürzt an. »Ja, ich habe davon gehört. Furchtbar. Hat die Polizei denn schon eine Ahnung, wer das getan hat?«

Fanny schüttelte den Kopf, während sie sich kurz am Kinn kratzte. »Ich weiß, dass du nicht über Patienten sprechen darfst. Aber ich dachte, vielleicht kannst du mir ja trotzdem dabei helfen, ihr Leben besser zu verstehen.«

»Entsprechend der Schweigepflicht dürfte ich dir noch nicht einmal bestätigen, dass Melanie bei mir in Behandlung war.« Da war sie wieder, die Streberin. Menschen konnten sich eben doch nicht vollkommen verändern.

»Das verstehe ich«, antwortete Fanny schnell.

»Du dürftest mich also auf keinen Fall zitieren oder so etwas. Und was ich dir erzähle, darf lediglich Hintergrundwissen für dich sein. Ich will nicht, dass irgendwelche Details ihrer Diagnose an die Öffentlichkeit gelangen«, fuhr Tina fort.

»Selbstverständlich«, sagte Fanny verblüfft.

»Und ich bräuchte eine kleine Gegenleistung von dir.«

Jetzt kamen sie langsam zur Sache.

»Na klar, was kann ich für dich tun, Tina?«

»Ich ...«, sie rollte mit den Augen, »das ist etwas kompliziert zu erklären. Aber ich brauche gute PR. Einen Artikel über meine Arbeit als Therapeutin, hier in der Suchthilfe und in meiner Privatpraxis ...«

»Okay ...«

»Ich will endlich eine Kassenzulassung. Aber das ist nicht so einfach. Und ich hoffe, wenn ich die richtigen Leute an den richtigen Stellen von mir überzeugen kann, dass es dann etwas schneller geht.«

»Alles klar.« Fanny verstand die Details dieser Abläufe

nicht, aber das musste sie auch nicht. Sie fand nichts Verwerfliches dabei, Tina diesen Gefallen zu tun. Die Arbeit von Psychotherapeuten interessierte die Leute, und egal, wie ihr Verhältnis zu Schulzeiten war, Fanny war sich sicher, dass Tina den besten Job machte, den man in diesem Bereich machen konnte. Sie musste nur einen Dreh für ihre Geschichte finden, aber das war ihr noch nie schwergefallen.

»Was willst du denn über Melanie wissen?«

»Alles, was mir irgendwie dabei helfen könnte zu verstehen, warum eine junge Frau sich so das Leben versaut.«

»Wieso glaubst du, dass sie sich das Leben versaut hat?«

»Na ja, sie war so jung. Und hatte schon zwei, eigentlich ja sogar drei Kinder. Von unterschiedlichen Vätern, die kein Interesse an ihren Kindern zeigten. Keinen Job, dafür Drogen. Die Kinder ständig in Heimen und bei Pflegefamilien. Klingt jetzt alles nicht so nach Glück.« Fanny hörte, dass ihre Stimme plötzlich trotzig klang. Sie hasste es, wenn Menschen einen auf politisch korrekt machten und so taten, als würden sie andere Leute nie für ihren Lebensstil verurteilen.

»Da hast du natürlich recht«, lenkte Christina Koch ein, »ich meinte nur, dass nicht sie es war, die ihr Leben versaut hat. Melanie ist in schwierigen Verhältnissen aufgewachsen, die dazu führten, dass sie extreme Probleme hatte, irgendwem zu vertrauen. Und gleichzeitig hängte sie ihr Herz an Männer, ohne nachzudenken. Klassische Bindungsstörung.«

»Die beinahe sprichwörtliche schwere Kindheit also?«, sagte Fanny grinsend. Sie hatte auf einmal das Bedürfnis, die Stimmung etwas aufzulockern, aber Christina Koch strafte sie nur mit einem strengen Blick, bevor sie weitersprach: »Melanie wurde missbraucht. Mehrmals.«

»Weißt du von wem?«

»Partner ihrer Mutter. Aber wir standen diesbezüglich am Anfang der Aufarbeitung. Da lag noch so einiges im Argen, zu dem ich noch nicht einmal vorgedrungen war.«

»Oh ... war sie deswegen depressiv? Ich habe gesehen, dass sie so einen Stimmungskalender führte ...«

Tina nahm einen Schluck aus ihrer Kaffeetasse. »Das ist etwas komplizierter. Sie hatte eine Borderline-Persönlichkeitsstörung, gepaart mit einer Depression.«

»Von Borderline habe ich schon oft gehört, aber ich glaube, ich habe noch nie so richtig verstanden, was das sein soll ...«

»Das ist auch kompliziert. Viele Störungen, die bei Borderline-Patienten auftauchen, gibt es auch bei anderen Störungsbildern. Einfach ausgedrückt, handelt es sich bei Borderline um eine Persönlichkeitsstörung, bei der Instabilität die zwischenmenschlichen Beziehungen, die Identität und die Stimmung des Patienten prägt.«

»Wie hat sich das bei Melanie geäußert?«

»Nun, in erster Linie hing ihr Substanzmissbrauch damit zusammen. Borderline-Patienten sind sehr impulsiv in selbstschädigenden Bereichen. Bei Melanie war das vor allem ihr Drogenkonsum, aber es zeigte sich auch in ihrer überdurchschnittlichen Promiskuität.«

»Überdurchschnittliche Promiskuität?«

»Sexualität wird von vielen Borderlinern als einer der am leichtesten zu kontrollierenden Bereiche zwischenmenschlicher Beziehungen empfunden. Sie ist früh und immer verfügbar, kalkulierbar, eindeutig und mit klaren Machtstrukturen verbunden, was wichtig ist, um unerwartete und vor allem unerwünschte negative Reize zu vermeiden. Borderliner wollen sich vor Ablehnung schützen. Sie instrumentalisieren Sex, um sich geliebt zu fühlen.«

»Sie können nicht nein sagen?«

»So kann man es auch ausdrücken. Die Patienten gehen fremd, haben immer wieder Affären. So war es zumindest bei Melanie. Es war tragisch. Wenn sie sich nicht leer fühlte oder in einer depressiven Phase war, sprudelte sie vor Ideen. Aber statt diese Fähigkeit für etwas Sinnvolles zu nutzen, hat sie sich Bestätigung verschafft, indem sie Männer verführte. Sie hatte selbst keine Vorstellung davon, wer sie war und was ihre Identität ausmachte. Also wurde sie einfach das, was Männer ihrer Meinung nach von ihr erwarteten. Bis sie dann irgendwann immer in ein tiefes Loch fiel.«

Fanny, die gespannt zugehört hatte, hing einen Moment lang ihren Gedanken nach. Dann drehte sie sich wieder zu Christina Koch zurück. »Wie passte ihre Mutterschaft in all das hinein?«

Christina seufzte. »Das war ja einer ihrer großen Konflikte.«

»Ihre jüngste Tochter ist am plötzlichen Kindstod gestorben?«

»Das kam erschwerend dazu. Aber Melanie hatte auch

schon davor Schwierigkeiten, sich in ihre Mutterrolle hineinzufinden; sie hatte hohe Erwartungen an sich selbst, die waren zum Teil viel zu hoch gesteckt, um sie erfüllen zu können.«

»Wie war sie als Mutter?«

»Ich habe sie wenig mit ihren Kindern erlebt. Aber was ich so herausgehört habe, passte in das typische Bild ...«

»Das heißt?«

»Sie schwankte zwischen zu viel und zu wenig. Entweder reagierte sie kaum auf ihre Kinder, oder sie überforderte sie mit emotionaler Überstimulation.«

»Du solltest eigentlich nur ihre Suchtkrankheit behandeln, oder?«

»Man kann das nicht isoliert sehen. Und auch nicht isoliert behandeln.«

»Laut der Rechtsmedizin hat sie keine Psychopharmaka oder so etwas genommen?«

»Wir hatten sie eine Zeitlang für die Depressionen eingestellt. Da lief alles ganz gut. Aber vor kurzem kam Melanie zu mir und teilte mir mit, dass sie die Tabletten wegen der Nebenwirkungen abgesetzt hat.«

»In der Nacht, in der sie umgebracht wurde, soll sie high gewesen sein.«

Die Psychologin zuckte resigniert mit den Schultern. »Das wundert mich nicht. Sie nahm Drogen, um innere Spannungszustände besser aushalten zu können. Da reichte manchmal eine Kleinigkeit, und sie wurde rückfällig.«

»Ihre beste Freundin erzählte, dass sie sich in der Nacht lautstark mit Dago gestritten hat.«

»Wer? Janine?«

»Genau.«

»Die beiden hatten auch mal eine Affäre. Wusstest du das?«

»Wie jetzt? Melanie und Janine?«

Tina nickte langsam. »Aber Dago war so etwas wie ihre große Liebe. Sie war besessen von der Vorstellung, eine Familie mit ihm aufzubauen. Aber natürlich konnte er mit ihren Extremen nicht umgehen. Mal hat sie ihn gehasst, dann wieder über alles geliebt. Mal war er der perfekte Mann, dann wieder der letzte Dreck.«

»Uff«, Fanny seufzte. »Wie kommst du damit klar, in so viele Dramen involviert zu sein?«

»Ich versuche natürlich, außen vor zu bleiben und das nicht an mich heranzulassen. Im Fall von Melanie war das schwer. Sie hatte nun einmal zwei kleine Kinder ... Manchmal war ich so wütend auf sie, dass ich sie am liebsten rausgeschmissen hätte.«

Fanny schaute ihre ehemalige Klassenkameradin überrascht an. So viel Ehrlichkeit hatte sie nicht von Christina Koch erwartet.

»Ah, es tut gut, das mal auszusprechen.« Tina lächelte schief.

»Ich bin ehrlich verwundert, dass du mir das alles so offen erzählst.«

»Wieso nicht? Ich kann dir doch vertrauen, oder, Fanny?«

Sie nickte schnell. »Natürlich.«

Als sie die Suchthilfe verließ, wollte sie sofort Lars anrufen, entschied dann aber, die Informationen erst einmal sacken zu lassen. Wenn das stimmte, was Christina Koch ihr erzählt hatte – und sie sah keinen Grund, warum die Psychologin sie hätte anlügen sollen –, hatte Melanie Schmidt viel verbrannte Erde hinterlassen. Sicherlich würde man mehr als einen Menschen finden, der sich von ihrem Verhalten tief verletzt gefühlt hatte.

Aber war das Grund genug, sie zu ermorden? Und was war mit dieser komischen Beziehung, die Melanie mit Janine hatte? War Janine vielleicht eifersüchtig? Aber hätte sie dann nicht eher Dago aus dem Weg geschafft? Fanny schloss gedankenversunken ihr Fahrrad auf. In ihrer Tasche piepte ihr Handy. Als sie es herauszog, blinkte ein Fenster. »Stefan Dargun möchte mit dir auf Facebook befreundet sein.« Dieser Dago war ziemlich hartnäckig. Viel zu hartnäckig. Trotzdem brachte sie es nicht fertig, gleich auf »Anfrage löschen« zu tippen. Wie hieß es so schön? Old habits die hard.

7

Rot knallt in das Blau,
vergoldet deine Stadt,
und über uns zieh'n lila Wolken in die Nacht!
Materia

Die Weinflasche war fast leer. Fanny spürte das dringende Bedürfnis, sie mit dem Fuß ins Hafenbecken zu kicken. Aber natürlich würde sie es nicht tun. Sie trat also nur vorsichtig dagegen und die Flasche rollte langsam über das Kopfsteinpflaster.

»Ich bin froh, dass du mich angerufen hast.«

»Ja, ich auch«, erwiderte sie. Sie schaute ihn von der Seite an. Unter seinen Augen lagen tiefe graublaue Ringe. Seit dem Morgen nach ihrer gemeinsamen Nacht schien er um Jahre gealtert.

Er strich sich über den Dreitagebart. »Und glaubst du mir jetzt?«

Sie nickte. Auch wegen dem, was ihr Christina Koch erzählt hatte. Melanie Schmidt war psychisch krank gewesen. Darunter hatte er sicher am meisten zu leiden gehabt.

Eigentlich hatte sie sich mit ihm getroffen, um ihn auszufragen, herauszufinden, ob er Melanie umgebracht hatte. Doch irgendwo bei all dem Rotwein waren erst die guten Vorsätze und dann ihr Misstrauen verlorengegangen. Stattdessen hatte sie Teile des Abends regelrecht genossen.

»Es wurde immer schwieriger, mit Melanie zusammen zu sein. Aus dem Nichts bekam sie Wutanfälle. Schlug auf mich ein und beschimpfte mich. Aber trotzdem: Ich will genauso wie du wissen, wer ihr das angetan hat ...«

»Wer könnte sonst noch ein Motiv gehabt haben? Vielleicht dieser Olli? Du meintest, Chiara sei eigentlich seine Tochter. Früher oder später wäre das offiziell gewesen, und er hätte Verantwortung für die Kleine übernehmen müssen. Vor allem finanziell ...«

»Na ja, aber man bringt doch niemanden wegen Unterhaltszahlungen um. Fanny, das ist doch verrückt.«

»Erst vor ein paar Monaten haben zwei junge Männer ihre schwangeren Exfreundinnen und deren ungeborene Kinder aus mehr oder weniger genau diesem Grund bestialisch ermordet«, gab sie zu bedenken.

»Olli war definitiv wütend auf Melanie. Das letzte Mal, als ich mit ihm über sie gesprochen habe, hat er sie als dumme Fotze beschimpft«, sagte er nachdenklich.

»Warum?«

»Ich glaube, sie hatte auch bei ihm Schulden ...«

»Schulden wofür?«

»Aber versprich mir, dass du das nicht gleich deinem Bruder erzählst.«

»Das kann ich dir nicht versprechen. Und übrigens, du kannst alles verdammt gut gebrauchen, das dich ein bisschen aus dem Fokus der Ermittlungen bringt ...«

»Ja aber Olli ist mein Kumpel. Ich bin doch keine Ratte.«

»War er ihr Dealer?« Sie hatte es eigentlich nur so ins Blaue gefragt, aber als sie Dagos Blick sah, begriff sie sofort, dass sie richtiglag. »Das musst du Lars sagen, das könnte dich vielleicht entlasten!«

Er nickte stumm und sah aufs Wasser. Fanny holte tief Luft und ließ ihren Kopf in den Nacken fallen. Der Himmel verfärbte sich langsam rotblau. Die Farben schossen ineinander wie gemalt. Bald würde die Sonne aufgehen. Sie warf einen kurzen Blick auf ihre Armbanduhr. Es war halb fünf. In vier Stunden musste sie in der Redaktion sein. Ihr entfuhr ein langer Seufzer.

»Nices Panorama«, sagte Dago auf einmal mit Blick auf die Insel ihnen gegenüber.

»Hmm«, murmelte sie. Er hatte die ganze Zeit, seitdem sie ihn hier vor ihrer Haustür getroffen hatte, nicht ein einziges Mal versucht, sie anzufassen. Fast kam es ihr vor, als würde er angestrengt versuchen, jeglichen Körperkontakt zu vermeiden.

»Ich lege am Wochenende auf einer Beachparty in Prora auf. Hast du Lust, mitzukommen?«, fragte er plötzlich.

Sie sah ihn mit zusammengezogenen Augenbrauen an. Erstens, sie konnte sich kaum etwas Deprimierendes vorstellen, als in Sichtweite der ehemaligen Nazi-Ferienanlage Prora Party zu machen, und zweitens ... »Ich weiß nicht, ob das so eine gute Idee ist.«

»Wieso nicht?«

»Keine Ahnung, das mit uns ... ich meine, was soll das

denn?« Fanny biss sich auf die Unterlippe. Sie wusste selbst nicht genau, warum sie das jetzt gesagt hatte. Sie wollte wirklich kein ernstes Gespräch über ihre Zukunft mit Dago führen. Es war wohl allen Beteiligten klar, dass es da nichts zu besprechen gab, oder?

Er rückte vorsichtig etwas näher an sie heran und legte einen Arm um sie. Seine Haare kitzelten an ihrer Schulter. »Ich mag Sie, Fräulein Wolff.«

»Wenn du mich noch einmal Fräulein nennst, dann war dies hier definitiv unser letztes Treffen.« Und bevor er noch etwas sagen konnte, stand Fanny schnell auf. Sie hatte sich fest vorgenommen, in Stralsund neu anzufangen. Und dazu gehörte es auch, nicht die alten Fehler zu wiederholen.

Erst als sie nach Hause kam, sah sie die Facebook-Nachricht von Janine Bo auf ihrem Handy. »Ich muss dringend mit Ihnen sprechen.« Gesendet um 01.26 Uhr.

Fanny tippte schnell eine Antwort. »Gib mir deine Nummer, ich ruf dich an. Oder meld dich einfach bei mir.« Sie schickte die Nachricht inklusive ihrer eigenen Nummer ab. Was Janine wohl von ihr gewollt hatte? Fanny ärgerte sich, dass sie nicht früher einen Blick auf ihr Handy geworfen hatte. Sie starrte auf den Bildschirm, aber natürlich würde sie jetzt um diese Uhrzeit keine Antwort von Melanies Freundin erhalten.

Fanny duschte sich schnell ab und legte sich dann nackt ins Bett. Sie schlief sofort ein.

Als sie wenige Stunden später in der Redaktion ankam, wartete Lutz Thiele bereits an ihrem Schreibtisch. »Guten Morgen, Herr Thiele«, begrüßte sie ihren Chef freundlich.

»Frau Wolff, haben Sie schon von dem Mädchen gehört?«

Sie schaute ihn fragend an. »Was für ein Mädchen?«

»In der Nacht wurde ein Mädchen angefahren. War wohl Fahrerflucht. Im Moment ist hier was los ...«

»Was?« Das Wort rutschte ihr lauter heraus, als sie es beabsichtigt hatte. Sie schrie es geradezu. Die Kollegen drehten sich verwundert um. »Woher wissen Sie das?«

»Ich habe auch Bekannte bei der Polizei ...«, antwortete er sichtlich erstaunt über ihre heftige Reaktion.

Fanny hatte bereits das Telefon in der Hand und ihren Bruder angewählt, als ihr einfiel, dass niemand außer der Polizei, und ihr natürlich, wusste, dass auch Melanie Schmidt überfahren worden war. Sie ging schnell auf die Toilette, um ungestört telefonieren zu können.

»Lars, eine Frau wurde angefahren?«, rief sie ohne weitere Begrüßung in den Hörer, nachdem der Kommissar abgenommen hatte.

»Woher weißt du das denn schon?«

»Hat mir mein Chef gerade erzählt. Wer war die Frau?«

»Janine Borgwardt.« Und bevor sie nachfragen konnte, schob er hinterher: »Die Freundin von Melanie.«

»Lars, ich komme sofort zu dir.« Fanny rannte geradezu durch die Einkaufsstraße, und als sie kurze Zeit später das Polizeigebäude betrat, kam ihr Lars bereits unten an der Treppe entgegen. Sie streckte ihrem Bruder ihr

Handy mit der Nachricht entgegen, die Janine nachts noch geschickt hatte.

»Hast du eine Ahnung, worüber sie mit dir sprechen wollte?«, fragte er, während sie die Stufen zu seinem Büro hochliefen. Bei jedem Schritt nahmen sie beide zwei Stufen auf einmal.

»Nicht die geringste ... Habt ihr eine Ahnung, wer sie angefahren hat?«

»Zeugen haben einen schwarzen Kombi beobachtet. Der Täter konnte jedoch flüchten.«

»Wie geht es Janine?«

»Sie liegt im Krankenhaus. Die Ärzte mussten sie in ein künstliches Koma versetzen ...« Lars blätterte durch den Ordner in seiner Hand.

»Fuck«, presste Fanny heraus. »Hätte ich doch bloß früher auf mein Handy geguckt.« Sie fühlte, wie Hitze in ihr aufstieg. Auf einmal schien sich alles um sie herum zu drehen. Fanny ließ sich auf den Stuhl fallen. Sie hatte es so lange ohne Attacken geschafft ... einatmen. Ausatmen.

»Na ja, du hast geschlafen. Nun mach dir mal keine Vorwürfe.« Er sah sie aufmunternd an, während er sich hinter seinen Schreibtisch setzte.

Fanny wich seinem Blick aus und starrte stattdessen durch das Fenster hinter ihm auf die Kirche. Nachdem sie das Gefühl hatte, sich langsam wieder beruhigt zu haben, drehte sie sich zu Lars zurück. »Meinst du, es war der gleiche Täter, der Melanie angefahren und getötet hat?«

»Möglich ist es ...« Lars blätterte in seinen Unterlagen. »Ha! Hab ich mir es doch gedacht«, rief er auf einmal aus.

»Was denn?« Fanny sah ihren Bruder neugierig an.

»Rate mal, wer einen schwarzen Golf Kombi fährt!«

»Na?«, fragte sie gespannt.

»Stefan Dargun.«

Ihr blieb fast die Luft weg. Das konnte doch nicht wahr sein. »Mein Gott, einen schwarzen Kombi fährt das halbe Land«, sagte sie schnell.

»Klar, ist bestimmt 'n Zufall ...« Lars rollte mit den Augen.

»Dago war es nicht.«

»Ach ja? Und was macht dich da so sicher?«

Sie seufzte und guckte ihren Bruder mit bedrücktem Gesicht an. »Weil er ein Alibi hat.«

»Was für ein Alibi?«

»Er war mit mir zusammen letzte Nacht.«

Ihr Bruder biss die Zähne zusammen, wobei er ein knurrendes Geräusch machte. »Wann genau?«, fragte er dann eisig.

»Ich weiß nicht«, stammelte Fanny, »wir haben uns so gegen zehn getroffen, glaube ich.«

»Und wie lange warst du mit ihm zusammen?«

»So bis kurz vor fünf etwa.«

»Hast du etwa wieder bei ihm ... mit ihm geschlafen?« Lars zog ein Gesicht, als würde ihm die Frage körperliche Schmerzen zufügen.

»Nein. Wir haben im Hafen gesessen und gequatscht.«

Er überlegte kurz. »Theoretisch kann das Ganze auch danach passiert sein. Wir warten noch auf den genauen Bericht der Rechtsmedizin.«

»Lars, Dago hat mir erzählt, dass eigentlich sein Kumpel Olli der Vater von Melanies Tochter Chiara ist. Und dass Olli Melanie Drogen verkauft hat und sie ihm Geld schuldete.« Sie entschied sich, einfach alle Informationen auf einmal herauszulassen. Lars musste endlich begreifen, dass er mit Dago den Falschen verdächtigte.

»Und das kaufst du ihm ab?«

Fanny stöhnte laut auf. Natürlich glaubte ihr Bruder ihr nicht. Er war schon immer der Misstrauischere von ihnen beiden gewesen. »Warum sollte Dago versuchen, Melanies Freundin zu überfahren?«

»Weil sie etwas weiß, das keiner erfahren soll.«

»Aber er war ja sowieso mit mir zusammen, Dago kann es also gar nicht gewesen sein.«

»Das wird sich zeigen. Mal sehen, was die KTU ergibt.«

»Und was ist mit diesem Olli? Willst du dir den denn gar nicht vorknöpfen?« Fanny schaute ihren Bruder vorwurfsvoll an.

»Kommt Zeit, kommt Rat«, antwortete dieser nur ausweichend.

»Wir müssen in die Wohnung von Janine. Wenn sie etwas wusste, finden wir vielleicht dort einen Hinweis!«

»Fanny, wir können nicht einfach in die Wohnungen von fremden Menschen hineinspazieren. Das heißt, du kannst so was anscheinend. Aber ich nicht.«

»Dann besorg halt so einen Durchsuchungsbefehl.«

»Du meinst eine Durchsuchungsanordnung?«

Sie strafte ihn mit einem hochmütigen Blick. Dann sprang sie von ihrem Stuhl auf und stürmte nach draußen.

»Fanny, ich warne dich«, rief Lars ihr nach. »Ich kümmere mich darum. Komm bloß nicht auf falsche Gedanken.«

Janine Borgwardt wohnte in der Semlowerstraße und damit ganz nah an der Redaktion. Fanny hatte sich gegenüber des Blocks häuslich eingerichtet – ein Überbleibsel der DDR-Architektur, die durch den Krieg entstandene Lücken mit ihrer eigenen pappmachéartigen Interpretation der Hanse-Giebelhäuser gefüllt hatte. Fanny saß auf einer kleinen Bank im Schatten der Nikolaikirche und wusste selbst nicht so genau, worauf sie hier wartete. Wahrscheinlich hoffte sie vor allem inständig, dass ihr Bruder bald mit seinen Kollegen auftauchen würde. Irgendwie würde das nämlich auch bedeuten, dass er ihr wieder vertraute. Und ihr Urteil wertschätzte.

Lars hatte sie nie gefragt, was sie auf ihren Einsätzen im Ausland erlebt hatte. Ihre Eltern hatten die Artikel immerhin gelesen. »Stark«, die übliche Reaktion ihres Vaters, »Muckel, komm sofort nach Hause«, die ihrer Mutter. Aber Lars schwieg immer nur. In allen Belangen. Und sie fragte sich, wie lange ein Mensch schweigen konnte, bevor er explodierte.

Fannys Telefon piepte und sie sah, dass Dago ihr eine Nachricht geschrieben hatte. »War schön gestern, die Dame« – das war alles. Offenbar hatte er noch nicht davon gehört, dass Melanies Freundin Janine im Krankenhaus lag. Fanny fiel ein, dass sie Dago unbedingt fragen musste, ob er sein Auto eventuell verliehen hatte. Aber wie tat sie das am besten? Ohne zu verraten, dass Melanie Schmidt ebenfalls überfahren wurde? Das war Täterwissen, wie Lars es nannte, und würde dann von Bedeutung werden, wenn sie den Täter geschnappt hatten.

Die Tatsache, dass eine weitere junge Frau angefahren

worden war, sollte, so Lars' Anordnung, ebenfalls erst einmal nicht bekannt werden. Die Stimmung in der Stadt sei aufgrund der vielen Flüchtlinge, die in den letzten Tagen angekommen waren, angespannt genug. Das waren seine Worte. Nicht ihre. Sie hatte bisher noch keinen einzigen Flüchtling gesehen. Aber Sokratis hatte am Vormittag dem eilig zum Flüchtlingsheim umgewandelten Parkhotel in Viermorgen einen Besuch abgestattet. Sein Bericht von Anwohnern, die das Gebäude kritisch beäugten und verfluchten, sowie den jungen Männern im Gebäude, die sich immer wieder aufgrund ihrer unterschiedlichen Auslegungsweisen des Islams in die Haare bekamen, machte allerdings wenig Hoffnung.

Wie auf Kommando lief eine Gruppe von Rentnern schimpfend an ihr vorbei. »Ihr werdet schon sehen, irgendwann müssen wir noch alle Kanakisch sprechen. Die werden in unseren Häusern leben und unsere Frauen müssen Kopftuch tragen«, hörte sie einen Rentner mit feinen silbernen Haaren rufen. Der Rest der Gruppe nickte zustimmend. Eine kleine, ältere Dame schaute sich ängstlich um, wie um sich zu vergewissern, dass ihnen die »Kanaken« nicht schon auf den Fersen waren. Fanny spitzte nachdenklich die Lippen. Das war ja optisch nun eben nicht gerade das »Pack«, das vor allem in Sachsen durch Randale vor Flüchtlingsheimen auf sich aufmerksam machte. Die Ostdeutschen seien nicht besonders politisch korrekt, hatte sie neulich irgendjemanden in einer Polit-Talkshow sagen hören. Wahrscheinlich lag es an der jahrelangen Erfahrung mit der Diktatur, verbunden mit Vorschriften dazu, was man wie sagen durfte, dass viele Ostdeutsche tatsächlich keinen Funken Vertrauen in Politiker hatten und mit politischer Korrektheit im heutigen Sinn nichts anfangen konnten.

In diesem Moment hielt auf der gegenüberliegenden Straßenseite ein silberner Passat, und als Fanny Wolff sah, wer ausstieg, atmete sie erleichtert auf. Lars hatte sich den Beschluss also besorgt. Obwohl sie sich bemühte, möglichst weit hinter den Bäumen zu verschwinden, beschlich sie das Gefühl, dass Lars sie gesehen hatte, als seine Augen einmal die Straße hoch- und wieder herunterwanderten. Wenn ja, ließ er sich nichts anmerken und ging schnellen Schrittes in das Gebäude.

Den Rest des Tages ließ ihr Bruder nichts von sich hören. Thiele erkundigte sich zwar nach der angefahrenen Frau, aber Fanny konnte ihm glaubhaft machen, dass dies noch keine Meldung für die Zeitung war und sie die ersten Ermittlungsergebnisse der Polizei abwarten müssten. In der Zwischenzeit kontaktierte Fanny die Paulus-Diakonie, um dort mehr über Melanie Schmidt zu erfahren. Sie telefonierte mit einer gewissen Angelika Voigt, die ihr allerdings mitteilte, dass sie Melanie Schmidt nicht persönlich gekannt hatte. Sie empfahl stattdessen, mit Hans Lebeck, dem Leiter des Stralsunder Kinderheims und ehrenamtlichen Mitarbeiter der Diakonie zu sprechen. Da Fanny sich schon immer gefragt hatte, wie das Kinderheim wohl von innen aussah, entschloss sie sich kurzerhand, ihm einen Besuch abzustatten.

Als sie am Kinderheim ankam, hatte es sich bezogen und der Sund, der hinter dem Gebäude hervorblitzte, schien in einen mystischen grauen Mantel gehüllt zu sein. Das Gelände um den roten Klinkerbau herum war mit vielen bunten Blumen bepflanzt worden. Dazwischen standen kleine Windräder, deren Blätter aufgeregt im ablandigen Wind rotierten. »Willkommen im Kinderheim Strelasund«, begrüßte eine selbstgemachte Buchstabenkette, die etwas schief an der Eingangstür hing, die Besucher. Fanny betrachtete jeden der einzelnen mit Buntstiften auf Zeichenpapier gemalten Buchstaben aufmerksam, so als könne er ihr bereits etwas über die Kinder verraten, die hier lebten. Auf den ersten Blick schien dies hier kein schlechter Ort zu sein für diejenigen, deren Eltern, aus welchen Gründen auch immer, nicht mehr für sie sorgen konnten.

Fanny betrat den Eingangsbereich und schaute sich um. Am Ende des Flures zu ihrer Rechten entdeckte sie eine Gruppe Jugendlicher, die es sich auf Sitzsäcken bequem gemacht hatte und angeregt über etwas diskutierte. Am Rand saß eine schlanke, fast zu dünne Betreuerin, deren abgemagertes Gesicht von tiefen Falten und Furchen, das konnte Fanny selbst aus der Entfernung problemlos ausmachen, durchzogen war. Die Frau sagte selbst nichts, sondern beobachtete lediglich die Jugendlichen mit langsam hin- und herwandernden Augen.

Fanny drehte um und folgte dem Flur in die andere Richtung. Dabei kam sie an einem leicht vergilbten Zeitungsartikel vorbei, der an der Wand neben einer schmalen Tür hing. Der Artikel stammte aus den *Ostsee-Nach-*

richten, geschrieben von ihrem Kollegen Frank Peters. Am oberen rechten Rand stand das Datum, Donnerstag, 10. Juni 2004. Der Titel »Kinderheim Strelasund öffnet nach Renovierung wieder seine Türen« prangte über einem Foto, auf dem man den damaligen Stralsunder Bürgermeister, einen fülligen, bärtigen Mann, ein rotes Band zur Eröffnung durchschneiden sah. Er trug die protzige Amtskette mit dem Stralsunder Stadtwappen und den Zahlen 1234, die an das Jahr erinnerten, in dem der rügensche Fürst Wizlaw I. Stralsund das Stadtrecht erteilt hatte. Neben ihm stand, laut Bildunterschrift, Hans Lebeck, der mit der Eröffnung zum Leiter des Hauses berufen worden war. Das ging aus dem dazugehörigen Artikel hervor. Von Hans Lebeck konnte man auf dem Foto nicht viel erkennen, außer dass er eine ähnlich kräftige Statur wie der Bürgermeister hatte, ihn aber fast um einen ganzen Kopf überragte. Ein Mann wie ein Baum, wenn auch irgendwie ungelenk, obwohl Fanny nicht hätte sagen können, warum. Sein Gesicht konnte man auf dem von der Seite fotografierten Bild nicht richtig sehen. Fanny zog ihr Handy aus der Tasche, fotografierte den gerahmten Artikel ab und klopfte dann an die Tür neben dem Foto, die aussah, als würde sie zu einem Büro führen. Sie hatte sich mit Absicht nicht angemeldet, um zu verhindern, dass sie abgewimmelt würde. Als niemand antwortete, drückte sie die Klinke vorsichtig herunter und schaute in das Gesicht einer jungen Frau.

»Hallo, ich suche Herrn Lebeck«, sagte Fanny, ohne sich vorzustellen, weil sie sich im ersten Moment nicht sicher war, ob das Mädchen hier arbeitete oder untergebracht war. Beim näheren Hinsehen fiel Fanny auf, dass sie an einem Schreibtisch mit Computer und Telefonanlage saß, also wohl eher eine Mitarbeiterin war. »Fanny Wolff, von den ON«, schob sie deswegen noch schnell hinterher.

»Chef is auf'm Hof«, antwortete die junge Sekretärin, die höchstens eine Auszubildende sein konnte, knapp und wies mit dem Kopf rechts hinter sich. Als sie Fannys fragenden Blick sah, fügte sie noch hinzu: »Einmal wieder raus. Links, links und noch ma' links. Da, wo der Spielplatz ist.«

Fanny bedankte sich artig und folgte dann der Beschreibung. Der Hof war eigentlich gar kein richtiger Hof, sondern eher eine Fortsetzung des Gartens vor dem Gebäude. Allerdings deutlich größer und wilder. Auf den Spielgeräten, die sie vor einigen Tagen beim Vorbeijoggen gesehen hatte, tobten nun Kinder. Sie glaubte, dass es sich dabei etwa um Grundschüler handeln müsste, auch wenn Fanny nicht besonders gut darin war, das Alter von Kindern zu schätzen. An einer Rutsche stand eine weitere Erzieherin, eine blasse Frau mit einer aus der Mode geratenen Dauerwelle. Neben ihr entdeckte Fanny den bulligen Mann vom Foto. Hans Lebeck. Er war rothaarig. Und als sie ihn dort live und in Farbe stehen sah, wurde ihr sofort klar, was an der Haltung des Mannes nicht stimmte. Er hatte eine schiefe, ja fast verdrehte Hüfte, die seinen Körper in einen Neigungswinkel von etwa 45 Grad brachte. Es wirkte so, als sei ein Bein kürzer als das andere.

Das schien seine Bewegungsfähigkeit aber kaum einzuschränken, denn in diesem Moment stürmte er auf einen Jungen zu, der gerade ein Mädchen an den Haaren zog. Als der Junge Lebeck auf sich zukommen sah, ließ er sofort los und trollte sich. Lebeck rief ihm noch etwas hinterher und drehte sich dann langsam um. Er entdeckte Fanny und kam nun mit forschen, wenn auch leicht humpelnden Schritten auf sie zu. Als er nur noch wenige Meter von ihr entfernt war, fiel Fanny die lange Narbe im Gesicht des Mannes auf. Sie erstreckte sich über seine gesamte rechte Gesichtshälfte, von der Augenbraue bis zum Kinn. Sein Äußeres ließ vermuten, dass Hans Lebeck irgendwann einmal einen schweren Unfall gehabt haben musste. Er sah sie misstrauisch an. »Ja? Kann ich Ihnen helfen?«, fragte er Fanny in einem breiten Dialekt, den sie nicht sofort zuordnen konnte.

»Herr Lebeck, mein Name ist Fanny Wolff, ich bin Journalistin bei den ON.«

»Bei den ON, so, so«, antwortete Lebeck mit gespitzten Lippen, »Sie kenne ich ja noch gar nicht.« Dann lief er geradewegs an ihr vorbei in Richtung eines Geräteschuppens. Fanny stutzte einen Moment und folgte ihm schließlich.

»Ich bin hier wegen Ihrer Arbeit für die Paulus-Diakonie«, rief sie.

»Was ist damit?«, brummte Lebeck.

»Ich recherchiere den Mord an einer jungen Frau. Sie hat Unterstützung von der Diakonie erhalten. Und ich glaube, ihr Sohn war sogar auch hier im Kinderheim. Melanie Schmidt, Sie erinnern sich vielleicht.«

Sie glaubte zu sehen, wie Lebeck kurz zusammenzuckte, aber bei den ruckartigen Bewegungen des Mannes könnte es auch sein, dass das nichts mit Melanie Schmidt zu tun hatte. Hans Lebeck öffnete das Schloss an der Schuppentür, dann steckte er sein dickes Schlüsselbund wieder in die ausgeleierte Tasche seiner Latzhose, die etwas von einem Blaumann hatte, wenn sie auch grün war.

Fanny folgte ihm in den Schuppen, bevor sie wie vom Schlag getroffen zurückwich. In dem alten Holzhäuschen stank es nach einer Mischung aus verwesendem Tier und Erbrochenem. Sie blieb in sicherer Entfernung zur Eingangstür stehen und beobachtete ungläubig, wie Hans Lebeck, dem der Gestank nichts auszumachen schien, ja der ihn noch nicht einmal kommentierte, einige Harken und Spaten von einem Ständer nahm.

»Melanie Schmidt«, sagte Lebeck schließlich, während er die Gartengeräte neben Fanny auf die Erde schmiss, »kann sein. Was genau wollen Sie denn wissen?«

»Hatten Sie viel Kontakt zu der Frau? Oder zu ihrem Sohn Justin ...?«

Hans Lebeck sperrte den Schuppen wieder ab und bückte sich dann, um die Geräte aufzuheben. Das alles tat er, ohne auch nur ein leisestes Ächzen von sich zu geben, auch wenn Fanny den Eindruck hatte, dass ihm gerade das Bücken nicht leichtfiel. »Ich habe nicht so viel mit den Eltern der Kinder zu tun, das übernehmen meist die Erzieher«, sagte er und ging zurück in Richtung Spielplatz. »Und was die Zuwendungen durch die Paulus-Diakonie angeht: Es gibt immer wieder Fälle, in denen sich Erzieher mit Bitten von Eltern an mich wenden. Ich nehme das auf, lasse die Leute einen Antrag ausfüllen und leite ihn dann weiter. Nicht mehr und nicht weniger.« Er schaute Fanny nun direkt in die Augen und irgendwie löste der Blick in ihr ein Gefühl von Unbehagen aus.

»Okay«, sagte sie schnell, »danke für Ihre Zeit, Herr Lebeck. Es war einen Versuch wert.« Fanny machte auf dem Absatz kehrt und lief schnell zum Eingangstor. Sie wusste selbst nicht genau warum, aber auf einmal hatte sie das Gefühl, es keine Sekunde länger auf dem Gelände aushalten zu können.

8

Du büst doch süs so bewandt –
Lat kamen, Kind, wat kamen kann,
Liggt All'ns in Gottes Hand.
　　　　　Fritz Reuter

Am nächsten Morgen steuerte Fanny nach der Redaktionskonferenz auf den Tisch von Frank Peters zu. Sie unterhielten sich eine Weile über Franks Pläne, eine Ferienwohnung auf dem Mönchgut zu kaufen – Fanny hatte beim Grillen mit den Kollegen erwähnt, dass ihre Mutter dort wohnte –, bis sie ihn schließlich auf seinen Artikel im Kinderheim ansprach.

»Uff, das ist ja schon ewig her. Was willste denn wissen?«

»Tja, wenn ich das so genau wüsste. Ich war gestern da und dieser Hans Lebeck, der Leiter, der kam mir irgendwie seltsam vor ...«

»Oh ja, an den erinnere ich mich noch gut. Ein unangenehmer Typ ...«

»Ja! Nicht wahr?«, platzte Fanny heraus. Irgendwie erleichterte es sie, dass es Frank genauso ging. Manchmal beschlich sie nämlich das Gefühl, dass sie so viele Menschen kennengelernt hatte, die normal schienen und dann die abnormalsten Dinge taten und sagten, dass sie ihre Gabe, Menschen einzuschätzen, verloren hatte. Ihr fiel eine Geschichte wieder ein, für die sie im Flüchtlingslager Minawao im Norden Kameruns mit Frauen und Kindern gesprochen hatte, die aus den Fängen von Boko Haram geflohen waren. Angesichts der schier endlosen Berichte von Brutalität und Gnadenlosigkeit hatte die Normalität des Grauens sie irgendwann erfasst. Erst schockierten die vielen Einzelschicksale sie kaum noch und irgendwann musste sie sich förmlich dazu zwingen, noch Mitleid zu empfinden. Zu sehr glichen sich die Berichte von Vergewaltigungen, Schändungen und Leichenbergen. Von Verbrechen und Rache, egal, welchem Stamm, egal, welcher Religion die Täter angehörten. Egal, ob sie einst selbst Opfer gewesen waren, die zu Tätern wurden oder umgekehrt. Und zu verroht kamen ihr die Menschen vor, die davon erzählten. Selbst die Frauen, die einigermaßen normal schienen, hatten auf der Flucht ihre brennenden Söhne und sterbenden Mütter zurückgelassen. »Was hätte ich tun sollen?«, war eine Frage, die sie Fanny oft stellten.

Als ob sie darauf eine Antwort hätte. Als ob sie auch nur ansatzweise nachvollziehen konnte, wie es war, mit fünf Kindern zu fliehen und dann zwei zurücklassen zu müssen, um die anderen drei vielleicht retten zu können. Ihr Artikel war ein Protokoll der Hoffnungslosigkeit geworden und hatte ihr einen wichtigen Journalistenpreis eingebracht, aber es waren Begegnungen und Geschichten gewesen, die sie bis heute verfolgten. Fanny schüttelte sich ein wenig, als wollte sie die Erinnerung abschütteln. Was natürlich nicht funktionierte, im Gegenteil, mittlerweile sah sie überall das Grauen. Wie ein Krimiautor, der sich von den Verbrechen, die er so oft detailliert beschrieben hatte, nicht mehr distanzieren konnte.

»... Fanny?« Frank Peters sah sie fragend an und sie hatte keine Ahnung, wie lange sie ihm schon nicht mehr zugehört hatte.

»Sorry, Frank, was hast du gesagt?«

»Ich habe gerade davon erzählt, dass Hans Lebeck zu DDR-Zeiten im berüchtigten Makarenko-Hof in Thüringen Erzieher gelernt hat.«

Thüringen, daher stammte also der Dialekt. »Makarenko-Hof...«, sie überlegte, »das sagt mir irgendetwas...«

»Vor ein paar Jahren hat eine Gruppe von Leuten, die dort als Kinder waren, Entschädigung gefordert, weil sie misshandelt worden seien.«

»Und Lebeck darf jetzt immer noch als Erzieher, ja sogar als Leiter des Kinderheimes arbeiten?« Sie sah ihren Kollegen erstaunt an.

»Man konnte ihm nichts nachweisen. Im Gegenteil, Lebeck behauptet, vielen Kindern geholfen zu haben, indem er sie vor Übergriffen beschützte.«

»Gibt es dafür Beweise?«

»Ach Fanny, du weißt doch, wie das ist. Wie viele Stasi-Spitzel haben sich nach der Wende plötzlich als Widerstandskämpfer ausgegeben? Die traurige Wahrheit ist, eindeutig Schuldige gibt es genauso selten wie eindeutig Unschuldige. Vielleicht hat er manchmal geholfen und machmal eben nicht.«

Fanny knabberte nachdenklich an ihren Fingernägeln,

bevor sie sich dabei selbst erwischte und geradezu zusammenzuckte. »Hast du noch Material von der Geschichte damals?«

»Du meinst Fotos und Aufzeichnungen?«

»Genau.«

Frank überlegte kurz. »Aufzeichnungen ganz bestimmt nicht mehr. Aber die Speicherkarte mit den Fotos, die müsste noch im Archiv zu finden sein.«

Sie schob die Speicherkarte in den Computer und starrte auf den Bildschirm. Es dauerte eine Weile, bis sich die Dateien laden ließen. In dem Ordner mit dem Namen Kinderheim, Juni 2004, befanden sich 56 Bilddateien und ein Video. Sie öffnete zuerst die Videodatei und als der Film stockend anlief, begriff sie, dass hier jemand aus Versehen ein Video gemacht hatte. Anfangs sah man ein paar Sekunden lang nur Füße, dann die Decke. Dann huschte das Bild über Gesichter von Jugendlichen, die sich im Hintergrund wie ein Empfangskomitee positioniert hatten. Irgendwann hatte der Benutzer der Kamera bemerkt, dass er ein Video und kein Foto machte. Und dann war der Film zu Ende. Kurz vor dem abrupten Ende hatte die Aufnahme jedoch ein Gesicht gezeigt, das Fanny mehr als bekannt vorkam. Sie spielte das Video erneut ab, ihren Finger auf der Maus, so dass sie den Film genau im entscheidenden Moment anhalten konnte. Es brauchte zwei Anläufe, bis sie ihn abgepasst hatte. Das Bild war verschwommen, aber diese großen Augen gehörten eindeutig Melanie Schmidt.

Fanny öffnete den Ordner, den sie über den Tod der jungen Frau angelegt hatte. 2004 war Melanie 12 Jahre alt gewesen. Sie schaute zurück auf den Bildschirm. Melanie sah deutlich älter aus. Ihre Augen waren dunkel geschminkt und ihre damals blonden Haare zu einem hohen Pferdeschwanz zusammengebunden. An ihren Ohren baumelten große silberne Kreolen. Sie ließ den Film eine Millisekunde lang weiterlaufen, bevor sie ihn erneut anhielt. Neben Melanie stand ein Mädchen mit engem dunkelblauen Oberteil und weißen, leicht ausgestellten Jeans. Ihr Gesicht hatte der Kamikaze-Fotograf leider nicht aufgenommen, aber Fanny war sich sicher, dass die beiden auf einem der 56 Bilder zu sehen wären. Vielleicht würde ihr das irgendwie weiterhelfen. Meistens stand man bei solchen Anlässen doch neben seiner besten Freundin, und die würde sich ganz bestimmt auch heute noch an Melanie erinnern.

Bevor Fanny auch nur dazu kam, die erste Bilddatei zu öffnen, fühlte sie plötzlich eine Hand auf ihrer Schulter. Als sie sich umdrehte, blickte sie zu ihrer Überraschung in Lars' Gesicht.

»Na, Schwesterherz, worin bist du denn so vertieft?«

»Ach, nichts wirklich Wichtiges«, sagte sie mit einer wegwerfenden Handbewegung, »ich schaue mir alte Fotos aus dem Kinderheim Strelasund an.«

»Na, dein Leben möchte ich haben. Arbeitest du auch mal?«

»Sehr witzig. Bist du hergekommen, um hier Sprüche zu klopfen?«

»Ich bin gekommen, weil du doch sicher wissen willst,

ob wir etwas in Janine Borgwardts Wohnung gefunden haben. Du hast ja nicht umsonst vor ihrem Haus herumgelungert.«

Er hatte sie also gesehen. »Und habt ihr?«

Lars schüttelte den Kopf. »Ich muss dich leider enttäuschen.«

»Was ist mit ihrem Computer?«

»Nichts, was uns weiterbringt.«

Fanny schaute ihren Bruder enttäuscht an. »Sorry«, murmelte sie, »ich war mir sicher, dass ihr irgendetwas finden würdet, was uns einen Hinweis darauf gibt, wer sie und Melanie Schmidt überfahren hat.« Die letzten Worte flüsterte sie geradezu, damit keiner der Kollegen es hören konnte.

»Na ja, auf jeden Fall scheint Janine Borgwardt ähnlich wie ihre Freundin Melanie auch irgendwie ein Rad ab zu haben.«

»Wieso?«

»In der Wohnung lag ein Ordner, mit stapelweise irgendwelchen komischen Fotos mit Missbrauchs-Zitaten. Ich glaube ...«

Fanny ließ ihn nicht ausreden. »Was sagst du da?«, schrie sie geradezu, und Lars schaute sich peinlich berührt um. »Genau so ein Bild habe ich in Melanies Wohnung auch gesehen!«

»Hm.«

»Hm? Also wenn das kein Hinweis ist, dann weiß ich auch nicht.« Sie sah Lars vorwurfsvoll an. Wie konnte er das nur so lethargisch hinnehmen?

»Du meinst also, die Mädchen wurden beide missbraucht und derjenige, der das getan hat, hat sie auch angefahren?«

»Findest du es nicht einen komischen Zufall, dass die beiden die gleichen Ausdrucke haben? Wo ist der Ordner von Janine Borgwardt jetzt?«, fragte sie ihren Bruder ernst.

»In meinem Büro, auf dem Schreibtisch.«

Fanny griff nach ihrer Jacke. Als ihr Bruder weiterhin wie festgefroren neben ihrem Computer stand, schubste sie ihn an. »Na los, worauf wartest du noch?«

Auf dem ersten Blatt waren nur Schuhe und Hosen sowie der Schatten eines Mannes auf Kopfsteinpflaster abgebildet. Das Bild war schwarzweiß und darauf stand mit roten Kursivbuchstaben geschrieben: *Missbrauch ist Menschen zertreten wie Gras.*

Fanny schaute sich den Ausdruck aufmerksam an und blätterte dann weiter. Auf der nächsten Seite sah man das Gesicht eines kleinen Mädchens, unter dessen weit aufgerissenen Augen zwei verdreckte Hände ihm den Mund zuhielten. Darauf die Worte: *Macht ist nur sichtbar, wenn man sie missbraucht!* Der nächste Ausdruck im Ordner zeigte, wie ein Kinderarm von einer riesig scheinenden Erwachsenenhand gepackt wurde. Dazu die Worte: *Alle Grausamkeit entspringt der Schwäche.*

Fanny blätterte noch fünf weitere Bilder in ähnlichem Stil um. Ihre Stirn legte sich in Falten. »Das klingt doch fast so, als habe man eine Drohbotschaft schicken wollen«, sagte sie schließlich zu Lars, der schweigend auf seinem Schreibtischstuhl hockte.

»Interessant, dass du das sagst. Wir haben nämlich auch ein Blatt gefunden, das nicht im Ordner war ... ich habe mir erst gar nichts dabei gedacht ...«

»Sondern?«

»In einem Briefumschlag.« Er reichte ihr ein Stück Papier, von dem man sehen konnte, dass es, um in den Umschlag zu passen, mehrmals gefaltet worden war. Ein rotes Bündel Dynamit. Darauf die Worte: *Erinnerungen sind wie eine Zeitbombe.*

Fanny kniff die Augen zusammen. »Adresse auf dem Umschlag?«

»Dazu war Janine Borgwardt wohl nicht mehr gekommen.« Lars sah seine Schwester nachdenklich an. »Wer könnte ein gemeinsamer Feind von den beiden gewesen sein?«

»Janine hat Melanies Lover nicht gerade gemocht. Und Christina Koch hat mir erzählt, dass Janine und sie sogar kurzzeitig ein Paar waren ...«

»Hast du nicht auch was davon erzählt, dass Melanie von Partnern ihrer Mutter missbraucht worden ist? Vielleicht haben die beiden Frauen einen von ihnen erpresst? Ihm gedroht, die Sache öffentlich zu machen ...« Lars nahm Fanny den Ausdruck mit der Zeitbombe aus der Hand. »Du hast recht, das ist eindeutig eine Warnung an jemanden«, sagte er mit Blick auf das Bild.

Fanny dachte an den seltsamen Chef vom Kinderheim – er hatte in einem Heim gearbeitet, in dem jahrelang Kinder missbraucht wurden, das konnte doch kein Zufall sein –, wobei ihr nicht klar war, was Janine Borgwardt dann damit zu tun haben sollte ... Sie beschloss, der Sache erst einmal alleine auf den Grund gehen zu wollen, bevor sie Lars damit verrückt machte.

»Du musst noch einmal mit Manuela Schmidt über den Missbrauch in Melanies Kindheit sprechen«, entschied Fanny schließlich und sprang von ihrem Stuhl auf. »Eventuell wusste sie sogar von den Drohungen, die Melanie und Janine verschickten.«

»Wieso glaubst du das?«

»Melanies Mutter hat auf ihrer Facebook-Seite eben genau solche Fotografien mit weisen Sprüchen drauf. Allerdings eher so Lebensweisheiten vor Bildern von ruhigen Seen. Aber die Idee ist doch irgendwie die gleiche.« Fanny überlegte kurz. »Warum Janine da mitgemacht haben soll, leuchtet mir aber immer noch nicht ganz ein ...«

»Vielleicht wusste sie von Melanies Rachefeldzug und wollte das Ganze nach ihrem Tod zu Ende führen.«

Fanny nickte langsam. »Oder«, sagte sie dann, »es geht um jemanden, der Janine ebenfalls etwas angetan hat.«

Als Fanny das Freizeichen hörte, beschleunigte sich ihr Herzschlag kurz. Sie atmete tief ein und aus. Als sie gerade wieder einatmete, nahm Dago ab und sie pustete ihr »Hi« geradezu in den Hörer.

»Heihhhh«, atmete Dago zurück und lachte.

»Ich habe nicht damit gerechnet, dass du so schnell rangehst. War noch mitten in meinen Atemübungen.«

»So schlimm?«

Sie machte ein gequältes Gesicht und war gleichzeitig froh, dass Dago dies am anderen Ende nicht sehen konnte. »Ich muss mit dir noch einmal über Melanie reden.« Sie hätte jetzt gerne Dagos Gesicht gesehen. Er sah wahrscheinlich nicht sehr begeistert aus.

»Was willst du wissen?«

»Nicht am Telefon. Können wir uns treffen?«

»Klar, willst du zu mir kommen?«, fragte er fast fröhlich.

»Lieber nicht ...« Sie zögerte einen Moment.

»Ich hab' ne Idee. Ich hol dich in einer halben Stunde ab, okay?«, sagte er schnell.

Fanny nickte langsam. »Okay.«

Als Dago mit seinem schwarzen Kombi vorfuhr, untersuchte Fanny das Auto möglichst unauffällig auf Beulen. Vorne am Kotflügel gab es tatsächlich einige kleinere Dellen, aber nichts, was darauf hinwies, dass jemand mit diesem Wagen einen Menschen, oder gar zwei, überfahren hatte.

»Fährst wohl sonst nur Mercedes, wa?«, zog Dago, der ihren Blick natürlich bemerkt hatte, sie auf.

Fanny winkte ab. »Sehr witzig. Ich wollte nur mal prüfen, ob du einen Wagen fährst, den ich mir mal ausleihen könnte.«

Er zuckte mit den Schultern. »Klar, jederzeit. Wo willst du denn hinfahren? Vielleicht komme ich mit?« Er schaute sie lächelnd an. Und bevor er auch nur erraten könnte, dass sie sein Auto gerne bei einem Experten auf Unfallspuren überprüfen lassen würde, beugte sich Fanny zu ihm herüber und küsste ihn.

Er fuhr fast bis an die Kante des kleinen Hafenbeckens in Altefähr. Dann zog er die Handbremse und sie stiegen aus. Dago fischte im Kofferraum nach zwei Bierflaschen, öffnete beide mit seinem Feuerzeug und reichte Fanny eine. Sie setzten sich an die Kaimauer, und es war fast, als nehme Fanny den einzigartigen Blick auf Stralsund zum ersten Mal wahr. Natürlich hatte sie die Stadt schon gefühlt tausendfach von hier gesehen, aber das machte den Ausblick ja nicht weniger schön. Abgesehen davon, dass sie das letzte Mal vor Ewigkeiten in Altefähr war. Wenn sie sich nicht irrte, als sie gerade Abi gemacht hatte. Irgendwie war das schon absurd, dass sie es danach nie wieder hierhergeschafft hatte.

Geradezu andächtig ließ sie den Blick über das Panorama schweifen. Ganz links die Rügenbrücke, daneben das große Werftgebäude, an dessen Fertigstellung – damals eine fast revolutionäre Sache, designt mit Farben, die es optisch kleiner erscheinen ließen – sie sich noch gut erinnern konnte. Dann die Stralsunder Silhouette mit den imposanten Kirchtürmen, drei an der Zahl, den hohen Speichern im Hafen und daneben der Sundpromenade mit den vielen Bäumen.

Dort hatte sie Melanie gefunden, schoss es ihr plötzlich durch den Kopf, und ihr Gesicht verfinsterte sich. Ihr fiel der Bericht ein, den Lars ihr gezeigt hatte und aus dem hervorging, dass der Täter die Leiche wahrscheinlich irgendwo im Südwesten der Insel ins Meer geworfen hatte. Vielleicht sogar in Altefähr. Sie sah Dago verstohlen von der Seite an. War er zu so etwas fähig? »Sag mal, hattest du eigentlich auch mal etwas mit Janine?«

Dago, der ebenfalls ganz in den Blick auf die Stadt versunken gewesen zu sein schien, drehte überrascht den Kopf in ihre Richtung. »Janine Borgwardt?«

Fanny nickte.

»Wie kommst du darauf?«

»Das ist keine Antwort auf meine Frage.«

Dago nahm einen Schluck aus seiner Bierflasche, und jetzt wurde Fanny eindeutig klar, dass sie die Antwort nicht mögen würde. Er machte eine Kopfbewegung, die sich irgendwo zwischen Nicken und Schütteln nicht hatte entscheiden können. »Na ja ...«, sagte er dann.

»Also ja.« Fanny wurde auf einmal furchtbar wütend. »Dir ist aber auch nichts heilig, oder?«

»Ey, Fanny, so war das nicht. Melanie wusste davon«, er überlegte einen Moment. »Sie war sogar ein paarmal dabei«, murmelte er schließlich.

»War das, bevor oder nachdem Melanie mit deinem Kind schwanger war?«

»Ich hab' dir schon mal gesagt, dass Chiara nicht von mir ist.«

»Ich meine Melody.«

Er sah sie wie erstarrt an. »Du weißt davon?«

Fanny biss sich auf die Unterlippe. Sie wusste selbst nicht so genau, warum sie auf einmal mit dem Thema angefangen hatte.

Dago sprang auf, lief ein paarmal unruhig auf und ab, dann setzte er sich wieder neben sie. »Als Melanie mit Melody schwanger war, da wollten wir echt unser Leben ändern. Ich habe uns eine Wohnung gesucht und echt jeden beschissenen DJ-Job angenommen, den man mir anbot. Nur, um genug Geld für meine Familie zu haben.«

Er zog sich eine Zigarette aus der Schachtel in seiner Hand. Bevor er sich die Kippe ansteckte, bot er auch Fanny eine an, aber die schüttelte nur den Kopf. »Melody war gerade mal zwei Wochen alt, da ging Melanie schon wieder auf Party. Ich saß mit dem schreienden Baby zu Hause, während sie auf irgendeiner Toilette den Chef vom *Fischerman's* fickte. Das hat Janine mir später erzählt.«

»War es zu der Zeit, dass du und Janine ...?« Sie sah ihn fragend an.

Dago nahm einen langen Zug von seiner Zigarette und stieß den Rauch in kleinen Ringen aus. »Janine und ich hatten vorher schon mal was miteinander. Aber nach der Geburt von Melody wollte Melanie auf einmal einen Dreier mit uns. Sie war wie besessen davon. Also hab' ich mitgemacht.«

»Du Armer, da musstest du dich sicher sehr überwinden ...«, stellte Fanny bissig fest.

Dago schien ihre Bemerkung gar nicht gehört zu haben. Er schaute mit leerem Blick auf den Sund. Und auf einmal liefen ihm Tränen über die Wangen. »Der Morgen, an dem ich Melody in ihrem Bettchen gefunden habe ... sie war noch warm, so als würde sie nur schlafen. Aber ihr kleiner Brustkorb lag ganz still da ...« Plötzlich brach es geradezu aus ihm heraus und er begann heftig zu weinen. »Das war der schlimmste Tag meines Lebens.«

Fanny schaute Dago hilflos an. Was hatte sie da nur aufgewühlt. Auf einmal tat es ihr schrecklich leid, dass sie überhaupt damit angefangen und Dago auf Melody angesprochen hatte. Sie legte etwas unsicher den Arm um ihn und Dago drehte sich zu ihr und vergrub sein Gesicht in ihrer Schulter. »Ich habe das noch nie jemandem erzählt«, sagte er leise.

Fanny strich ihm sanft über den Rücken. Seine Haare rochen ein wenig nach Marihuana.

»Danach ging alles so richtig den Bach runter«, erzählte Dago weiter, nachdem er sich etwas beruhigt hatte. »Melanie war nur noch druff. Ich bin irgendwann ausgezogen, weil ich es nicht mehr ausgehalten habe.«

»Wo waren denn die anderen beiden Kinder?«

»Na, Chiara war ja schon bei diesen Heinis ... wie hießen die noch ...?«

»Die Winklers?«

»Ja genau. Und Justin war meistens bei Manuela.« Er überlegte kurz. »Nee, zwischendurch war er auch mal wieder im Kinderheim, glaube ich. Ach, ich weiß nicht mehr. Das scheint mir wie Jahre her. Und ich habe damals auch alles getan, um nicht nachdenken zu müssen.« Er seufzte. »Ich habe das alles unter einem Mantel aus Nutten und Koks begraben ... kleiner Scherz«, schob er hinterher, aber so richtig überzeugend klang das nicht.

Fanny schaute ihn ungläubig an.

»Warum bist du eigentlich so ein *goody-good-girl*?« Dago knuffte sie in die Seite. »Du hast doch so viel gesehen, da in Afghanistan und wo du überall warst. Hattest du nie das Bedürfnis, deinen Kummer so richtig zu ertränken? Oder zu betäuben? Man hält das doch kaum aus. Diese ganze Scheißwelt.«

Fanny fuhr mit ihrem Zeigefinger einmal um die Flaschenöffnung. »Glaub' mir, ich hab' schon mein Päckchen zu tragen.« Sie überlegte einen Moment lang. »Sag mal, hat Melanie dir mal was von irgendeinem Missbrauch erzählt?«

Dago schaute sie überrascht an. »Missbrauch? Ich weiß, dass einige Macker ihrer Mutter sie mal angegrabscht haben. Aber mehr auch nicht.«

»Und Janine?«

»Janine? Wie kommst du denn jetzt darauf?«

Fanny wich Dagos fragendem Blick aus. Wenn ihm so unklar war, warum sie das fragte, hatte er wohl keine Ahnung. Oder er wollte nichts dazu sagen. Fanny fuhr sich durch ihre Locken. Sie wünschte, sie hätte damals bei der Unterhaltung mit Janine gleich nachgehakt. Jetzt war es vielleicht zu spät dafür. Melanies Freundin lag immer noch im Koma.

Auf einmal sprang Dago auf. »Ich muss los. Hab heute Abend noch 'n Gig.«

Fanny stand verwirrt auf. Warum hatte er das vorher nicht erwähnt? »Wo legst du denn auf?«, fragte sie, während sie Dago zum Auto folgte.

»Im *T1*, in Rostock«, sagte er kurz angebunden. Auf einmal schien es, als könne er Fanny nicht schnell genug loswerden.

Am Tag darauf hatte Fanny ihren ersten wirklich hektischen Tag in der Redaktion. Das Flüchtlingsthema dominierte alles. Nachdem die Fähren von Rostock nach Trelleborg seit Tagen ausgebucht waren, hatte man nun die Anzahl von Flüchtlingen, die pro Schiff mitfahren durften, begrenzt. Der Zugverkehr zwischen Deutschland und Dänemark war bereits Tage zuvor eingestellt worden. Es war wie eine Flut, die man vergebens einzudämmen versuchte. Und während die Länder sich hilflos gegenseitig die Schuld zuschoben und einfach ihre Grenzen dicht machten, hatten die Flüchtlinge ganz genaue Vorstellungen, wo sie leben wollten und wo nicht. Meck-Pomm stand auf dieser Wunschliste nicht eben gerade weit oben und war für die meisten nur eine Zwischenstation auf ihrem Weg nach Skandinavien. Nichtsdestotrotz mussten erst einmal Wohnraum, Schulen und medizinische Versorgung gestellt werden. Nachdem in der vergangenen Nacht eine als Flüchtlingsunterkunft geplante Turnhalle in Ribnitz-Damgarten angezündet worden war, suchte man händeringend nach einer neuen Option, um die erwarteten 25.000 Menschen unterzubringen.

Fanny hatte den Bürgermeister zu dem Thema interviewt und verpackte das Ganze nun in einen Artikel. Peter Roth hatte den Merkel-Duktus übernommen und mit vielen »Wir schaffen das« und der Betonung der Chancen, die durch die Zuwanderung entstehen, versucht, Zuversicht auszustrahlen. Aber Fanny hatte ihm den Optimismus nicht abgenommen. Zu deutlich wurde mittlerweile, dass auch ein wohlhabendes Land wie Deutschland bei der Aufnahme von einer solchen Vielzahl an Menschen an seine Grenzen stieß – ganz abgesehen davon, dass die Meinung der Straße sich im seltensten Falle auf die Chancen der Masseneinwanderung konzentrierte. Und so hatte Peter Roth heute alles andere als glücklich ausgesehen, was der Fotograf dann auch vortrefflich eingefangen hatte.

Erst am Wochenende kam Fanny in ihrer Wohnung etwas zur Ruhe. Maria war für zwei Wochen in den Urlaub nach Malle abgedüst, und Dago hatte sich seit seinem seltsamen Abgang neulich Abend nicht mehr bei ihr gemeldet. Immerhin hatte Fanny daran gedacht, die Speicherkarte mit den Kinderheim-Fotos in der Redaktion auf ihren Laptop zu kopieren – so konnte sie den Samstagabend wenigstens sinnvoll nutzen. Sie nahm sich ein Club-Mate aus dem Kühlschrank und setzte sich dann mit der Flasche in der Hand vor den Computer. Ein paar Klicks und sie hatte den Ordner mit den 56 Bilddateien geöffnet. Wenige Minuten später hatte sie alle Bilder durchgesehen. Die meisten zeigten jedoch nur, aus allen möglichen Perspektiven, wie der damalige Bürgermeister das Eröffnungsband durchschnitt. Aber auf einem dieser Bilder standen im Hintergrund die Heimkinder, und Fanny war sich fast sicher, Melanie und neben ihr das Mädchen mit engem dunkelblauem Oberteil und weißen, leicht ausgestellten Jeans entdecken zu können. Genau erkennen konnte sie die Gesichter jedoch nicht, und wenn sie in die Datei reinzoomte, verschwamm alles. Fanny begann nachdenklich an ihren Fingernägeln zu knabbern. Sie war keine Photoshop-Spezialistin, aber irgendwie musste es doch möglich sein, das Bild so zu vergrößern, dass man noch etwas erkennen konnte. Sie gab bei Google einen entsprechenden Suchauftrag ein. Eine Stunde später hatte sie mehrere neue Softwares auf ihren Laptop heruntergeladen, aber das Bild war immer noch nicht scharf genug.

    Fanny stieß einen kurzen Fluch aus. Sie wusste, wer

sich damit auskannte und ihr sicherlich einen guten Tipp geben könnte – aber konnte sie da so einfach anrufen? Und wollte sie das überhaupt? Sie schaute ein paar Minuten lang unschlüssig auf ihr Handy. Dann wählte sie die Nummer.

Es dauerte ein paar Freizeichen, eine gefühlte Ewigkeit, in der sie mehrmals kurz davor war, wieder aufzulegen, bis Ben am anderen Ende antwortete. »Fanny?«, schrie er überrascht, während er sich von einem extrem lauten Ort entfernte, »warte kurz.«

Fanny bereute es auf einmal, bei Ben angerufen zu haben. Er war auf einer Party, dachte sie sauer und wusste gleichzeitig nicht, warum sie das so wütend machte. Was hatte sie erwartet? Dass er zu Hause saß und ihr nachheulte?

»Fanny«, rief Ben nun, nachdem er einen ruhigeren Ort gefunden zu haben schien, erneut in den Hörer. »Wie schön, dass du anrufst.« Seine Stimme klang so sanft, dass sie sich sofort beruhigte. Diese Wirkung hatte er also immer noch auf sie. Egal, ob sie aus Kabul oder Stralsund anrief. Und egal, ob sie noch das Recht hatte, ihn anzurufen oder nicht.

»Wie geht es dir? Wie ist es, wieder in der Heimat zu sein?«

»Gut«, antwortete Fanny und versuchte, möglichst stark zu klingen. Sie wollte nicht, dass Ben sich ihretwegen Sorgen machte. »Komisch«, schob sie dann aber noch leise hinterher. Ben kannte sie sowieso zu gut, als dass sie ihm etwas vormachen konnte.

»Das kann ich mir vorstellen ...«

»Wo bist du denn? Is so laut im Hintergrund.«

»Ja ...« Er schien zu überlegen, was er sagen sollte. »Ab und zu gehen ich und die Jungs um die Häuser ... Geschichten ...«

Ihr huschte unwillkürlich ein Lächeln übers Gesicht. Er hatte schon immer eine besondere Art gehabt, sich auszudrücken. Ihr fielen plötzlich die Mails ein, die er ihr früher, wenn sie unterwegs war, geschickt hatte. Sie hatte damals jede einzelne ausgedruckt. Von romantischen Abhandlungen, wie er es nannte, bis hin zu Texten über Begierde, Lust und Leidenschaft. Seltsam, wie lange sie nicht mehr dran gedacht hatte. Vielleicht auch, weil er ihr in den letzten Monaten ihrer Beziehung keine solche Mails mehr geschickt hatte. Was sicherlich daran lag, dass sie ihm irgendwann auf seine elaborierten, geradezu poetischen Nachrichten nur noch mit abgehackten Sätzen zu ihrem Alltag geantwortet hatte. Na ja, daran und an anderen Dingen, die sie getan hatte.

»Ben, ich bräuchte mal deine Hilfe«, sagte sie und beendete damit abrupt ihr kleines Geplänkel. Ein bisschen auch, weil sie nicht wirklich wissen wollte, wie es ihm ging. Sie wollte sich nicht schuldig fühlen, weil sie ihn einfach so hatte sitzenlassen. Sie wollte sich nicht schlecht fühlen, weil er damit vielleicht besser klarkam als sie. Sie wollte eigentlich gar nichts fühlen.

»Was brauchst du?«, fragte er sofort, als wenn er ihre Ängste auch auf die Entfernung spüren konnte.

Sie erklärte ihm ihr Anliegen. Er stellte einige Rückfragen, bevor er sie auf eine professionelle Fotografenplattform dirigierte. Sie loggte sich mit seinem Passwort ein und Ben erklärte ihr, welche Software sie herunterladen sollte. Dann führte er Fanny geduldig durch den Prozess.

Und eine gute Stunde nachdem sie ihn angerufen hatte, es war nun mittlerweile nach Mitternacht, konnte Fanny das Gesicht des Mädchens, das neben Melanie stand, klar und deutlich erkennen.

9

Seh ich dich an / so fühl ich Schmerzen;
genieß ich deiner Gegenwart /
so ist mir auch nicht wohl zuhm Herzen /
Ich stehe bey dir / wie erstart.
Sibylla Schwarz

»Erklär' mir deine Theorie!« Lars sah Fanny gespannt an.

»Janine und Melanie waren zeitweise zusammen im Kinderheim. Dort wurden sie von jemandem missbraucht, den sie später, nämlich in den vergangenen Monaten, mit ihrem Wissen erpresst oder bedroht haben. Es muss jemand sein, der etwas zu verlieren hat. Eine Familie. Oder eben eine gewisse Position.«

»Und du meinst, dieser Jemand ist Hans Lebeck, der Leiter des Kinderheimes?«

»Keine Ahnung, von wann diese Ausdrucke mit den Sprüchen stammen. Und ob beziehungsweise seit wann die Mädels Hans Lebeck die überhaupt zugeschickt haben könnten. Aber Lebeck wurde vor nicht allzu langer Zeit für seine Arbeit mit der silbernen Ehrennadel der Caritas ausgezeichnet. Es könnte doch sein, dass diese Ehrung bei den Mädels etwas ausgelöst hat. Vielleicht wollten sie es nicht länger hinnehmen, dass Lebeck ungestraft davonkommt…« Fanny schaute noch einmal auf den Bildausschnitt auf ihrem Laptop, mit dem sie mitten in der Nacht bei Lars aufgetaucht war. Das Sauertopfgesicht von seiner Katrin, die über die nächtliche Störung alles andere als begeistert war, hatte sie genauso ignoriert wie die Tatsache, dass ihr Bruder dieser Tage auf dem Sofa im Wohnzimmer zu schlafen schien.

»Das klingt alles plausibel, Schwesterherz«, sagte Lars, während er aufstand und nach seiner Windjacke griff.

»Wo willst du denn jetzt hin, Lars?«

»Na auf die Dienststelle. Ich habe dort eine Liste von allen schwarzen Kombis, die in Stralsund und Umgebung gemeldet sind. Mal schauen, ob Lebeck da drauf ist. Denn wenn ja, dann holen wir uns den Vogel zum Verhör.«

»Und was soll ich machen?«, fragte Fanny gespannt, während sie ihren Laptop wieder einpackte.

»Du gehst jetzt erst einmal schlafen. Und am Montag besorgst du dir eine Liste von den Kindern, die zeitgleich mit Melanie und Janine im Kinderheim Strelasund waren. Die klapperst du dann eines nach dem anderen ab und findest heraus, ob jemand weiß, was da genau vorgefallen ist. Wenn deine Theorie stimmt, werden auch noch andere Kinder unter Lebeck gelitten haben. Und wir brauchen Zeugenaussagen, die unseren Verdacht stützen.«

Fanny zog überrascht die Augenbrauen in die Höhe. »Ist das nicht Polizeiarbeit?« Sie meinte das gar nicht zynisch, sondern fragte sich wirklich, warum ihr Bruder ihr auf einmal solche Aufgaben übertrug.

Lars machte eine wegwerfende Handbewegung. »Wegen der Flüchtlinge wurden Hunderte Polizisten in Meck-

Pomm von ihren normalen Aufgaben abgezogen. Mein Team ist quasi geschrumpft worden.«

Fanny nickte zögerlich. »Okay, dann mache ich das. Schick mir 'ne Nachricht, wenn du die Fahrzeughalter überprüft hast.«

Mit diesen Worten verließen sie beide Lars' Haus und während sich Fanny auf ihr Rennrad schwang, lief ihr Bruder mit großen Schritten zu seinem Wagen und brauste davon. Fanny schaute ihm nach, bis die Rücklichter in der Dunkelheit nicht mehr zu sehen waren.

Es dauerte eine geschlagene Woche, bis sie endlich jemanden fand, der bereit war, zu reden. Zwar hatte Lars keine Verbindung zwischen Hans Lebeck und einem schwarzen Kombi finden können, aber Fanny hatte beschlossen, dass sie den Auftrag, den ihr Bruder ihr gegeben hatte, trotzdem ausführen sollte. Sie hatte bereits vier ehemalige Heimkinder abgeklappert, bevor sie auf Ronny Breede stieß. Breede wohnte in Grünhufe gegenüber vom Linden-Center, einem Einkaufszentrum, in dem mehr Ladenlokale leer standen als belegt waren. Was mit großer Wahrscheinlichkeit daran lag, dass der Stadtteil Grünhufe bereits seit einigen Jahren als »Problembezirk« galt. Als Fanny jünger war, hatten noch einige ihrer Klassenkameraden hier gewohnt, mittlerweile waren diejenigen, die es sich leisten konnten, weiter in Richtung Stadtzentrum oder in eines der umliegenden Dörfer an der Boddenküste gezogen. Geblieben waren Leute wie Breede.

Als dieser nur die Tür zu seiner Neubauwohnung öffnete, ahnte Fanny schon, mit welcher Gesinnung sie es bei dem ganz in Schwarz gekleideten Mann zu tun hatte. Die Reichsfahne, die in der Ein-Zimmer-Wohnung an der Wand prangte, bestätigte ihre Vermutung. Fanny gab sich Mühe, sich ihren Ekel nicht anmerken zu lassen und setzte sich, wenn auch etwas steif, auf das alte Ledersofa. Ronny Breede holte einen Klappstuhl aus der Küche und positionierte sich ihr gegenüber. Als er die Ärmel seines Kapuzenpullovers hochschob, kamen eine ganze Menge Tätowierungen zum Vorschein. Fanny bemühte sich, nicht allzu auffällig hinzuschauen, aber sie konnte immerhin das Wort »Ehre« unter der Körpermalerei ausmachen. Breede drehte sich, um nach seiner Bierflasche zu greifen, der Uhrzeit nach zu urteilen wohl sein Frühstücksersatz, und Fanny sah außerdem die Zahl 88 unter seinem Pulloverärmel hervorblitzen. Wenn sie sich recht erinnerte, standen die Zahlen symbolisch für »Heil Hitler«, da der achte Buchstabe im Alphabet das »H« war.

Aber trotz seiner Aufmachung sah Fanny ihm sofort an, dass er eigentlich ein Schwächling war. Nicht nur, dass er nervös mit seinem seitlichen Lippenpiercing spielte, seine ganze Haltung hatte etwas sehr Weiches, Schlaffes an sich.

»Was wollen Sie denn wissen?«, fragte Ronny Breede und sah Fanny herausfordernd an.

»Herr Breede, ich weiß, dass Sie als Kind im Strelasund-Kinderheim gelebt haben. Ich recherchiere für die ON an einem Artikel über ...«, sie zögerte kurz, »Unregelmäßigkeiten, die dort stattgefunden haben. In der Betreuung meine ich.«

Sie drückte sich mit Absicht etwas umständlich aus. So konnte sie sich vorsichtig an das Thema herantasten und an der Reaktion ihres Gegenübers erkennen, ob es überhaupt sinnvoll war, weiterzureden. Bisher waren die Reaktionen ablehnend gewesen. Bisher hatte sie aber auch nur Frauen besucht. Ronny Breede war der erste Mann in ihrer Liste. Wenn man ihn auch in Wirklichkeit eher als Männchen hätte bezeichnen müssen. Breede sah sie interessiert an. »Was meinen Sie denn mit Unregelmäßigkeiten?«

»Gewalt«, sagte sie nun direkt, »körperliche sowie psychische Gewalt. Ist Ihnen während Ihrer Unterbringung in dem Heim etwas Derartiges widerfahren?«

»Schreiben Sie in dem Artikel meinen Namen?«

»Nur wenn Sie keine Angst haben und zustimmen.«

»Ich habe keine Angst«, antwortete Ronny Breede entschlossen und nahm einen weiteren Schluck aus der Sternburg-Flasche. »Nicht mehr«, schob er dann etwas kleinlauter hinterher.

»Von wem ging die Gewalt aus?«

Breede strich sich mit der flachen Hand über die blonden Stoppeln auf dem Kopf. Zwischen seinem Daumen und dem Zeigefinger prangte ein weiteres Tattoo. Ein Spinnennetz. »Pass auf«, wechselte er plötzlich zum Du, und Fanny war sich nicht sicher, ob es sich dabei um einen Vertrauensbeweis oder eine Respektlosigkeit handelte. »Mich hat schon mein Alter geschlagen. Wenn er besoffen war, wenn er nicht besoffen war, wenn meine

Mutter nicht da war und er sonst niemanden hatte, an dem er seine Wut auslassen konnte. Schläge machen mir nichts aus. Zumal ich irgendwann gelernt habe, zurückzuhauen.« Er streckte die Faust etwas hervor, aber es hatte nicht den gewünschten bedrohlichen Effekt, sondern sah eher wie ein kläglicher Verteidigungsversuch aus. »Aber was im Kinderheim abging, war 'ne ganz andere Scheiße.«

»Nämlich?«, hakte Fanny mit ruhiger Stimme nach.

»Ich erzähl dir mal 'ne Story, nur mal so zum Beispiel«, sagte er, während er sich betont großspurig zurücklehnte und die Beine spreizte. »Einmal sollte ich nach'm Essen die Tische abwischen. Hatte ich aber kein' Bock drauf. Also hab ich der Schlampe von der Küche gesagt, dass sie mir gerne einen blasen kann.«

»Wie alt warst du da?«

Die Frage schien ihn zu irritieren. »Keine Ahnung, so dreizehn vielleicht.«

»Okay, erzähl weiter«, Fanny nickte. Ronny Breede müsste also etwa zeitgleich mit Melanie und Janine im Heim gewesen sein.

»Lebeck, die Sau, hat mich daraufhin die ganze Nacht in seinem scheiß Schuppen stehen lassen. Er hatte da so eine Ecke. Da musste man im Dunkeln stehen. Ab und zu hat er kontrolliert, dass man sich nicht hingehockt hatte.«

»Was passierte, wenn er einen beim Sitzen erwischte?«

»Dann ging die Uhr wieder von vorne los. Wenn er einen zu vier Stunden verurteilt hatte, musste man eben noch mal von vorne anfangen. Egal, ob die vier Stunden fast rum waren. Er hat seinem Titel alle Ehre gemacht.«

»Titel?«

»Hans der Grausame. So wollte er genannt werden.« Breede schnalzte abschätzig.

Fannys Augen weiteten sich etwas. »H. G. Countdown« hatte unten auf dem Blatt von Melanie gestanden. Das konnte doch kein Zufall sein. »Wurde er auch handgreiflich?«, fragte sie weiter.

Ronny Breede verzog den Mund. »Keine Ahnung. Bei mir jedenfalls nicht. Aber kann mir gut vorstellen, dass das bei den Weibern anders war. Die hat er ja immer so angestiert. Der alte geile Sack.«

»Wie hat er dich sonst noch so bestraft?«

»Als ich zum ersten Mal in das Heim kam, so mit acht, neun Jahren, da hat er mich gleich zur Begrüßung stundenlang die Klos putzen lassen. Vorher hat er sich aber noch mal raufgesetzt und so richtig reingeschissen. So, dass ich es sehen konnte.«

»Hast du davon jemals jemandem erzählt?«

Breede sah sie irritiert an. »Nee, wem sollte ich denn davon erzählen?«

»Na ja, ich weiß nicht. Deiner Mutter. Dem Jugendamt.«

Er zuckte mit den Schultern. »Hätte doch eh nichts geändert.« Ronny Breede starrte nachdenklich auf seine schwarz-weiß-rote Fahne. Dann schien ihm etwas eingefallen zu sein. »Da war ma' so 'ne Braut, die hat was gesagt. Keine Ahnung zu wem, aber die Folge war, dass Lebeck sie ganze drei Nächte in Folge im Schuppen hat stehen lassen. Und die hat gebrüllt und geheult wie 'n Tier. Das haben wir sogar noch im Haus gehört.«

»Weißt du noch, wie das Mädchen hieß?«

Ronny schüttelte den Kopf. »Kein Plan. Aber die hat früher hier nebenan gewohnt. War 'ne Hübsche. Rannte immer in so Rockerklamotten rum. Mit Haartolle und Tattoos ...«

Franzi von der Suchthilfe, schoss es Fanny sofort durch den Kopf. Auch wenn die Wahrscheinlichkeit, dass Ronny Breede ausgerechnet dieses tätowierte Rockabilly-Girl meinte, nicht groß war. Zumal sie sich nicht erinnern konnte, ob auf der Liste der Heimkinder eine Franziska gestanden hatte. »Erinnerst du dich zufälligerweise an Melanie Schmidt? Sie muss auch in etwa zeitgleich mit dir im Heim gewesen sein«, fragte Fanny weiter.

»Das ist die, die neulich ermordet wurde, ne?«

Das hatte sich also auch in Grünhufe herumgesprochen. »Du hast davon gehört?«

»Sicher, das war doch 'n Kanake.«

»Du glaubst, dass einer der Flüchtlinge Melanie umgebracht hat?«

»Na klar, wer denn sonst? Is' doch 'n komischer Zufall. Die Knoblauchfresser fallen hier in Horden ein und kurze Zeit später der erste Mord«, erklärte Ronny Breede eifrig.

»Hatte Melanie auch Stress mit Lebeck?«, blieb Fanny beim Thema, es brachte sowieso nichts, mit Ronny Breede weiter über seine »Kanaken«-Verdächtigungen zu sprechen.

Zu ihrer Enttäuschung zuckte Breede nur mit den Schultern.

»Und Janine Borgwardt, sagt dir der Name was? Hatte die Stress mit Lebeck?«

»Ey, mit Lebeck hatte jeder Stress. Der hatte Stress mit uns. Der Wichser hat doch nur nach Gründen gesucht, dass er einen wegsperren konnte. Darauf ging dem doch einer ab.«

Fanny nickte langsam.

»Und? Machst du da jetzt 'n Artikel draus? Oder wird die Lügenpresse weiter verschweigen, was in diesem Staat so los ist?«

Erst später, als sie wieder auf der Straße vor den grauen Häuserblöcken stand, fiel Fanny auf, wie lange es gedauert hatte, bis Ronny Breede sie mit dem Begriff »Lügenpresse« in Verbindung brachte. Was sie durchaus als Erfolg wertete.

Zurück in der Redaktion, schrieb sie schnell zwei kurze Artikel für die Ausgabe am kommenden Tag. Einer widmete sich wie jede Woche den Babys, die im Helios-Krankenhaus geboren worden waren. In der zweiten Geschichte ging es um betrunkene Asylbewerber, die auf dem Dänholm in Streit geraten waren. Als sie fertig war, sagte sie Sokratis Bescheid, dass er die Stücke auf die Webseite der Zeitung hochladen konnte. Dann besprach sie mit ihm die Planung für die weitere Woche.

Am Donnerstag würde sie zu einer außerordentlich einberufenen Informationsveranstaltung der Stralsunder Bürgerschaft zum Umgang mit der »Flüchtlingsproblematik« gehen, während Sokratis Freiwillige der AG Flüchtlingshilfe interviewen sollte. Die Gruppe hatte eine

Willkommenskundgebung vor dem Gebäude, in dem die meisten Flüchtlinge untergebracht waren, angekündigt – zeitgleich mit einer Demo der sogenannten »MV-Patrioten«, einem Zusammenschluss von NPD- und MVGIDA-Leuten. Die Nachricht, dass in den nächsten Wochen weitere 200 Flüchtlinge in Stralsund aufgenommen werden sollten, hatte hohe Wellen geschlagen; und so berichteten sie nicht nur täglich über die Flüchtlingskrise, sie bekamen auch deutlich mehr Leserbriefe zu dem Thema als zu allen anderen. Fanny, die ihren Tag, wie immer, mit einer Art Presseschau begonnen hatte, bei der sie sich eine Übersicht über die Titelseiten und Schlagzeilen der großen Zeitungen und Onlinemedien verschaffte, verspürte eine gewisse Resignation. Zu viele Einzelschicksale, zu viele Entscheidungen der Regierung, die für den Normalbürger nicht nachvollziehbar waren, zu viel Gewalt unter den Flüchtlingen und zu viel Angst, gerechtfertigt, aber auch übertrieben, bei allen Beteiligten.

Doch wenn sie sich das größtenteils geschockte, völlig überwältigte Deutschland so anschaute, musste sie sich aber vor allem wundern: Wieso hatte die Flüchtlingswelle die Deutschen überhaupt so überrascht? Hatte man denn ehrlich gedacht, dass die halbe Welt brennen konnte, und in Deutschland würde man sich wie auf einer sicheren Insel abschotten können?

Das Klingeln des Telefons riss Fanny aus ihren Gedanken. Ihr Bruder Lars wollte wissen, wie die Gespräche mit den ehemaligen Heimkindern bisher gelaufen waren. Sie berichtete ihm in kurzen Sätzen von ihrem Besuch bei Ronny Breede.

»Na das klingt doch schon nach etwas«, stellte ihr Bruder fest, nachdem sie zu Ende gesprochen hatte. »Wenn wir jetzt noch das Mädchen finden, das er erwähnt hat ...«

»Du glaubst also weiterhin, dass Lebeck etwas mit dem Tod von Melanie zu tun hat? Obwohl er keinen schwarzen Kombi fährt?«

Lars schien kurz abzuwägen, was er darauf antworten sollte. Dann sagte er leise: »Unter uns Fanny, es gibt zwar den Augenzeugen, der beim Angriff auf Janine Borgwardt einen schwarzen Kombi gesehen haben will. Vielleicht war es aber auch ein Van, Jeep oder Hochdachkombi. Vielleicht auch ein ganz normaler Golf. Vielleicht war er dunkelblau. Solche Aussagen sind immer mit Vorsicht zu genießen. Wenn wir aber eine klare Verbindung zwischen Melanie Schmidt, Janine Borgwardt und Hans Lebeck herstellen können, die ihm ein Motiv für den Mord und versuchten Mord nachweist, dann ist das mehr wert als jede Zeugenaussage.« Lars atmete hörbar aus.

Es kam selten vor, dass ihr Bruder so lange am Stück sprach. Fanny zog unwillkürlich die Augenbrauen hoch. Das konnte kein gutes Zeichen sein. »Ich habe vielleicht eine Ahnung, wer das Mädchen, von dem Ronny Breede sprach, sein könnte. Ich hatte nur noch keine Zeit, mich darum zu kümmern. Bei uns in der Redaktion ist ganz schön was los.«

»Flüchtlinge?«, fragte Lars lakonisch.

»Manchmal frage ich mich, was wir in diesem Land überhaupt noch mit unserer Zeit anfangen würden, gäbe es die Flüchtlingskrise nicht ...«

Ihr Bruder lachte am anderen Ende. »Und was wir bloß mit all dem Geld gemacht hätten, das wir jetzt auf einmal lockermachen können.«

Nachdem Fanny aufgelegt hatte, zog sie sofort die Liste der Heimkinder aus ihrem Ordner. Auf der Liste standen 34 Namen. Und darunter befanden sich zwei Franziskas. Jetzt musste Fanny nur noch herausfinden, ob eine davon ihre war.

Bevor sie einige Tage später zur Informationsveranstaltung zur »Flüchtlingsproblematik« im Rathaus ging, schwang sich Fanny auf ihr Rennrad und fuhr in die Altstadt hinein. Es hatte sie nicht viel Mühe gekostet, herauszufinden, dass auch Franzi von der Suchthilfe, die eigentlich Franziska Schnabel hieß, einst im Kinderheim gelebt hatte. Fanny hatte sich bei Christina Koch erkundigt und erfahren, dass sie Franzi heute auf jeden Fall in der Suchthilfe antreffen würde und sie nicht bei ihrem Studium in Neubrandenburg war. Warum Franzi bei Fannys ersten Besuch in ihrem Gespräch über ihr Verhältnis zu Melanie nichts davon erwähnt hatte, dass sie beide im gleichen Kinderheim gewesen waren, würde Fanny jetzt herausfinden müssen.

Die Eingangstür zur Suchthilfe stand offen, und Fanny lief den Flur entlang. Franzi verabschiedete vor einem der Seminarräume gerade die Teilnehmer einer kleinen Gruppe, die hier wohl zu einem anonymen Treffen versammelt gewesen waren. Als die junge Frau mit den vielen Tätowierungen Fanny entdeckte, kam sie lächelnd auf sie zu. »Fanny, richtig?«

»Ja genau, hi, Franzi«, antwortete Fanny ebenso freundlich und streckte ihr die Hand zur Begrüßung entgegen.

»Hast du noch Fragen wegen dem Artikel über Melanie?«

»Genau, können wir irgendwo in Ruhe sprechen?«

»Klar, am besten gehen wir in die Küche. Die nächste Gruppe kommt erst heute Abend.«

Sie setzten sich an den Küchentisch, an dem sie während ihres ersten Gesprächs auch schon gesessen hatten. Fanny wusste, dass ihre Unterhaltung heute unangenehmer werden würde. Sie räusperte sich kurz und sprach Franzi dann direkt auf ihren Heimaufenthalt und die Schikanen durch Hans Lebeck an.

Franzi schien mit jedem ihrer Worte unruhiger zu werden. Sie rutschte nervös auf ihrem Stuhl umher und drehte ihren Kopf zur Tür, so als wollte sie ihren Fluchtweg abschätzen. »Und was willst du jetzt von mir wissen?«, fragte sie schließlich mit brüchiger Stimme.

»Ich glaube, Melanie hat Hans Lebeck erpresst. Und vielleicht war er es, der ihr etwas angetan hat«, entschied sich Fanny für die Wahrheit. Wenn auch nicht die ganze. Dass Lebeck vielleicht versucht hatte, auch Janine aus dem Weg zu räumen, behielt sie für sich.

Franzi schwieg eine ganze Weile. Dabei strich sie sich wie geistesabwesend über ihre Arme, die sie vor der Brust verschränkt hatte und die auch heute dank der knappen Jeansweste, die sie trug, in ihrer ganzen tätowierten Pracht zu sehen waren.

»Es stimmt«, sagte sie, »Melanie wollte Lebeck zu Fall

bringen. Aber ich hatte damit nichts zu tun. Und ich habe ihr damals, als sie mir davon erzählt hat, auch gesagt, dass ich damit nichts zu tun haben will.«

»Entschuldige die Frage, aber warum? Warum soll dieser Mann ungestraft davonkommen?«

»Weil ich endlich damit abgeschlossen habe. Er kontrolliert nicht mehr mein Leben. Ich allein entscheide, was mit mir passiert.« Sie schaute Fanny trotzig an.

»Hat Lebeck dich bedroht? Hast du deswegen nichts gesagt? Hat er auch Melanie bedroht?« Fanny lehnte sich vor und schaute Franzi eindringlich an. »Franzi, deine Aussage ist wichtig! Es könnte sein, dass Lebeck Melanies Mörder ist!«

Franzi wich ihrem Blick aus. Dann sprang sie plötzlich auf. »Ich will damit nichts mehr zu tun haben, lass mich in Ruhe!« Und bevor Fanny sich versah, war Franzi aus dem Zimmer und dann aus der Suchthilfe verschwunden.

»Lars, du musst dir sofort Lebeck schnappen. Ihr müsst ihn in die Zange nehmen. Vielleicht gesteht er dann!« Fanny schrie ins Telefon. Erst der verwunderte Blick einer älteren Dame, die gerade aus der Allgemeinarzt-Praxis neben der Suchthilfe kam, erinnerte Fanny daran, wo sie war.

»Nu' mal langsam. Hast du das Mädchen gefunden?«

»Ja, hab ich«, sagte Fanny nun mit gedämpfter Stimme, »Franziska Schnabel. Sie hat indirekt bestätigt, was Lebeck gemacht hat. Und dass Melanie ihr von ihrem Rachefeldzug gegen den Erzieher erzählt hat.«

»Erzählt sie mir die gleiche Geschichte?«, fragte Lars und sein Ton verriet, dass er daran zweifelte.

»Wir werden es nicht herausbekommen, wenn du es nicht versuchst. Aber was ist mit Lebeck? Der läuft draußen frei rum. Schlimmer noch: Er arbeitet noch immer im Kinderheim.«

»Es gibt in den Akten übrigens bereits zwei Vermerke, in denen auf Unregelmäßigkeiten im Kinderheim hingewiesen wurde.«

»Was sagst du da? Warum ist dem niemand nachgegangen?«

»Das kann ich dir nicht so genau sagen. Das ist wohl beim Jugendamt hängengeblieben.«

»Das gibt's doch gar nicht.« Fanny schluckte geschockt. Sie fuhr sich mit der Hand durch die Locken, wobei ihr Blick auf die Armbanduhr fiel. »*Fuck*, ich muss sofort ins Rathaus. Kümmerst du dich um Lebeck?«

»Fanny«, antwortete ihr Bruder auf einmal gereizt, »ich kümmere mich um nichts anderes.«

Sie kam völlig verschwitzt im Rathaus an, denn während es morgens noch fast herbstlich ausgesehen hatte, war ihre Lederjacke in Anbetracht der mittlerweile wieder sommerlichen Temperaturen eine gänzlich unpassende Wahl gewesen. Der Kollegiensaal im ersten Stock war bereits gut gefüllt. Dort, wo sonst die 43 Mitglieder der Bürgerschaft Platz nahmen, standen in einem großen Rechteck angeordnete Tische. Neben Vertretern der Bürgerschaft waren bestimmt an die 200 Menschen gekommen. Diejenigen, die keinen Stuhl mehr gefunden hatten, quollen förmlich aus der Eingangstür. Fanny kämpfte sich zu dem für sie als Pressevertreterin reservierten Platz durch. Der Präsident der Bürgerschaft, ein Mann mittleren Alters mit Schnauzbart, kündigte gerade die Ansprache des Oberbürgermeisters an und wies darauf hin, dass es im Nachgang Zeit für Fragen an die verschiedenen Politiker der Bürgerschaft, darunter auch die Integrationsbeauftragte des Landkreises Vorpommern-Rügen, gäbe. Fanny erreichte den Tisch und zog möglichst geräuschlos den Stuhl mit der Markierung »*Ostsee-Nachrichten*« hervor. Sie öffnete ihren Notizblock und zückte den Kugelschreiber. Zum Glück schien sie noch nichts Wichtiges verpasst zu haben. Peter Roth erhob sich von seinem Platz und sagte erst einmal nichts. Stattdessen stand er mit gefalteten Händen, wohl eine Reminiszenz an die Merkel-Raute, hinter einem mit Mikrofonen versehenen Pult und schaute jeden einzelnen Bürger mit festem Blick an. Fanny blickte peinlich berührt auf den antiken Kronleuchter, der wie eine Bühnenkulisse aus den *Buddenbrooks* über ihnen schwebte.

Der Bürgermeister räusperte sich bedeutungsschwer und setzte dann zu seiner Rede an. »Sehr verehrte Damen und Herren, Vertreter der Presse und des Kreisdiakonischen Werks Stralsund, sehr geehrte Bürgerinnen und Bürger. Die heutige Informationsveranstaltung ist kurzfristig anberaumt worden, weil – wie Sie wissen – die Hansestadt Stralsund in den kommenden Wochen weitere 200 Flüchtlinge aufnehmen wird. Zusätzlich zu den bereits 250 Asylbewerbern, die bereits in unserer Stadt leben.«

Fannys Blick fiel auf die Bürgerschaftsvertreter im Hintergrund. Ihr stockte kurz der Atem. Einige Meter von ihr saß Hans Lebeck, dessen Gesicht sie anhand der markanten Narbe sofort erkannt hatte. Und der eisige Blick, mit dem er sie anstarrte, weckte in ihr das ungute Gefühl, dass Lebeck längst über die polizeilichen Ermittlungen und ihre Befragungen Bescheid wusste.

Durch das gepanzerte Fenster des Jeeps sieht man, wie Kinder Drachen steigen lassen. Ein paar Meter weiter liegt der Kadaver einer Ziege. Ausgerechnet an dieser Stelle hält der Wagen. Ein Schwarm von Fliegen brummt geschäftig um die Eingeweide, die aus dem leblosen Tierkörper herausquellen wie Luftschlangen. Sie beobachtet die Szenerie regungslos. Das Dröhnen schwerer A-10-Bomber hängt über den Bergen, durch die sie seit einigen Tagen mit der legendären US-Fallschirmjäger-Einheit, der »82nd Airborne«, fährt. Junge Männer aus Ohio oder Kentucky auf der Jagd nach den Taliban. »Wir setzen uns direkt in ihren Vorgarten und warten, bis sie auf uns schießen – und sie werden auf uns schießen. Und dann wissen wir, wo sie sind. Sie können einen meiner Männer töten. Sie können mich töten. Aber sie können uns nicht besiegen. Wir wollen den Feind von der Bevölkerung, die endlich Frieden will, trennen. Wir müssen das Vertrauen der Menschen gewinnen und sie davon überzeugen, dass sie mit uns eine bessere Zukunft haben«, erklärt einer der Kommandeure neben ihr in breitestem Kaugummi-Englisch.

Ihr fällt es schwer, seinen Worten zu folgen. Der Schrecken der vorigen Nacht steckt ihr immer noch in den Knochen. Sie war gerade hinter der Wagenburg aus Humvee-Jeeps eingedöst, als das Gebrüll des Commanders sie jäh aus diesem kurzen Moment der Ruhe gerissen hatte. Das Pfeifen von Mörsergranaten, Explosionen und Blitze hatten alles um sie herum innerhalb von Sekunden in einen Vorhof zur Hölle verwandelt. Hektisch waren sie in die Jeeps geklettert und losgefahren. Das Kamerabild einer unbemannten Drohne auf Schwarzweiß-Monitoren vor ihnen, über ihnen das Donnern der Apache-Kampfhubschrauber. Vier Männer, Taliban, die ein paar Kilometer entfernt in einen Waldstreifen flüchten. Die Jagd hatte bis in die frühen Morgenstunden gedauert.

Sie folgt dem Lieutenant Colonel und läuft zügig an dem Ziegenkadaver vorbei. Auf dem Feld dahinter liegt ein junger Mann verdreht im Staub. Teile seines Unterleibs sind von Kaliber-.50-Geschossen weggerissen. Neben ihm ruht eine Kalaschnikow.

Später schauen sie sich die Aufnahmen auf seinem Handy an. Videos von Selbstmordanschlägen im Irak. Zerfetzte Humvees, tote GIs. Und dazwischen bunte Filmchen von indischen Nackttänzerinnen.

10

Sehnsucht ist besser als Erfüllung.
Hans Fallada

Fanny drehte sich unruhig um. Seit etwa zwei Querstraßen hatte sie das Gefühl, dass ihr jemand folgte. Nach der Infoveranstaltung im Rathaus war sie noch in der Redaktion gewesen, um den entsprechenden Artikel zu schreiben und wenigstens schon online zu publizieren. Sokratis war gegen elf gegangen, und als sie eine halbe Stunde später das Redaktionsgebäude verlassen hatte, war der Alte Markt wie leergefegt gewesen. Sie war in die Fährstraße eingebogen – im *Goldenen Löwen* hatten immerhin noch ein paar Gäste gesessen – und dann in Richtung Hafen gegangen.

An der Ecke Schillstraße hatte sie das erste Mal geglaubt, einen Schatten hinter sich weghuschen zu sehen. Doch sie war davon ausgegangen, dass sie einfach übermüdet war. Sie schlief in letzter Zeit nicht besonders gut. Hatte ständig Albträume.

Als sie kurz danach hinter sich Schritte hörte, lief sie automatisch etwas schneller. Statt weiter in Richtung ihrer Wohnung zu gehen, bog sie spontan in eine kleine Querstraße. Was sie sofort bereute, da es dort noch dunkler war. Fanny hielt einen kurzen Moment lang die Luft an und versuchte zu lauschen, ob ihr die Schritte weiter folgten. Als sie sich halb umdrehte, sah sie, wie der Schatten im Hauseingang hinter ihr verschwand. Genau gegenüber von dem Gebäude stand die einzige Laterne in der kleinen Straße. In diesem Moment zog am Ende der Gasse eine Gruppe Touristen vorbei. Fanny holte tief Luft und lief ein paar Meter zurück. Sie entdeckte ihren Verfolger, der sich immer noch in den Hauseingang duckte. Eine große, stämmige Silhouette. Sie griff kurz nach hinten an ihren Rucksack und jubelte innerlich, als sie erleichtert feststellte, dass ihr Pfefferspray an seinem Platz war. Fanny nahm die Dose in die Hand und ging dann weiter. »Hey, was wollen Sie von mir?«, rief sie mit fester Stimme. Ihr wurde etwas mulmig zumute, als sie sah, dass der Mann im Hauseingang sich ihr zuwandte.

Er trat aus dem Schatten und kam humpelnd auf sie zu. »Frau Wolff. So eine Überraschung.« Hans Lebecks Blick verriet, dass er sich selbst kein Wort glaubte.

»Warum folgen Sie mir?«, rief Fanny, während sie in sicherer Entfernung stehen blieb.

»Ich wollte mich nur mit Ihnen unterhalten ...«, der Chef des Kinderheims kam ein paar weitere Schritte auf sie zu und Fanny wich unwillkürlich zurück, »... neulich haben wir uns ja leider verpasst.«

»Ich höre.«

»Wie mir zu Ohren gekommen ist, glauben Sie, dass ich Melanie Schmidt auf dem Gewissen habe?« Er kniff die Augen drohend zusammen. Die Narbe in seinem Gesicht glänzte rötlich. Im Theater hätte Lebeck einen hervorragenden Mephisto abgegeben.

»Das besprechen Sie wohl am besten mit der Polizei. Mein Bruder ist der ermittelnde Kommissar. Er wartet übrigens zu Hause auf mich.«

Hans der Grausame lächelte, wobei eine ganze Reihe schiefer Zähne zum Vorschein kam. »Ihr Bruder sitzt noch im Kommissariat und arbeitet. Er weiß doch gar nicht, wo Sie sind. Falls Ihnen etwas zustoßen würde, meine ich.«

Fanny biss auf das Innere ihrer Unterlippe.

»Wie dem auch sei«, sprach Lebeck weiter und kam noch einen Schritt auf sie zu, »ich finde, Sie sollten Ihre Nase nicht in Dinge stecken, die Sie nichts angehen. Sie sind gerade erst nach Stralsund zurückgekehrt, machen Sie sich das Leben nicht schwerer, als es ist. Nur weil Ihr Bruder bei der Polizei ist, wird man Sie nicht mit allem davonkommen lassen ...«

Lebeck stockte abrupt. Er schien auf einmal abgelenkt zu sein. Im Augenwinkel sah Fanny, wie ein junger Mann auf sie zukam. Sie nutzte die Gelegenheit und drehte sich schnell um. Dann lief sie die Straße in raschen Schritten herunter. Lebeck war so überrascht von ihrer spontanen Flucht, dass er einen Moment wie versteinert stehen blieb. Dann setzte sich auch sein Körper, schwerfällig und massig, in Bewegung.

Als Fanny um die Ecke gebogen war, schlug sie einige Haken und rannte dann so schnell sie konnte zur Wasserstraße bis an das Haus mit der Nummer zehn und hetzte dort die Holztreppe hinauf. Im zweiten Stock hämmerte sie an die Altbautür und hoffte inständig, dass Dago zu Hause war.

Als er die Tür öffnete, sah er Fanny erstaunt an. »Hey, das ist ja 'ne Überraschung.«

Fanny drückte sich an ihm vorbei und ging schnurstracks in seine Wohnung. An dem kleinen Küchentisch saß ein weiterer junger Typ, der gerade einen Joint zu drehen schien. »Das ist mein Mitbewohner Chris. Chris, das ist Fanny.«

Fanny hob die Hand kurz zum Gruß und lief dann in Dagos Zimmer weiter. Sie rannte zum Fenster und versuchte nervös festzustellen, ob Hans Lebeck ihr gefolgt war. Aber die Straße mit dem Kopfsteinpflaster lag wie ausgestorben da. Vor dem Gebäude der ehemaligen Stadtwaage, einem düsteren Bau im Stil der Backsteingotik, parkten ein paar Autos. In einem schien schwach ein Licht. Allerdings konnte man von hier oben nicht erkennen, ob sich jemand in dem Wagen befand. Und schon gar nicht wer.

Dago berührte Fanny vorsichtig an der Schulter und war sichtlich verwirrt von ihrem Auftritt. »Was'n los?«, fragte er besorgt.

Fanny ließ sich seufzend aufs Bett fallen und verschränkte die Arme hinter dem Kopf. Sie starrte einen Moment regungslos an die Wand, bevor sie sich Dago wieder zuwandte. »Ich will heute Nacht nicht alleine sein«, sagte sie schließlich.

Er nickte stumm, stellte die Bierflasche in seiner Hand auf dem Fußboden ab und setzte sich neben sie aufs Bett. »Okay, worauf hat sie denn Lust? Wollen wir 'n Film gucken?«

Fanny sah ihn herausfordernd an. »Ich hatte eigentlich etwas anderes im Sinn.«

Dago grinste und strich sich eine hellblonde Haarsträhne aus dem Gesicht. Seine Haare sahen aus, als wäre er gerade durch einen Sturm gelaufen.

Er zog an seiner Zigarette und hielt sie dann Fanny hin. Sie schüttelte den Kopf und beobachtete ihn von der Seite. Jetzt sah er wirklich aus wie Kurt Cobain. Die Haare. Der Dreitagebart. Die blauen Augen. Und die schmalen, sanft geschwungenen Lippen.

»Weißt du, Fanny, ich begreife dich nicht. Verstehe mich nicht falsch, solche Besuche kannst du mir gerne öfter abstatten. Aber mal bist du Feuer und dann wieder eiskalt.«

Sie schloss die Augen und atmete geräuschvoll aus. Einen Moment lang konzentrierte sie sich ganz auf die Musik, die im Hintergrund lief. Mariah Carey oder irgend so etwas, von dem Dago dachte, dass Frauen es gerne hörten.

We were as one babe
For a moment in time
And it seemed everlasting
That you would always be mine

Dago strich mit dem Zeigefinger über ihren nackten Bauch. Eigentlich ein perfekter Moment. Einer dieser Momente, die sie früher elektrisiert hatten. In denen sie sich so richtig lebendig gefühlt hatte. Lebendig und frei. Jetzt war ihr eher zum Heulen zumute. »Ich hatte mir eigentlich vorgenommen, mal eine Weile abstinent zu sein.«

»Abstinent? Aber du nimmst doch gar nichts. Du rauchst doch nicht mal.«

Fanny drehte langsam den Kopf in seine Richtung und sah ihn lange an. »Hast du eine Ahnung, wie oft ich meinen Exfreund betrogen habe?«

Dago schüttelte kaum merkbar den Kopf.

»Ich auch nicht«, sie seufzte leise, »›überdurchschnittliche Promiskuität‹ hat die Therapeutin das im Hinblick auf Melanie genannt. Es fühlte sich an, als würde sie über mich sprechen.«

Er schaute sie nachdenklich an. »Liegt dir die Aufklärung des Mordes deswegen so am Herzen?«

Fanny zog die Augenbrauen hoch. »Vielleicht.«

Sie schwiegen eine Weile.

»Kann ich dir irgendwie helfen?«, sagte Dago schließlich. »Wegen Melanie, meine ich.«

»Ich glaube, sie hat ihren ehemaligen Erzieher im Kinderheim erpresst. Einen gewissen Hans Lebeck. Wusstest du davon?«

»Hm ... Ich hab immer schon geahnt, dass in diesem Heim irgendwas nicht stimmt. Als Justin damals zum ersten Mal dort untergebracht wurde, ist sie ausgerastet.« Dago strich sich über seinen Dreitagebart. Er kniff die Augen zusammen, als versuche er, sich an etwas zu erinnern. »Sie ist dann ins Kinderheim und meinte später zu mir, dass sie alles geregelt hat. Und dass der Typ Justin nichts tun würde. Ich habe nicht weiter nachgefragt. Sie war besoffen und ich dachte, sie quatscht nur so vor sich hin.«

»Lebeck hat die Kinder tyrannisiert. Sie stundenlang,

manchmal nächtelang in einem stinkigen Schuppen stehen lassen. Und vielleicht sogar noch Schlimmeres ...«

Dago zog an seiner Kippe. »Krass«, sagte er, während er den Rauch wieder herausblies. »Das hat Melanie mir nie erzählt.«

»Sag mal, worüber habt ihr denn überhaupt gesprochen?«, fragte Fanny auf einmal wütend.

»Mann, wir waren auf 'nem ganz anderen Level. Mit Melanie konnte man nicht so richtig reden«, er zögerte, »wie mit dir zum Beispiel. Sie war einfach nicht so helle.«

Fanny verdrehte die Augen. »Hast du sie geliebt?«

Er schien über ihre Frage nachzudenken. »Ich glaube schon. Für 'ne gewisse Zeit eben. Ist das nicht immer so? Es beginnt so krass, so voller Kraft, elektrisierend geradezu. Und dann geht es auch wieder vorbei. Wie alles eben irgendwann vorbeigeht.«

»Na, das ist ja aufbauend ...«

»Du weißt doch. Alles hat ein Ende, nur die Wurst hat zwei.« Dago grinste. Dann schlang er auf einmal seine Arme um Fanny. Sein Gesicht ganz nah an ihrem, lagen sie fast Nasenspitze an Nasenspitze da. Etwas, was Fanny unter anderen Umständen nie mitgemacht hätte. Aber nach der unverhohlenen Drohung von Lebeck fühlte sie sich so ausgeliefert, dass sie dringend etwas von dem brauchte, was sie für Sicherheit hielt.

»Vielleicht is es ja dieses Mal anders«, murmelte er, während er sein Gesicht in ihren Locken vergrub. »Vielleicht geht's ja dieses Mal ewig so weiter.«

Sie brachte es nicht übers Herz, ihm zu sagen, dass die Sehnsucht oft besser als die Erfüllung war.

Bevor sie am nächsten Morgen in die Redaktion ging, stattete Fanny ihrem Bruder einen Besuch im Kommissariat ab. Wie vermutet, saß er bereits morgens um acht an seinem Schreibtisch. Aber er sah derart fertig aus, dass ihr die Frage, ob er heute Nacht im Büro geschlafen hatte, herausrutschte.

Lars nickte müde und rieb sich mit den Handflächen über die Augen. Anders als sie hatte er riesengroße Hände. Ihre hingegen waren für ihre Körpergröße unnatürlich klein. Sie legte ihre kleine Hand auf seine große. »Ist alles in Ordnung bei dir? Zu Hause, meine ich?«

Er schüttelte den Kopf. »Nicht wirklich.« Dann schob er hinterher: »Katrin findet, ich arbeite zu viel.«

»Das tust du wahrscheinlich auch«, gab Fanny zu bedenken. Sie hatte sich fest vorgenommen, nicht mehr ständig gegen Lars' Frau zu hetzen.

Ihr Zwillingsbruder zuckte mit den Schultern.

»Mir hat gestern Abend Hans Lebeck aufgelauert«, sagte sie schnell, auch weil sie wusste, dass das ihren Bruder auf andere Gedanken bringen würde.

»Wie bitte?«

Fanny erzählte ihm von ihrer nächtlichen Begegnung. Den Teil, dass sie bei Dago übernachtet hatte, ließ sie erst einmal aus.

»Das kann ja wohl nicht wahr sein, dieser Wichser«, rief ihr Bruder wütend und sprang von seinem Stuhl auf.

»Ich würde mich deutlich wohler fühlen, wenn der Typ endlich hinter Gitter wäre«, sagte Fanny, während sie ihre Locken zu einem Stummel von Pferdeschwanz zusammenband.

»Das wird er. Jetzt erst recht.« Lars begann hektisch in seinen Unterlagen zu blättern. »Dieses Schwein nehme ich mir vor.«

»Gut. Ich habe nämlich keine Lust, diesem Narbenmonster noch einmal nachts zu begegnen.« Ihr kamen Lebecks Worte von gestern wieder in den Sinn. »Lebeck war das bei Melanie Schmidt zu Hause!«, entfuhr es Fanny auf einmal. Das hatte schon die ganze Zeit in ihr gearbeitet, und jetzt wusste sie es plötzlich.

»Wovon redest du?«

»Als ich bei Melanie Schmidt in der Wohnung war, da war doch dieser Typ, der nach etwas suchte. Mit den schweren Schritten und dem klingelnden Schlüsselbund.«

Lars überlegte kurz. »Mein Kollege hat gesagt, das war der Hausmeister.«

»Hat irgendwer mit dem direkt gesprochen? Vielleicht hat Lebeck ihm mein Handy gegeben ... Oder sich als Hausmeister ausgegeben, nachdem er dort war, um nach diesen Drohbriefen zu suchen. Der konnte ja nicht wissen, dass die bei Janine lagen.«

Ihr Bruder ging an seinen Aktenschrank, öffnete einen Tresor und steckte sich seine Dienstwaffe in den Hosenbund. Dann lief er ohne ein weiteres Wort zur Tür.

»Was hast du vor?«, fragte Fanny ihn unsicher. Lars sah wirklich wütend aus, er konnte sein Gesicht zur Faust ballen wie sonst niemand, den sie kannte. Geradezu brutal wirkte er dann, angsteinflößend.

Aber ihr Bruder wich einer direkten Antwort aus. »Ich kann nicht glauben, dass er dir aufgelauert hat. Warum hast du mich nicht gleich angerufen?«

Fanny studierte den Holzboden des Komissariats eingehend.

»Fanny?«

»Ich bin danach zu Dago.«

»Boah, läuft das immer noch?« Lars schaute sie vorwurfsvoll an, auch wenn die Tatsache, dass sich Dagos Alibi für Janines Unfall als hieb- und stichfest erwiesen hatte und er damit nicht mehr zu den Verdächtigen gehörte, ihn etwas milder zu stimmen schien.

»Ich wusste nicht, wo ich sonst hinsollte.«

»Zu Papa zum Beispiel. Oder zu mir! Du bist hier doch nicht mehr alleine.«

Sie nickte stumm. An den Gedanken, mit ihrer engsten Familie wieder in derselben Stadt zu wohnen, musste sie sich erst gewöhnen.

»Apropos Papa«, sagte Fanny dann, »ich gehe heute nach der Arbeit zu ihm. Kommst du mit?«

Zu ihrer Überraschung sagte Lars sofort zu.

Als sie abends ihr Elternhaus betraten, empfing sie ein seltsames Geruchsgemisch aus Ingwer und Moschus. Die Quelle dafür stand in der Küche am Herd: eine Mittfünfzigerin mit raspelkurzen grauen Haaren, die ein weites schwarzes Leinenkleid und darüber eine klobige Holzkette trug. Ihr Vater stellte sie ihnen lapidar als »Sigrid« vor. Fanny und Lars tauschten verwunderte Blicke und teilten sich dann, ohne ein weiteres Wort zu wechseln, auf. Lars folgte seinem Vater in das Bibliothekszimmer, und Fanny blieb bei der Unbekannten in der Küche.

»Ich freue mich, dass wir uns endlich kennenlernen«,

begann Sigrid, die definitiv gesprächiger war als Fannys Vater, dann auch gleich zu schwatzen. Als sie Fannys immer noch verdatterten Blick sah, hielt sie kurz inne. »Hat euer Vater euch etwa nicht gesagt, dass ich hier sein werde?«

»Ehrlich gesagt nicht.«

»Ach dieser zerstreute Professor«, winkte die Frau, die Fanny auf Mitte 50 schätzte, lachend ab, »also ich bin die Sigrid. Ich bin schon seit ein paar Jahren Bernds Hausärztin.«

»Okay ...?«

»Nun. Und seit einigen Wochen gehen wir ab und zu gemeinsam abendessen ...«, sie zwinkerte Fanny vertraulich zu.

»Okay ...« Fanny schaute sich hilflos um. Jetzt wäre es ihr doch lieber gewesen, wenn Lars auch in der Küche geblieben wäre.

»Kennen Sie ... ähm«, fragte Fanny stockend, »auch meine Mutter?«

Sigrid drehte sich kurz von ihrem Topf weg, in dem Reis zu kochen schien, und legte eine Hand auf Fannys Schulter. »Keine Angst, ich will euch nicht die Mutter ersetzen. Aber dein Vater tut mir gut. Und ich ihm hoffentlich auch.« Sie zwinkerte noch einmal.

Fanny nickte mit irritiertem Gesicht. Dann sagte sie in Sigrids Richtung: »Bitte entschuldigen Sie mich kurz.«

Sie schnappte sich das Telefon und lief in das Schlafzimmer, in dem ihre Eltern einst zusammen geschlafen hatten. Ihre Mutter immer rechts, ihr Vater immer links. Beim Gedanken daran, dass sich in dem Bett jetzt die

Frau mit dem schwarzen Leinenkleid – oder, schlimmer noch, ohne – wälzte, verzog Fanny das Gesicht.

»Mutti, hier steht eine Frau in deiner Küche und behauptet, dass sie regelmäßig mit Papa essen geht. Dabei hasst er doch Restaurants!«

»Sigrid«, knurrte ihre Mutter in den Hörer.

»Du weißt davon?«

»Die hat schon immer an deinem Vater herumgebaggert. Und wir wissen ja, dass dieser Mann nicht eine Sekunde allein sein kann. Das war also nur eine Frage der Zeit ...«

»Ähm ja.« Fanny wackelte mit dem Kopf wie einer dieser Wackeldackel, die alte Leute auf der Hutablage im Auto stehen hatten. »Und was gedenkst du dagegen zu tun?«

»Wie meinst du das?«

»Na du willst doch jetzt nicht diese Sigrid deinen Platz einnehmen lassen. Oder etwa doch?«

»Dein Vater ist erwachsen. Er kann tun und lassen, was er will«, antwortete ihre Mutter trotzig. Fanny meinte aber, eine Spur Eifersucht aus ihrem Ton herauszuhören.

»Ist mein Larsi auch da?«, fragte ihre Mutter auf einmal.

»Ja, ja, warte, ich hole ihn dir.«

Als Lars das Gespräch beendet hatte, blieben die beiden Geschwister noch einen Moment lang auf dem Ehebett ihrer Eltern sitzen.

»Was hat denn Papa eigentlich über diese Sigrid gesagt?«, fragte Fanny ihren Bruder.

»Nicht viel. Nur dass er sich einsam gefühlt hat und jetzt mit Sigrid eben nicht mehr.«

»What the fuck«, entfuhr es Fanny.

»Na ja, vielleicht ist das gar nicht so schlimm. Ist doch eigentlich schön, dass er jemanden gefunden hat. Besser, als wenn er hier die ganze Zeit alleine rumsitzt.«

»War ja klar, dass du das so siehst.«

»Wie meinst du das denn jetzt?«, fragte Lars entrüstet.

»Na, diese Bequemlichkeit hast du doch definitiv von ihm geerbt. Wenn du nicht so bequem wärst, hättest du Katrin nie so schnell geheiratet«, entfuhr es ihr.

»Besser bequem als leicht zu haben!«

»Wie bitte?« Fanny funkelte ihren Bruder böse an. »Nur weil ich mich öfter mit Dago treffe?«

»Ach komm, der ist doch nicht der Erste und er wird auch nicht der Letzte bleiben. Ben hat mir alles erzählt. Von deinen ...«, er zögerte kurz, als wenn er überlegte, wie er sich ausdrücken sollte, »Eskapaden.«

»Seit wann hast du denn Kontakt mit Ben?« Sie merkte, wie ihre Stimme zitterte.

»Er hat mich angerufen, weil er nicht mehr weiterwusste. Weil er sich ständig Sorgen um dich gemacht hat. Denkst du, ich hab keine Ahnung, warum du zurück nach Stralsund gekommen bist? Aber du willst dich ja gar nicht ändern!«

»Oh bitte, wie viel mehr Veränderung geht denn noch, als in dieses Kaff hier zurückzuziehen? Das kapierst du natürlich nicht, du hast ja nie was anderes gesehen von der Welt. Vor lauter Bequemlichkeit.«

Lars starrte sie wütend an. Dann riss er die Schlafzimmertür auf und lief polternd die Treppe zum Flur hinunter.

»Kein' Hunger«, rief Fanny kurze Zeit später in die Richtung ihres Vaters, und verließ ebenfalls das Haus.

Draußen im Garten erfasste sie die schlimmste Attacke, die sie seit Wochen gehabt hatte. Es war, als hätte ihr Körper all die Panik, die so lange nicht nach außen getreten war, aufgestaut, um sie nun umso heftiger auszustoßen. Ihr wurde heiß und kalt. Sie hatte das Gefühl zu ersticken und ihr Herz raste so sehr, dass sie es nicht für unwahrscheinlich hielt, einen Infarkt zu erleiden. Sie drehte sich einige Male wie ein aus dem Takt geratenes Karussell, bevor sie schließlich auf die Knie sank. Fanny kauerte auf der Erde, während ihr Tränen die Wangen herunterliefen. Sie wimmerte eine ganze Weile vor sich hin, und erst als sie merkte, wie die Anspannung aus ihrem Körper wich, richtete sie sich langsam wieder auf. Sie hockte, den Oberkörper an die Hauswand gelehnt, da und zog ihr Handy aus der Tasche. Ihr fiel plötzlich ein, dass sie vor lauter Streiterei völlig vergessen hatte, Lars zu fragen, ob Hans Lebeck inzwischen festgenommen worden war. Der Gedanke, dass der Heimleiter noch draußen herumlaufen könnte, behagte ihr nicht. Gerade als sie begann, durch die Kontaktliste zu scrollen, um ihren Bruder anzurufen, blinkte eine neue Nachricht von Dago auf dem Display auf. »Ich leg heute Abend im *Fun* auf – kommste vorbei?«

Fanny starrte eine Ewigkeit auf die Nachricht. Dann

wischte sie sich entschlossen die Tränen aus dem Gesicht und stand auf.

Als sie im *Fun* ankam, war der Laden mit den »drei Mega-Floors«, wie er am Eingang beworben wurde, bereits proppenvoll. Dago hatte sie auf die Gästeliste setzen lassen und so passierte sie zügig die Menschenschlange, die quer über den Parkplatz des Einkaufszentrums reichte, in dem der Club sich befand. Direkt hinter dem Eingang, vor dem zwei bullige Türsteher standen, führte ein schmaler Gang zu einer Bar. An der Seite hinter den Barhockern hingen große Banner eines Energydrinks. Alles andere war in roten Rauch gehüllt. Hinter der Theke stand eine Blondine mit schwarzen Haarspitzen und befüllte gerade mehrere Schnapsgläser mit Jägermeister. Fanny ging weiter und gelangte auf den Techno-Floor. Sie lehnte sich an eine der Säulen, die um die Tanzfläche herum standen. Über der Tanzfläche hing eine Metallkonstruktion mit Scheinwerfern, die wild, als seien sie auf der Suche nach etwas, durch den Raum fuhren. In der Mitte baumelte eine Diskokugel. Neben Fanny hämmerte der Bass aus den Boxen. Das harte Boom-Boom des Techno fuhr ihr unangenehm durch den gesamten Körper und so rückte sie ein paar Meter weiter nach rechts. Auch dort hatte sie jedoch das Gefühl, diesen Laden bestimmt nicht mit intaktem Hörsinn zu verlassen. Auf der Tanzfläche leuchteten weiße Oberteile im Schwarzlicht. Die Raver wanderten mit fuchtelnden Armen nach rechts und links und stampften dann in den Boden wie wilde Stiere. Fanny beobachtete sie eine Weile fasziniert, bevor sie den Blick weiter durch den Raum schweifen ließ. Einige Meter vor ihr hüpfte ein Mädchen im orangefarbenen Oberteil auf und ab. Sie grinste Fanny übermütig an, als sie deren Blick bemerkte. Die Lautstärke der Musik steigerte sich langsam weiter nach oben, ein schrilles Pfeifen heulte auf und die Menge fing an zu kreischen. Mit einem Krachen knallte der Song zurück in seinen Ursprungsbeat, der nun noch dröhnender und härter aus den Boxen drang. Die Menge riss die Arme hoch und sprang geschlossen im Takt. Fanny wich einen Schritt nach hinten und drehte sich zurück zur Bar. Dort entdeckte sie Dago, an dessen Hals gerade eine Schwarzhaarige hing, deren Haarpracht eindeutig mit Haar-Extensions aufgemotzt worden war. Er rief ihr etwas ins Ohr und sie warf übertrieben lachend ihren Oberkörper zurück. Dabei sprangen ihm ihre Riesenbrüste fast ins Gesicht. Fanny überlegte kurz, ob sie wieder gehen sollte, aber irgendetwas hielt sie davon ab. Sie wandte sich erneut der Tanzfläche zu und wich dem Blick eines Besoffenen aus, der sie schon vorher angestiert hatte. Sie begann langsam im Takt zu wippen, als sie auf einmal spürte, wie sich zwei Arme um ihren Bauch schlangen. Dagos Haare kitzelten an ihrer Schulter. »Ich lege aber drüben auf dem anderen Floor auf«, rief er und seine Lippen berührten ihr Ohrläppchen.

»Aha«, brüllte sie zurück, ohne sich umzudrehen, »und ist deine schwarzhaarige Barbie mit den Riesentitten da auch dabei?«

»*Come on*. So ist das eben, alle wollen ein Stück vom DJ ...« Dago grinste schief. Ab und zu fiel der Scheinwerfer auf sein Gesicht, das heute blasser als je zuvor aussah. Er schaukelte gleichmäßig mit seinem Oberkörper hin und her, als stünde er auf einem Boot.

Fanny schaute ihn skeptisch an.

»Weißt du, was du brauchst«, rief er und zog eine Plastikflasche hervor, die anscheinend in seiner hinteren Hosentasche gesteckt hatte.

»Was ist das?«

»MDMA.«

»Nee, lass ma'«, winkte sie ab.

Dago zog sie an sich heran. »Wann warst du das letzte Mal so richtig glücklich. So richtig entspannt. Mit der Welt im Reinen?«

Sie zuckte mit den Schultern.

Er hielt ihr die Flasche erneut hin und schaute sie aufmunternd an.

Fanny biss sich auf die Unterlippe. Bis auf ein wenig Marihuana hatte sie noch nie illegale Drogen genommen. Warum sollte sie jetzt damit anfangen? Sie war doch keine 20 mehr – in ihrer Vorstellung ein akzeptables Alter für Drogenkonsum. Andererseits waren ihre bisherigen Methoden, mal den Kopf auszuschalten, auch nicht gerade erfolgreich gewesen. Sie atmete tief durch und griff nach der Flasche. Dann nahm sie einen großen Schluck und verzog leicht angeekelt das Gesicht. Die Flüssigkeit schmeckte einfach nur wie bitteres Wasser. Dago steckte die Flasche zurück in seine Baggy-Jeans und zog sie auf die Tanzfläche.

11

Sind die Herzen gut, dann tut das Hungern nicht so weh.
Friedrich Spielhagen

Etwa eine halbe Stunde später hatte Fanny das Gefühl, von einer erneuten Panikattacke heimgesucht zu werden. Ihr Puls raste wie verrückt, und sie glaubte, keine Sekunde länger auf der Stelle stehen zu können. Ihr ganzer Körper kribbelte und ihr Herz wummerte in ihrem Brustkorb. Aber anders als sonst stellte sich die Beruhigung ganz schnell wieder ein und auf einmal spürte sie nur noch Euphorie und Liebe. Es war, als würden ihre Ängste einfach davonfliegen. Ein Glücksgefühl strömte durch ihren Körper, und plötzlich sah sie die Menschen um sich herum in neuem Licht. Sie hatte das Gefühl, auf einmal jeden von ihnen ganz genau zu sehen. Bemerkte jede noch so kleine Geste oder Mimik. Wie vielfältig sie alle waren, dachte Fanny fasziniert, und wie sympathisch sie aussahen. Dago zog sie aufs DJ-Pult hoch und sie begann lächelnd hinter ihm zu tanzen. Sein Kumpel Olli, den sie vorher bereits kurz kennengelernt hatte, brachte Fanny, anscheinend auf Dagos Bitte hin, ein Getränk. Fanny nahm einen großen Schluck aus dem Glas. Sie hatte jahrelang keinen Apfelsaft mehr getrunken und es kam ihr vor, als hätte er ihr noch nie so gut geschmeckt. So als hätte jemand die Äpfel direkt vom Baum genommen und dann in ihr Glas gepresst. Sie drehte sich im Kreis und warf die Arme bei jeder Schleife, die die Melodie machte, hoch. Dago zog eine Platte aus der Hülle, legte sie auf den Spieler und schob langsam einen der Regler hoch. Dann kam er auf sie zu und begann sie zu küssen. Fanny konnte kaum fassen, wie gut sich das alles anfühlte. Wie gut er sich anfühlte. Er drehte sich zurück zur tanzenden Masse und sie schaute ihm glücklich nach. Ein neues Lied begann mit einer arabischen Melodie, und Fanny bewegte langsam ihre Hüften im Takt. Ein knallender Beat setzte ein, und die Menge begann begeistert zu kreischen. Fanny schrie mit. Durch einen Synthesizer gedrehte Klavierklänge pfiffen wie Schüsse durch die Luft. Eins, zwei, drei, technoman, rief eine Männerstimme aus den Boxen. Die Musik fuhr ihr durch den Körper und sie konnte sich überhaupt nicht mehr vorstellen, dass sie den Bass jemals als unangenehm empfunden hatte.

Irgendwann hatte sie das Gefühl, pinkeln zu müssen. Auf dem Klo angekommen, konnte sie aber nicht urinieren. Dafür beobachtete sie, wie sich ein Pärchen ungeniert am Eingang zur Toilette befummelte. Die Frau öffnete lustvoll den Mund, und Fanny stellte sich kurz vor, wie es wäre, ihn zu küssen. Sie lief zurück und geriet in den Nebel einer Rauchmaschine, wo sie begann, sich ausgelassen um ihre eigene Achse zu drehen. Sie tanzte und tanzte und obwohl sie noch nie so lange alleine auf der Tanzfläche gewesen war, kam sie sich überhaupt nicht komisch dabei vor. Sie fühlte sich noch nicht einmal alleine, war sie doch von Menschen umgeben, mit denen sie die Begeisterung für die Musik teilte. Lied für Lied bewegte sie sich zum Rhythmus, passte ihren Körper daran an, mal war sie weich und mal hart. Sie hüpfte hoch und machte kleine Schritte hin und her. Fanny fühlte sich wie in einem Musikvideo und sie gab alles. So als wäre dies die Performance ihres Lebens. Sie konnte sich nicht erinnern, schon jemals so voller Leidenschaft getanzt zu haben.

Irgendwann verließ sie die Tanzfläche und machte es sich in einem der Lounge-Sessel am Eingang bequem. Kurze Zeit später entdeckte sie Olli. Fanny winkte ihm freudig zu und er zog sie an der Hand mit sich nach draußen zum Parkplatz. Dort setzten sie sich zwischen den vielen getunten Karren einfach auf den Boden.

»Is' dein erstes Mal MDMA?«

Fanny nickte grinsend.

»Geil, wa?« Olli drehte sich einen Joint, und sie begannen, sich über Gott und die Welt zu unterhalten. Dagos Kumpel war zu Fannys Überraschung ein echt interessanter Typ, der in Greifswald Philosophie studierte. Nach einer Weile kamen sie auf Fannys Job zu sprechen und kurze Zeit später berichtete sie Olli von ihren Recherchen über Melanie. Es war, als hätte sie ein Wahrheitsserum getrunken, und so erzählte Fanny dem Freund von Dago fast alles. Nur die Tatsache, dass Melanie überfahren worden war, behielt sie gerade noch so für sich.

»Ich habe gehört, dass du eigentlich der Vater von Chiara bist«, sagte sie dann.

Olli nickte vorsichtig. »Ja, das ist wohl so.« Sein Kiefer mahlte gleichmäßig von rechts nach links. Dann schob er sich den Joint zwischen die Zähne und zündete ihn an. »Da hat Melanie mich echt gefickt.«

»Na ja, dazu gehören ja wohl immer zwei ...«

»Nicht wenn dir die Frau schwört, dass sie die Pille nimmt!«, unterbrach er Fanny aufgebracht.

»Okay, aber glaubst du nicht, es wäre besser, dafür die Verantwortung zu übernehmen? Mensch, das ist dein Kind ...«

Er zuckte mit den Schultern und zog kräftig an seinem Glimmstängel. »Jetzt ist es eh egal ...«

»Ist es nicht! Chiara könnte einen Vater gut gebrauchen!«

»Ich bin kein guter Vater. Ich bin überhaupt kein Vater.«

Fanny sah ihn ungläubig an. »Ich kann verstehen, warum Melanie so verzweifelt war«, murmelte sie leise.

»Aber das ist ja das Ding, Melanie war immer verzweifelt. Sogar als diese Familie, bei denen Chiara schon ewig ist, sie adoptieren wollte, hat Melanie das nicht gepasst.«

»Verständlich, oder? Sie wollte ihre Tochter nicht weggeben ...«

»Ach, das ist doch Quatsch. Melanie hat sich ein Scheißdreck um das Mädchen gekümmert. Sie wollte nur nicht alleine sein. Und dann hat sie auch noch versucht, mich da mit reinzuziehen.«

»Wie meinst du das?«

»Bevor sie Dago als Vater von Chiara angegeben hat, kam Melanie zu mir und wollte, dass ich die Vaterschaft anerkenne. Obwohl sie mir doch versprochen hatte, dass ich nie etwas mit dem Kind zu tun haben würde. Wenn es nach mir gegangen wäre, hätte sie eh abgetrieben.«

»Warum war ihr das denn auf einmal so wichtig?«

Olli seufzte und fuhr sich mit der Hand durch seine halblangen schwarzen Haare. »Na, wegen der Adoption durch die Pflegeeltern. Dafür brauchten die 'nen Wisch, dass ich da einwillige. Und das Kind freigebe oder so was ...«

»Und was hast du gesagt?«

»Dass ich gar nichts zugebe, bis sie nicht mit 'nem richterlichen Beschluss vor mir steht und ich einen Vaterschaftstest machen muss.«

»Aber warum?«

»Melanie war nicht so dumm, wie viele glauben. Die war durchtrieben! Die wollte mich doch nur austricksen, damit ich die Vaterschaft anerkenne und sie mich abzocken kann ...«

Fanny schaute ihn skeptisch an. »Bei aller Liebe, du studierst Philosophie und vertickst ein bisschen Drogen, wie viel ist da schon zu holen?«

Olli musste kurz lachen. Dann sagte er: »Meinem Vater gehören die Brauerei und ein paar weitere Restaurants.«

»Wie bitte? Du gehörst zur Könenkamp-Familie?«

»Ja, leider.«

»Findest du nicht, dass du es Melanie schuldig warst, ihr wegen Chiara zu helfen?«

»Hab ich ja dann auch.«

»Wie denn?«

»Ich habe Dago überzeugt, dass er offiziell die Vaterschaft übernimmt. Damit diese Leute Chiara nicht adoptieren konnten.«

»Und er hat eingewilligt?«

»Er war mir noch einen Gefallen schuldig. Und abgesehen davon, riskierte er doch nichts. Hätte Melanie Unterhalt von ihm verlangt, hätte er immer noch auf einen DNA-Test bestehen können ...«

Fanny nickte langsam. Sie schaute in Richtung Clubeingang und sah, wie Dago langsam auf sie zugelaufen kam. »Ihr seid ja vielleicht ein paar tolle Freunde. Ich drehe da drin Platten um mein Leben, und ihr hockt hier auf dem Parkplatz ...«

»Sorry«, rief Fanny und stand auf, sie klopfte sich die enge Jeans ab, »wir haben über Melanie gesprochen.«

»Oh Mann, arbeitest du schon wieder? Das gibt's doch nicht!« Er zog erneut die Plastikflasche hervor. »Hier, nimm mal noch 'n Schluck. Manche Leute brauchen eben etwas mehr.«

Fanny musste unwillkürlich lachen. Dann griff sie nach der Flasche und trank hastig.

Am nächsten Morgen kam sie sich vor wie ausgequetscht. Zu ihrer Stimmung passte, dass es draußen pladderte. Fanny fühlte sich auf einmal sehr allein und bereute, dass sie nicht bei Dago übernachtet hatte. Sie ging ins Bad und als sie wieder herauskam, blieb sie am Fenster stehen. Sie beobachtete, wie die Regentropfen langsam an der Scheibe herunterliefen. Erst jeder für sich. Wirr, durcheinander und in alle Richtungen strebend. Bis sich die Tropfen mit anderen zusammenschlossen und schlussendlich am unteren Fensterrand verschwanden. Derweil ging oben das Schauspiel schon wieder von vorne los.

Irgendwie war ja das ganze Leben wie der Regen an dieser Scheibe, ging es Fanny deprimiert durch den Kopf. Man lief und machte und tat. Man schloss sich mal mit diesem, mal mit jenem Menschen zusammen und irgendwann verschwand man sang- und klanglos. Und weil es noch so viele andere Tropfen auf der Scheibe gab, fiel das eigentlich auch nicht wirklich weiter auf. Und bei diesen Gedanken kam sich Fanny auf einmal ganz armselig vor. Seit wann hatte sie einen Hang zum Pathetischen? Sie schlurfte zurück zu ihrem Bett und zog sich die Decke über den Kopf.

Erst das Klingeln an der Tür riss sie wieder aus dem Schlaf. Fanny schaute erschrocken auf ihr Handy, es war bereits Nachmittag. Obwohl sie so lange geschlafen hatte, fühlte sie sich immer noch wie erschlagen. Sie überlegte, einfach nicht aufzumachen. Aber weil das Klingeln nicht aufhörte, tat sie es schließlich doch. Lars stand bedröppelt vor ihr. »Schwesterherz«, sagte er, während er in ihr kleines Wohnzimmer lief, »ich war so gemein zu dir gestern. Sorry.«

Fanny, die angestrengt versuchte, ihren Körper in eine Art von Haltung zu bringen, damit ihr Bruder ja nichts von ihrem heftigen Kater bemerkte, nickte heftig. »Larsi, mir tut es auch leid. Alles, was ich gesagt habe. Alles einfach.«

Er hob die Hand und hielt Fanny eine Bäckertüte ins

Gesicht. »Kuchen?«, fragte er verdächtig freundlich. »Hab dir auch einen Kaffee mitgebracht. So wie du ihn magst, rabenschwarz.«

Fanny unterdrückte das dringende Bedürfnis, ihrem Zwillingsbruder zu sagen, dass sie sich am liebsten sofort wieder ins Bett gelegt hätte.

»Warum nicht ...«, ergab sie sich zögerlich. Erst jetzt fiel ihr auf, dass Lars neben der Eingangstür eine Reisetasche abgestellt hatte.

»Sag mal, Fanny, meinst du, ich könnte für ein paar Tage bei dir pennen?«, fragte Lars, während er in ihrer kleinen Küche Teller und Besteck zusammensammelte.

»So schlimm mit Katrin?«, fragte sie und nippte kraftlos an dem Kaffeebecher.

Ihr Bruder antwortete nicht, sondern deckte weiter emsig den Tisch.

»Lars«, sagte Fanny und legte ihre Hand auf seinen Arm, »du kannst hier so lange bleiben, wie du möchtest! In meinem Arbeitszimmer steht noch ein Ausziehsofa. Und wenn es uns beiden doch zu eng wird, kann ich ja immer noch zu Dago.« Sie grinste schief.

»Sehr witzig. Auch wenn ich nicht mehr glaube, dass er Melanie Schmidt umgebracht hat, sauber ist dieser Kerl nicht. Das will ich dir nur mal gesagt haben!«

Sie winkte müde ab. Für dieses Gespräch fehlte ihr gerade wirklich die Energie.

Ihr Bruder schien sich daran nicht weiter zu stören und biss nun herzhaft in ein Brötchen mit Zwiebelmett, das er wohl gemeinsam mit dem Kuchen beim Bäcker gekauft hatte. Fanny drehte sich angewidert zur

Seite. Es gelang ihr nur mit Mühe, den Brechreiz zu unterdrücken.

Sie brauchte mehrere Tage, bis sie sich von ihrem Drogentrip erholt hatte. Tage, an denen sie diszipliniert jeden Morgen joggen ging. Wenn sie sich dabei auch wie eine Schnecke auf Valium vorkam. Dass man nach der Euphorie tagelang zu nichts zu gebrauchen war, unterschlugen die Drogenbegeisterten einem natürlich. Hätte sie das gewusst, sie hätte nie von der Flasche mit dem MDMA getrunken. Zumindest wollte sie das im Nachhinein glauben. Dago bombardierte sie seit Samstag mit WhatsApp-Nachrichten. Aber Fanny hatte nur auf eine einzige, und das auch nur halbherzig, geantwortet. Seitdem Lars bei ihr eingezogen war, hatte sie sich mehr denn je vorgenommen, die guten Vorsätze, mit denen sie nach Stralsund gekommen war, einzuhalten. Außerdem hatte Maria, die inzwischen aus ihrem Urlaub zurück war, die letzten Abende ebenfalls bei ihnen verbracht, was eine hervorragende Ablenkung war. Maria hatte zwar nichts erzählt, aber Fanny ahnte, dass auf Mallorca irgendetwas zwischen ihr und ihrem Mann vorgefallen sein musste. Aber Lars war bei ihren Treffen immer dabei gewesen und deshalb hatte sie noch keine rechte Gelegenheit gehabt, genauer nachzuhaken. Stattdessen hatten sie drei, ganz wie früher, Abend für Abend Scrabble gespielt und wie früher hatte Fanny den beiden keine Chance gelassen.

In der Redaktion gab es seit einigen Tagen mächtig zu tun. Lutz Thiele war endlich in seinen lang ersehnten Urlaub gestartet, und Fanny hatte für diese Zeit die Rolle der Chefredakteurin inne. Sie war nun die Erste und die Letzte im Büro. Anders gesagt: Langsam fühlte sie sich wieder wie sie selbst.

Vor lauter Arbeit kam sie jedoch nicht dazu, auch nur einen Gedanken an den Mord an Melanie Schmidt zu verschwenden. Erst die Nachricht, dass Janine Borgwardt ihren schweren Verletzungen erlegen war, rüttelte Fanny wieder auf.

»Jetzt hat Lebeck zwei Menschen auf dem Gewissen«, stellte Fanny wütend fest, als Lars ihr abends die schlechte Nachricht überbrachte. »Zum Glück sitzt er bereits in U-Haft, da kann er wenigstens nichts mehr anrichten.« Ihr Bruder hatte ihr schon vor einigen Tagen berichtet, dass die Polizei Lebeck aufgrund der Zeugenaussagen von Ronny Breede und Franziska Schnabel, also auch dank ihrer Recherche, verhaftet hatte. Und Sokratis war dabei, einen umfassenden Artikel über den Skandal im Stralsunder Kinderheim zu schreiben.

Aber der Blick ihres Bruders verriet ihr, dass irgendwas nicht stimmte.

»Was?«

»Es gibt ein neues Ermittlungsergebnis«, sagte er schließlich zögerlich und wischte mit der flachen Hand über den Küchentisch.

»Was denn? Nun lass dir doch nicht alles aus der Nase ziehen!«

»Wir haben eine Handtasche gefunden. Die Tasche von Melanie Schmidt, die sie an dem Abend, als sie umgebracht wurde, getragen hat.«

»Wo kommt die denn plötzlich her?«

»Die lag auf einem Feld bei Parow. Und wurde dort schon vor einer ganzen Weile gefunden. Aber es hat gedauert, bis sie zu uns gelangte. Und dann war sie noch im Labor in Rampe.«

»Und?«, fragte Fanny gespannt und versuchte die Enttäuschung, dass ihr Bruder ihr bisher nichts von diesem Fund erzählt hatte, zu unterdrücken.

»Auf der Tasche befinden sich Blutspuren, von einer weiblichen Person, die nicht Melanie Schmidt war.«

»Was heißt das?«

»Tja ...«, Lars klopfte mit dem Zeigefinger auf die Tischplatte. »Also, wie du es auch drehst und wendest, wenn du mich fragst, gibt es nur eine Möglichkeit ...«

»Nämlich?«

»Melanie Schmidt muss von einer Frau überfahren worden sein. Und die hat sich dabei ebenfalls verletzt.«

»Was?«, rief Fanny überrascht aus. Das brachte ihr ganzes Kartenhaus zum Einstürzen. Sie konnte nicht glauben, dass Hans Lebeck unschuldig sein sollte. »Das gibt's doch gar nicht«, schob sie ungläubig hinterher. »Meinst du, es war Janine?«

Ihr Bruder winkte ab. »Und dann hat sie sich ein paar Tage später selbst überfahren, oder was? Nee, das macht keinen Sinn.«

»Aber wer dann? Die Frau von Lebeck?«

Lars sah sie anerkennend an. »Das war auch mein erster Gedanke. Aber Lebeck ist Junggeselle. Seit eh und je.«

Fanny seufzte. »Also fangen wir wieder bei null an?«

»Na ja, nicht ganz. Du hast schon so viel herausbekommen, Fanny. Wirklich, an dir ist eine hervorragende Kommissarin verlorengegangen.«

Fanny lächelte kurz. »Werdet ihr jetzt eine Pressemeldung dazu herausgeben?«, fragte sie dann. Sie hatte die Geschichte lange genug zurückgehalten. Die Öffentlichkeit hatte ein Recht darauf, zu erfahren, dass auch eine zweite junge Frau umgebracht wurde.

»Müssen wir wohl«, sagte Lars kleinlaut. »Vielleicht setzt das die Täterin ja sogar unter Druck ...«

Fannys Gesicht verdüsterte sich auf einmal. »Heißt das etwa, dass Lebeck wieder freigelassen wird?«

»Na hoffentlich nicht. Du hast uns ja jede Menge Infos geliefert. Er war übrigens auch tatsächlich derjenige, der in Melanie Schmidts Wohnung eingebrochen ist«, Lars verzog das Gesicht zu einem schiefen Lächeln, »also nachdem du dort bereits eingestiegen warst. Die Zeugenaussagen zur Misshandlung von Schutzbefohlenen reichen für einen Prozess. Selbst wenn er kurzzeitig wieder auf freien Fuß kommen sollte, lange wird er diese Freiheit nicht genießen können.«

»Aber wenn Lebeck es nicht war, wer dann?«

Ihr Bruder stöhnte und rieb sich müde die Augen. »Wenn ich das wüsste ... Irgendetwas haben wir übersehen. Irgendjemanden. Irgendeinen Menschen aus Melanies Umfeld, der einen Grund hatte, sie zu ermorden.«

»Sie und Janine ...«, seufzte Fanny.

»Ich bin mir mittlerweile sicher, dass Janine Borgwardt etwas wusste. Sie muss der Mörderin auf der Spur gewesen sein.«

»Und ihr habt wirklich nichts auf ihrem Computer entdeckt, was uns weiterbringen könnte?«

Lars schüttelte den Kopf. »Es ist wie verhext. Dabei muss sie ja irgendwo eine Spur gefunden haben ...«

»Könnte sie eventuell jemanden eingeweiht haben?«

»Sie schien eine ziemliche Einzelgängerin gewesen zu sein. Die Mutter war Alkoholikerin und ist vor einigen Jahren gestorben. Der Vater hat wohl nie eine Rolle gespielt. Geschwister sind alle verstreut. Melanie war ihre beste Freundin. Und so richtig wohl auch ihre einzige.« Ihr Bruder griff nach einem Rest Baguette, der vom Abendbrot übrig geblieben war. Er biss herzhaft hinein, und die Krümel flogen in alle Richtungen. »Sie war wohl einige Tage vor ihrem Tod bei Uta Thiele, aber so richtig kann ich mir darauf keinen Reim machen ...«

»Bei der Frau von Thiele? Die vom Jugendamt?«, fragte Fanny erstaunt.

»Genau. Hat dort ganz viele Fragen gestellt. Ob der Vater nun das Sorgerecht für die Kinder bekäme oder ob sie zur Adoption freigegeben werden. Solche Sachen.«

Fannys Hand schnellte wie automatisiert zu ihrem Mund und sie begann, an ihrem Daumennagel zu nagen. Lars legte seine Hand auf ihren Arm und hielt sie davon ab.

»Was, wenn es doch Dago war? Oder Olli?«, fragte sie.

Ihr Zwillingsbruder schaute sie skeptisch an. »Und das von dir?« Dann schüttelte er den Kopf. »Zumindest für den Mord an Janine haben die beiden ein Alibi. Und was Melanie angeht, könnten sie es zwar beide – theoretisch – gewesen sein, aber das halte ich für unwahrscheinlich. Plus: Sie sind Männer. Wir suchen eine Frau!«

»Was, wenn die weibliche Person lediglich die Beifahrerin war?«, entfuhr es Fanny auf einmal. »Was, wenn die Frau im Auto Janine Borgwardt war und sie deswegen wusste, wer Melanie auf dem Gewissen hat?« Sie schaute Lars gespannt an. Das war doch gar keine schlechte Theorie.

»Hm«, antwortete ihr Bruder und Fanny sah ihm an, dass er ihre Idee nicht völlig idiotisch fand, »das müsste sich ja leicht über einen DNA-Abgleich überprüfen lassen.«

»... es würde aber immer noch nicht das Rätsel um den Mord an Janine lösen«, überlegte Fanny weiter, »weil doch sowohl Dago als auch Olli ein Alibi haben. Und ehrlich gesagt, kann ich mir ja bei beiden doch nicht so richtig vorstellen, dass die zu so etwas fähig wären.«

»Das liegt daran, dass du die Gabe hast, das Gute in Menschen zu sehen.« Lars lächelte.

Fanny nickte nachdenklich. Ihr ratterten alle Informationen, die sie seit dem Mord an Melanie Schmidt gesammelt hatten, durch den Kopf. Das Gespräch mit Olli fiel ihr wieder ein. »Wusstest du, dass Olli der Vater von Chiara war, Dago aber gebeten hatte, für ihn offiziell die Vaterschaft zu übernehmen?«

»Warte, wie jetzt?« Lars schaute sie verwirrt an.

»Olli, der beste Freund von Dago, war der Vater von Melanie Schmidts Tochter. Als Chiaras Pflegeeltern das Mädchen adoptieren wollten, bat Melanie ihn, die Vaterschaft anzuerkennen. Es ging wohl darum, dass er keine

Verzichtserklärung unterschrieb, damit die Pflegefamilie das Kind nicht adoptieren konnte und Melanie Chiara somit für immer verlor.«

»Aber?«

»Olli, der übrigens mit Nachnamen Könenkamp heißt ...«

»Ach was?«, fiel ihr Bruder ihr überrascht ins Wort.

»... wollte mit allen Mitteln verhindern, dass Melanie Geld von ihm verlangen konnte – helfen wollte er ihr aber irgendwie trotzdem. Deswegen hat er Dago gebeten, so zu tun, als sei er Chiaras Vater. Und die Verzichtserklärung nicht zu unterschreiben.«

»Warum hat Dago sich denn auf so was eingelassen?«

»Keine Ahnung, aus Freundschaft? Oder vielleicht schuldete er Olli einen Gefallen. Und finanziell gibt's bei ihm ja sowieso nichts zu holen, wenn ich das richtig sehe. Er ging damit also kein großes Risiko ein. Und wenn sich diesbezüglich doch mal etwas geändert hätte, hätte er einfach einen DNA-Test verlangt.«

»Komischer Deal.«

Sie sahen einander einige Minuten schweigend an und jeder von ihnen hing seinen eigenen Gedanken nach.

»Was ich mich nur frage«, sagte Fanny schließlich, »wenn das alles so stimmt, dann war doch für Melanie eigentlich die Welt in Ordnung. Warum war sie trotzdem in der Nacht vor ihrem Tod so zugedröhnt?«

»Keine Ahnung, weil solche Menschen sich nie ändern?«

Fanny schaute ihren Zwillingsbruder kopfschüttelnd an. »Sie hat Himmel und Hölle in Bewegung gesetzt, um ihr Leben für ihre Kinder irgendwie in Ordnung zu bringen. Das gibt man doch nicht für so einen kurzen Rausch auf.«

Auch wenn sie, den Gedanken behielt Fanny jedoch für sich, die Faszination des Rausches seit ihrem eigenen Erlebnis durchaus nachvollziehen konnte ...

»Einmal Druffi, immer Druffi«, Lars zuckte mit den Schultern.

»Oder aber«, Fanny schürzte nachdenklich die Lippen, »der Deal war aus irgendwelchen Gründen auf einmal vom Tisch.«

Am nächsten Tag fand Fanny sich nachmittags auf einmal auf Melanie Schmidts Spuren wieder. Sie war in der *Alten Brauerei* gewesen, um dort für einen Artikel zu recherchieren. Eigentlich hatte Sokratis zu dem Termin gehen sollen, aber Fanny hatte ihm diese Aufgabe kurzerhand abgenommen. Sie wollte die Gelegenheit nutzen, um die Könenkamps selbst einmal unter die Lupe zu nehmen. Christiane Könenkamp, die das Unternehmen gemeinsam mit ihrem Mann führte und wohl auch die Mutter von Olli sein musste, hatte ihr von dem neusten Projekt erzählt: der Bau einer großen Konzerthalle hinter dem Restaurant- und Veranstaltungsgelände. Eine nicht unwesentliche Vergrößerung des bisherigen Areals. Neben dem bereits vorhandenen Open-Air-Gelände sollte ein weiterer Ort geschaffen werden, in dem auch im Winter Veranstaltungen im großen Stil stattfinden konnten. Bis zu 2.500 Plätze sollte die neue Halle bei Konzerten, Shows und Sportveranstaltungen bieten. Die Könenkamps wollten damit alle anderen Eventlocations in der Gegend übertrumpfen. Sie zielten darauf ab, Besucher von Rügen, dem Darß, aber auch aus den umliegenden Städten wie Greifswald oder Ribnitz-Damgarten anzuziehen.

Fanny verstand das Ganze auch als eine Art Statement gegenüber der Stadtverwaltung, die mit der verfehlten Planung ihrer Stadthalle bereits mehr als drei Millionen Euro Steuergelder in den Sand gesetzt hatte. Die Könenkamps machten sich mit dem Projekt zu Stadtfürsten. Mindestens.

Als Fanny im Anschluss an das Interview unentschlossen auf dem Parkplatz vor der großen Brauerei stand, kam ihr plötzlich die Idee, Melanies Weg in der Nacht ihres Todes nachzuverfolgen. Sie hatte noch etwas Zeit bis zu ihrem nächsten Termin und wenn sie schon einmal in der Gegend war ...

Fanny schwang sich auf ihr Rad und fuhr langsam die Greifswalder Chaussee in Richtung Altstadt entlang. Wenn Melanie am Abend der *Brauerei*-Party nach Hause gewollt hatte, musste sie diese Straße genommen haben. Aber auch jedes andere wahrscheinliche Ziel hätte sie über diesen Weg erreicht, denn hinter dem Brauerei-Gelände, Richtung Süden, befanden sich nur noch ein kleines Wohnviertel, in dem ihres Wissens vor allem Rentner lebten, und ein Gewerbegebiet mit Autohäusern, Baumärkten und einem Supermarkt – und dann war Stralsund im Prinzip zu Ende.

Sie fuhr also in die entgegengesetzte Richtung und passierte den *China-Palast* an der Ecke Franzenshöhe, ein paar Autowerkstätten und die JVA Stralsund. Dann bog sie rechts in die Feldstraße ein. Ihr fiel ein, dass Lars vor einiger Zeit erwähnt hatte, dass irgendjemand Melanie Schmidt in der Mordnacht am Umspannwerk gesehen haben wollte. Lars schien das damals nicht besonders ernst genommen zu haben, aber vielleicht stimmte es ja doch. Fanny radelte langsam die zweispurige Straße entlang und sah sich aufmerksam rechts und links um. Auch wenn ihr klar war, dass die Chancen, jetzt noch irgendetwas zu finden, gegen null gingen. Das war hier auch keine Gegend, in der man Zeugenaussagen hätte sammeln können. Wer auch immer Melanie hier gesehen hatte, wenn es denn überhaupt stimmte, konnte lediglich im Auto an ihr vorbeigefahren sein. Außer Wiesen und dem kleinen Friedensteich, der eher wie ein düsteres Moor anmutete, gab es um die Feldstraße herum nichts zu entdecken. Im Hintergrund rauschten die Autos auf dem Autobahnzubringer, der in die eine Richtung nach Rügen und in die andere nach Rostock und Berlin führte.

Fanny entschied sich, die Straße zu verlassen und querfeldein über die Wiese zu fahren. Rechts von ihr stand einsam und verlassen ein Haus, in dem niemand mehr zu wohnen schien. Ihr Rennrad holperte über den unebenen Boden und sie rechnete fest damit, dass sie gleich an das Ende des Feldes und damit die Begrenzung zur Schnellstraße gelangen würde. Zu ihrer Überraschung entdeckte Fanny jedoch in einiger Entfernung etwas, das wie ein Tunnel aussah. Sie trat in die Pedale und kurze Zeit später stand sie an einer Unterführung, die unter der B96 hindurchging.

12

*Wie lange haben die Hunde den Mond angebellt,
ohne dass er sein Schweigen gebrochen hätte.*
Gerhart Hauptmann

Schon vor der Unterführung stieg ihr der beißende Gestank nach Urin in die Nase und sie wusste es mal wieder zu schätzen, dass sie nicht mit besonders sensiblen Geruchsnerven ausgestattet war. Sie durchquerte den Tunnel und als sie auf der anderen Seite herausgefahren kam, stand sie mitten in einem Wohngebiet. Das musste die Tribseer Siedlung sein, überlegte sie, während sie sich aufmerksam umsah. Sie war zum ersten Mal hier. Fanny huschte ein Grinsen übers Gesicht. Bis nach Bagdad hatte sie es geschafft, aber zuvor noch nie in die Tribseer Siedlung in ihrer Heimatstadt. Was wahrscheinlich daran lag, dass sie niemanden kannte, der hier wohnte. Aber irgendwann war ja immer das erste Mal.

Fanny radelte kurz den Kleeweg entlang, als sie an der nächsten Straßenecke eine Tankstelle entdeckte. Ihr fiel ein, dass sie sich schon seit Tagen vornahm, ihr Rad endlich aufzupumpen. Was nicht ganz so einfach war, denn für die speziellen Ventile ihrer Reifen gab es nur an den Tankstellen oder in Fahrradläden geeignete Pumpen.

Aber der Fahrradladen in der Wasserstraße hatte immer schon geschlossen gehabt, wenn sie von der Arbeit kam. Sie nutzte also die Chance und machte an der Tankstelle halt. Während sie dort an der Pumpe stand, kam ihr auf einmal eine Idee – Fanny zog ihr Handy aus der hinteren Tasche ihrer Jeans.

»Was ist los, Schwesterlein?«, fragte Lars, der nach nur wenigen Freizeichen abgenommen hatte.

»Du, Bruderherz, mal angenommen, Melanie Schmidt ist in der Nacht ihres Mordes wirklich am Umspannwerk vorbeigekommen ...«

»Okay ...?«

»Wäre es möglich, die Überwachungsaufnahmen der Tankstelle am Kleeweg zu bekommen?«

»Du meinst, sie war auf dem Weg in die Tribseer Siedlung?«

»Na ja, so viele andere Möglichkeiten sehe ich nicht. Ich habe gerade zufällig entdeckt, dass es dort einen kleinen Tunnel unter der B96 gibt, der direkt in die Siedlung hineinführt.«

»Ich bezweifle, ehrlich gesagt, dass sie da überhaupt lang ist. Die Wahrscheinlichkeit, dass sie nach Hause wollte, ist viel größer.«

»Vielleicht. Aber zu verlieren haben wir doch auch nichts, wenn wir der Idee mal nachgehen, oder?«

Sie hörte, wie Lars auf seiner Tastatur herumtippte. »Da ist so 'ne Billigtankstelle, ne?«

Fanny nickte. »Ja genau«, sie beugte sich zurück und sah dabei kurz so aus, als wollte sie einen Flick-Flack machen, »*Sun.*«

»Okay. Ich schau mal, was ich machen kann.«

»Und dann ist mir noch etwas eingefallen«, sagte sie schnell, bevor ihr Bruder auflegen konnte. »Du hast doch gemeint, dass die Person, die Melanie Schmidt umgefahren hat, sich dabei höchstwahrscheinlich selbst verletzt hat.«

»Na ja, bei einem solchen Aufprall ist das zumindest nicht unwahrscheinlich ... und irgendwo müssen die Blutspuren an Melanies Handtasche ja hergekommen sein.«

»Und irgendwo muss die Frau ja danach ihre Verletzungen behandelt haben.«

Lars' tiefe Lache drang durch das Telefon zu ihr. »Schwesterherz. Auf die glorreiche Idee bin ich auch schon gekommen. Aber im Krankenhaus hat sie sich zumindest nicht behandeln lassen, das habe ich schon überprüft.«

»Vielleicht war sie nicht im Krankenhaus, sondern nur bei ihrem Hausarzt.«

»23 Allgemeinarzt-Praxen gibt es in unserer schönen Stadt. Nicht in einer davon war unsere Mörderin.«

Fanny knabberte nachdenklich an den Fingernägeln ihrer linken Hand. Natürlich hatte ihr Bruder das schon gecheckt, so etwas war für ihn als Kommissar schlichte Routine. In diesen Fragen konnte sie ihm immer nur einen Schritt hinterher sein.

»Aber das mit der Tankstelle ist ja wirklich gar keine schlechte Idee«, lenkte Lars ein, und sie war sich nicht sicher, ob er ihr damit nur einen Gefallen tat oder ob er ihre Theorie wirklich für gut hielt.

Fanny legte auf und fuhr weiter durch das Wohngebiet. In der Tempo-30-Zone standen etwas in die Jahre gekommene Einfamilienhäuser, vor denen sich kleine gepflegte Grundstücke mit Windmühlen und Gartenzwergen ausbreiteten wie ein gemütlicher Teppich. In dem einen oder anderen Garten konnte sie auch einen Pool ausmachen, manche Anwohner hatten sich außerdem kleine Spielplätze auf das Grundstück gebaut. Sie fuhr um eine Kurve und kam nun an einem der wenigen neu gebauten Häuser vorbei. Fanny wurde immer langsamer, bis sie komplett zum Stehen kam. Sie blieb einen Moment vor dem quadratischen Bau im Bauhaus-Stil stehen und betrachtete interessiert die breite Fensterfront, vor der sich eine schicke Terrasse mit bequemen, dunklen Rattanmöbeln befand. In dem wild gehaltenen Garten blühte eine ganze Armada von Brombeerbüschen und an einem Apfelbaum hing ein roter Schaukelsitz aus Holz, den der Wind langsam hin- und herwiegte. Fanny war so, als hätte sie das schon einmal irgendwo gesehen. Auch wenn sie diese zwei Synapsen in ihrem Hirn im Moment nicht verschaltet bekam. Sie schaute einen Moment lang andächtig auf das Idyll, dann stieg sie auf ihr Rennrad und fuhr zügig in Richtung Redaktion zurück.

Als sie abends ihre Wohnungstür aufschloss, saß Maria am gedeckten Tisch in der Küche.

»Hi, Süße, was machst du denn hier?«, fragte Fanny, die eigentlich lieber alleine gewesen wäre, müde.

»Lars hat mich reingelassen, aber dann musste er plötzlich weg, irgendetwas im Kommissariat. Ich hoffe, es ist okay, dass ich bei euch abhänge? Ich hab auch Abendessen gemacht.«

Fanny guckte Maria mit hochgezogenen Augenbrauen an. »Klar ist das okay. Aber willst du mir nicht endlich mal erzählen, warum du es zu Hause bei deinem Mann nicht mehr aushältst?«

Maria seufzte und begann statt einer Antwort damit, Fanny aus einer großen Pfanne heraus aufzufüllen. Ihre Freundin hatte ihr berühmtes Zanderfilet mit Spinat gemacht und beim bloßen Anblick lief Fanny das Wasser im Mund zusammen. Auch wenn sie das Gefühl nicht loswurde, nur zufällig Nutznießerin dieses aufwendig zubereiteten Mahles geworden zu sein.

Maria stellte die Pfanne zurück auf den Herd und setzte sich dann ihr gegenüber an den Tisch. Und als sie da so saß, fielen Fanny plötzlich ihre ungewöhnlich prallen Brüste auf und es platzte aus ihr heraus: »Du bist schwanger!«

Maria nickte seufzend. »Sieht man es schon so deutlich?«

»Na ja, nur wenn man dich kennt und weiß, dass du normalerweise keinen solchen Atombusen hast!« Fanny lachte. Dann beugte sie sich über den Tisch, um ihre Freundin zu umarmen. »O Mann, ich freu mich, Süße!«

»O Gott, ich freu mich auch. Aber Hilfe, viel mehr noch geht mir der Arsch auf Grundeis ...« Maria streckte die Hände dramatisch in die Höhe.

»Aber jetzt versteh ich noch weniger, warum du nicht mehr zu Hause sein willst.« Noch während Fanny diese Worte aussprach, haute sie sich selbst an die Stirn:

»Scheiße, das Kind ist nicht von Markus!« Fanny schnappte geräuschvoll nach Luft. »Maria! Was hast du gemacht? Wer ist der Vater?«

Ihre Freundin blinzelte sie verwegen an. »Das glaubst du im Leben nicht.«

Fanny zappelte auf ihrem Stuhl herum. »Maria, hör auf, mich auf die Folter zu spannen«, schrie sie fast hysterisch.

»Hör auf, mich anzuschreien. Lars ist es. Lars ist der Vater!«

Fanny schüttelte den Kopf. Sie schaute Maria mit weit aufgerissenen Augen an. Dann stieß sie einen kleinen Schrei aus. »Lars? Lars, mein Bruder Lars?« Sie fiel vom Glauben ab.

»Na klar, dein Bruder. Ich kenne keinen anderen Lars«, antwortete Maria schlicht und als Fanny sie weiter völlig entsetzt anstarrte, begann ihre Freundin zu lachen. »Okay, sei ehrlich, Fanny, bist du wirklich so geschockt, oder tust du nur so? Lars hat dir nichts erzählt?«

»Kein Sterbenswörtchen! Ich habe die ganze Zeit gedacht, ihr habt seit Jahren keinen richtigen Kontakt miteinander gehabt. Wie lange geht das mit euch schon? Hinter meinem Rücken, ihr spinnt ja wohl! Ich will alles wissen, auf der Stelle!«

»Alsooo«, begann Maria, nachdem sie sich eine volle Gabel Spinat in den Mund geschoben hatte, »es begann alles damit, dass wir beide auf der gleichen Hochzeit eingeladen waren, aber weder Katrin noch Markus uns begleiten konnten ...«

Als Lars nach Hause kam, empfingen ihn Fanny und seine schwangere Geliebte in trauter Zweisamkeit. Sie hockten auf der Couch, das heißt, Fanny hockte, Maria lag auf dem Rücken und sah aus, als ob sie nie wieder aufstehen würde. Lars schien tief in Gedanken versunken zu sein. Er bemerkte anfangs nicht einmal, dass Maria, die sich kurz nach seiner Ankunft doch vom Sofa aufgerafft hatte, ihn mit einem Kuss auf den Mund begrüßte. Dann schaltete der Kommissar langsam: »Du hast Fanny von uns erzählt?« Er klang auf einmal ganz aufgeregt. Die tiefe Sorgenfalte auf seiner Stirn verschwand wie von Zauberhand.

»Ähm, ja?! Endlich hat sich mal jemand erbarmt, mich in euer Techtelmechtel einzuweihen! Weiß Katrin es eigentlich schon?« Fanny hatte der Gedanke, dass Lars Katrin abservieren würde, erst eine diebische Freude bereitet. Dann hatte sie weiter darüber nachgedacht und plötzlich Mitleid mit ihrer verhassten Schwägerin bekommen.

Lars nickte. »Katrin und Markus wissen Bescheid. Sie sind stinkwütend, verständlicherweise.« Aber er sah nicht besonders zerknirscht aus.

»Ja, also echt«, stimmte Fanny lachend ein, »das hättet ihr beiden auch einfacher haben können. Wie lange wart ihr als Teenies zusammen? Fünf Jahre?«

»Fünfeinhalb. Und dann waren wir fast vierzehn Jahre lang getrennt«, warf Maria ein und strich Lars über seine kurzen Locken, »aber besser spät als nie.«

Die beiden sahen sich verliebt an, und Fanny konnte sich nicht erinnern, wann sie Lars das letzte Mal so glücklich gesehen hatte.

Später, als Maria bereits ins Bett gegangen war, zog ihr Bruder Fanny zur Seite. »Keine Angst, wir haben nicht vor, uns ewig bei dir einzuquartieren. Im Moment habe ich nur keinen Kopf dafür, eine neue Wohnung zu suchen. Dieser Mordfall treibt mich noch in den Wahnsinn.«

»Apropos, gibt es Neuigkeiten? Was hat der DNA-Abgleich gebracht?«

»Keine Übereinstimmung.«

»Mist.«

»Aber morgen bekomme ich die Überwachungsaufnahmen von der Tanke. Ich geb' dir dann sofort Bescheid.« Lars drehte sich und ging in Richtung ihres Arbeitszimmers.

Fanny schaute ihm nachdenklich hinterher. Sie konnte immer noch nicht glauben, dass er und Maria wieder zusammen waren. Und dann wurden sie auch noch Eltern. Wenn sich das Leben so auf einen Schlag ändern konnte, dachte sie lächelnd, dann gab es für sie ja vielleicht auch noch Hoffnung.

Sie war noch nicht wirklich müde und so setzte sich Fanny an ihren Schreibtisch, den sie nach Lars' – und jetzt also auch noch Marias – Einzug vorübergehend in ihr Schlafzimmer gestellt hatte. Als sie sich auf den Drehstuhl fallen ließ, stellte sie fest, dass der Ordner, den sie zum Fall Melanie Schmidt angelegt hatte, noch in der Redaktion liegen musste. Zum Glück hatte sie die wichtigsten Notizen vor einigen Tagen mit ihrem Handy abfotografiert. Langsam wischte sie mit dem Zeigefinger durch ihre Fotogalerie und las sich Bild für Bild die etwa zehn Seiten durch, die ihr die wesentlichsten erschienen waren. Eine Kopie der Fotos hatte sie außerdem auf ihrem Laptop abgespeichert. Das war typisch für sie, dass sie alles dreifach sicherte. Wichtige Dateien zu verlieren war der Albtraum jedes Journalisten, wahrscheinlich der gesamten modernen, auf Computer gestützten Welt – Fotos, Notizen, Kontakte –, auch sie hatte ihr halbes Leben auf irgendwelchen Maschinen gespeichert. Doch manchmal beschlich sie auch das Gefühl, dass so ein Abhandenkommen von Dateien, ein bisschen unfreiwilliger Abwurf von Ballast, gar keine schlechte Sache wäre. Vielleicht hätte es sogar etwas Befreiendes. Sicher, am Anfang würde sie herumjammern, aber wirklich fehlen würden ihr nur die Bilder von ihren Reisen.

Sie war zwar keine besonders gute Fotografin, aber diese Bilder waren mehr als das Fundament für ihre Artikel. Sie zeigten ihre eigene Geschichte, ihre Perspektive. Oft hatte Fanny etwas fotografiert, bevor sie es selbst überhaupt richtig gesehen und betrachtet hatte. Die Bilder waren ihre Augen und ihr Gedächtnis, denn wenn sie später versuchte, sich an Details zu erinnern, kam sie ohne die Fotos nicht weit.

Aber die Chance auf einen digitalen Neuanfang war sowieso vernichtend gering. Jede ihrer Dateien war mehrfach gespeichert und gesichert. Und es gab eigentlich keinen Grund, sich überhaupt darüber Gedanken zu machen. Doch so war Fanny Wolff eben. Sie trug Angst und Sorge in sich wie andere Menschen Optimismus. Sie rechnete mit dem Schlimmsten. In jeder Lebenslage. Wenn ihre Eltern sich später meldeten als besprochen, hatte sie schon früher immer gleich gefürchtet, dass ihnen etwas zugestoßen sein könnte. Ganze Horror-Storys konnte sie sich ausmalen, wenn geliebte Menschen sich verspäteten. Lars hatte zwar auch recht, sie glaubte an das Gute im Menschen. Aber gleichzeitig glaubte sie an das Böse, das auf niemanden Rücksicht nahm. Und trotzdem, und das war einer der größten Widersprüche in ihrem Charakter, war Fanny fest davon überzeugt, dass sie selbst ein Glückskind war. Und dass ihr eigentlich nichts Schlimmes zustoßen konnte. Zumindest bis wieder etwas passierte, das sie vom Worst-case-Szenario ausgehen ließ. Und so drehten sich ihre Gedanken manchmal stundenlang im Kreis. Wie ein Motor, der sich nicht abstellen ließ.

Fanny klappte ihren Laptop auf und öffnete ein Word-Dokument. Die weiße Seite strahlte sie förmlich an. Eine blendend weiße Seite, die irgendwann vielleicht einmal leer bleiben würde – das war so eine weitere Angst von ihr. Zum Glück hatten Schreibblockaden in ihrem Leben nie lange gedauert. Aber auch hier fürchtete sie an schlechten Tagen, dass das vielleicht nicht immer so sein würde. Dass ihr irgendwann die Worte oder Geschichten abhandenkommen würden. Sie legte ihre Finger auf die Tastatur – mit einer Schwere, ähnlich der Bewegung, mit der sie früher ihre Hände auf die Klaviertasten gelegt hatte –, holte tief Luft, versuchte ihre Schultern zu entspannen und fing dann an zu tippen. Die Buchstaben erschienen gleichmäßig wie marschierende Soldaten auf dem Bildschirm.

»Melanie Schmidt hatte viele Chancen und doch auch keine.«

Fanny atmete geräuschvoll aus, und nun begannen ihre Finger förmlich über die Laptop-Tastatur zu fliegen. Ab und zu hielt sie kurz inne, löschte einen Rechtschreibfehler oder wog ab, welches Wort am genausten beschrieb, was sie ausdrücken wollte. Fuhr mit dem Finger über das Trackpad und klickte auf das kleine Disketten-Symbol oben links am Bildschirm, bevor sie, manchmal sogar schneller als zuvor, weitertippte. Sie schrieb sich all die letzten Wochen geradezu von der Seele. Dabei musste sie kaum in ihren Aufzeichnungen nachsehen, so genau erinnerte sie sich an jedes Detail. Was wahrscheinlich daran lag, dass sie meist, schon während sie Dinge erfuhr oder Menschen Sachen sagen hörte, ihre Sätze im Kopf ausformulierte. Das Aufschreiben am Ende war eigentlich nur noch eine Formalität.

Das hieß allerdings nicht, dass sie wusste, wie der Artikel genau aussehen würde. Sie ließ sich treiben beim Schreiben, und wenn es gut lief, übernahm die Geschichte die Führung und ihre Finger tippten nur noch wie Werkzeuge, die von irgendeiner höheren Kraft gesteuert wurden.

Nachdem Fanny etwa drei Seiten vollgeschrieben hatte, hielt sie inne. Sie trank einen Schluck Wasser und starrte dann auf ihren Text. Begann zu lesen, korrigierte, verschob ganze Absätze und las erneut. Ihr Artikel hatte kein Ende, das wusste sie. Und dabei war das Ende das Wichtigste.

Fanny legte großen Wert darauf, aus jeder Geschichte

mit einem Knallersatz auszusteigen. Er war die Grundlage für die Emotion, die sie beim Leser zurückließ. Der letzte Satz musste sitzen. Ergreifen. Berühren. Aufrütteln. Er musste dazu führen, dass man sich die ganze, zuvor erfahrene Geschichte immer und immer wieder durch den Kopf gehen ließ. Fast genauso wichtig war die Atmosphäre einer Geschichte. Sie wusste, dass nicht jeder Leser alle Feinheiten bemerken würde, die sie im Text versteckt hatte. Das »zwischen den Zeilen« lag nicht jedem, und natürlich durfte es auch keine wichtigen Informationen vernebeln, von denen der Leser dann vielleicht nichts mitkriegte. Aber ein Gefühl, eine Stimmung konnte man eben nur zwischen Worten und jenseits von Satzzeichen kreieren. Fanny schaute unzufrieden auf den Bildschirm. Stimmungsvoll war sie. Aber sie hatte keinen Schluss. Kein Tusch und kein Schrecken. Die Geschichte um Melanie Schmidt war einfach noch nicht auserzählt. Sie hatte ein Mädchen, das krank war, beherrscht von schlechten Gewohnheiten. Das von ihrer eigenen miserablen Kindheit so überschattet war, dass es ständig verheerende Entscheidungen traf. Und sich so immer weiter ins Elend hineinritt. Das aber auch über Charme, Liebenswürdigkeit, über eine gewisse Gewitztheit und kriminelle Energie verfügte und nicht davor zurückschreckte, diese Eigenschaften einzusetzen, wenn sie glaubte, dass ihr etwas zustand. Aber mit jedem Wort, das sie schrieb, wurde Fanny klarer, was sie schon seit einigen Tagen unterschwellig gespürt hatte. Am Ende, am bitteren Ende muss Melanie Schmidt vor allem eins gewesen sein: furchtbar verzweifelt.

Ungerührt von der Aufbruchsstimmung, die im gerade erst neueröffneten *Café Coffifee* herrschte, schaute sich Fanny die unscharfen Aufnahmen der Überwachungskamera wieder und wieder an. Lars hatte ihr vor einigen Stunden eine Kopie gemailt und seitdem hatte Fanny auf ihre Mittagspause, die heute ungewöhnlich spät stattgefunden hatte, hingefiebert. Sie hatte sich durch den Stress des bisherigen Tages mehr oder weniger durchgequält. Eine Qual vor allem deshalb, weil Fanny nicht besonders ausgeschlafen war. Nicht nur hatte sie am Vorabend zu lange gearbeitet – statt danach direkt ins Bett zu gehen, war sie vor dem Fernseher versackt. Sie war auf eine hervorragende Dokumentation, wie meistens versteckt im Nachtprogramm, gestoßen und Fanny hatte die fesselnde Reportage über einen kleinen Jungen in Berlin-Hellersdorf einfach nicht abschalten können. Sie versuchte sich an den Namen des Films zu erinnern. *Zirkus is nich*, genau, das war's. Vielleicht hing ihre Faszination auch damit zusammen, dass sie sich die ganze Zeit an den kleinen Justin Schmidt erinnert gefühlt hatte.

Fanny biss ein Stück von ihrem, wohlgemerkt veganen, aber trotzdem köstlichen Sandwich ab und ließ die kurze Videosequenz ein weiteres Mal auf ihrem Computer laufen. Melanie Schmidt war in der Nacht, in der sie umgebracht wurde, tatsächlich in der Tribseer Siedlung gewesen.

Lars hatte sich, nachdem Fanny ihm von dem seltsamen Vaterschafts-Deal zwischen Dago und Olli erzählt hatte, ganz auf die »Könenkamp-Spur«, wie er es nannte, versteift. Umso mehr, als er herausfand, dass die Könenkamps im Kormoranweg wohnten. Der lag zwar nicht so richtig nah, aber auch nicht so richtig weit entfernt von der *Sun*-Tankstelle. Seine Recherchen hatten außerdem ans Licht gebracht, dass die Könenkamps Melanie mehrfach stattliche Summen überwiesen hatten. Und Lars war fest davon überzeugt, dass Melanie Schmidt die Familie Könenkamp zu weiteren Zahlungen hatte drängen wollen und mit ihrer Erpresserei das Fass zum Überlaufen gebracht hatte. Für ihn passte dazu auch die Tatsache, dass Janine Borgwardt vor ihrem »Unfall« im Jugendamt bei Uta Thiele aufgetaucht war.

Fanny wollte den Schlussfolgerungen ihres Bruders vertrauen, immerhin war er der Profi. Aber sie fragte sich trotzdem, ob sie Christiane Könenkamp wirklich eine solche Tat zutraute. Und ob Olli etwas von alldem, vor allem aber dem mutmaßlichen Verbrechen seiner Mutter wusste. Außerdem, warum hatte die Familie nicht einfach den Unterhalt gezahlt? Oder die Polizei eingeschaltet, falls Melanie wirklich versucht haben sollte, sie zu erpressen. Egal, wie Fanny es auch drehte und wendete, das passte einfach alles nicht so richtig zusammen.

Ihre Zweifel waren jedoch an Lars, der den Fall endlich abschließen wollte, abgeprallt. Vielleicht lag es auch daran, dass Fanny nicht gut genug erklären konnte, warum sie nicht glaubte, dass die Könenkamps etwas mit Melanie Schmidts Tod zu tun hatten. Zumal das ja bedeuten würde, dass sie auch Janine Borgwardt auf dem Gewissen haben mussten. Es war eher so ein Gefühl als harte Fakten, die ihr sagten, dass sie die wahren Zusammenhänge immer noch nicht aufgedeckt hatten. Denn eins war ihr beim Schreiben am Abend zuvor klargeworden: Melanie Schmidt war am Ende verzweifelt gewesen, aber wer auch immer sie und Janine überfahren hatte, musste noch verzweifelter gewesen sein. Und die Könenkamps hatten in Fannys Augen kein Problem, das sich nicht mit Geld hätte lösen lassen. Und davon hatte die Brauerei-Familie doch mehr als genug. Warum also hätten sie so überreagieren sollen?

Fanny seufzte. Obwohl sie bereits so viel wussten, hatte sie das Gefühl, wieder am Anfang zu stehen. Das Info-Chaos in ihrem Kopf ließ sich überhaupt nicht mehr zu einer nachvollziehbaren Theorie formen. Nun konnte fast jeder der Mörder von Melanie Schmidt sein. Sie hatte den Faden verloren. Fanny drückte erneut auf den Play-Knopf. Man sah, wie Melanie an die Nachtklappe der Tankstelle herantrat und nach etwas verlangte. Sie trug eine kleine schwarze Umhängetasche. Die Verkäuferin drehte sich um, Melanie wühlte in ihrer Tasche und schob dann ein paar Münzen unter dem Fenster durch. Die Verkäuferin kam zurück an das Fenster und reichte Melanie Schmidt etwas, das diese sofort in ihrer Tasche verstaute. Fanny ließ das kurze Video noch einmal durchlaufen. Sie hielt den Moment an, als die Verkäuferin den Einkauf unter der Scheibe durchreichte, und zoomte ins Bild. Sie kniff die Augen zusammen und kurz bevor alles verschwamm erkannte Fanny, dass der Gegenstand rotweiß schimmerte. Es schien ihr fast, als läge etwas Rundes in der Hand der Verkäuferin.

Fanny starrte einen Moment lang auf die Tastatur. Ob Lars auch gesehen hatte, was sie sah? Vielleicht irrte sie sich? Man konnte wirklich kaum etwas auf dem unscharfen Bild erkennen. Aber mal angenommen, sie täuschte sich nicht. Dann hielt die Verkäuferin etwas Eiförmiges in der Hand. Ei und rot-weiß. Melanie Schmidt könnte eine *Kinderüberraschung* gekauft haben. Und je länger Fanny darüber nachdachte, desto mehr Sinn ergab das Gewirr in ihrem Kopf auf einmal.

Nach der Arbeit fuhr Fanny auf direktem Weg zu Dago. Sie musste jetzt wissen, was in der Nacht vor Melanies Tod genau zwischen den beiden vorgefallen war. Und ob die Vermutung, die sich da in ihrem Hinterkopf langsam festsetzte, nicht doch ein Hirngespinst war.

Dago, der wohl schon nicht mehr damit gerechnet hatte, dass Fanny jemals wieder bei ihm auftauchen würde, schaute sie verdutzt an, als er die Wohnungstür öffnete. »Na, Fanny, du kannst es wohl nicht leiden, wenn man dich erwartet. Immer überraschend, wie ein Blitzkrieg.«

»Dago, was ist in der Nacht, bevor Melanie starb, passiert?«, platzte sie heraus.

»Was soll das denn jetzt? Was soll passiert sein?« Dago sah sie blinzelnd an und zum ersten Mal war Fanny sich sicher, dass er ihr nicht die ganze Wahrheit erzählt hatte. Wenn er sich überhaupt an alles erinnern konnte.

»Olli hat mir von eurem Deal erzählt. Dass du die Vaterschaft von Chiara übernommen hast, damit Melanie ihn nicht drankriegen konnte.«

Er rieb sich die Augen. »Ja und?«

»In der Nacht vor ihrem Tod hat sich Melanie völlig zugedröhnt. Warum?« Als er nicht antwortete, zwickte

Fanny mit Nachdruck in seinen Arm. Wie um ihn wach zu rütteln.

»Kann mich nicht erinnern, dass sie jemals einen Grund dafür gebraucht hätte ...«, antwortete Dago schließlich ausweichend.

»Ihr habt euch total gezofft. Worum ging es?«

»Um nichts. Und um alles. Nichts, was wir beide nicht schon tausendmal durchgekaut hätten.«

»Und dann?«

»Dann nichts. Was willst du denn von mir hören?«

»Dago! Hast du irgendetwas zu ihr gesagt? Irgendetwas, was der Grund dafür gewesen sein könnte, dass sie so ausgerastet ist? Sie wollte ihre Kinder zurück. Sie wollte clean werden!«

Dago schien nachzudenken. Er rieb sich erneut die Augen, so als wäre er gerade erst aufgestanden. Dann sah er Fanny lange an. Schließlich seufzte er. »Ich habe ihr gesagt, dass ich diesen Wisch unterschreiben werde.«

»Was für ein Wisch?«

»Na diese Erklärung, dass ich Chiara zur Adoption freigebe. Mann, ich war so wütend auf sie ...«

»Sie hat also gedacht, dass sie Chiara nun endgültig verlieren würde?«

Er zog die Nase hoch und sah aus, als wenn er gleich heulen würde. »*Fuck*, ich weiß doch auch nicht, warum ich das gesagt habe. Mann, ich bereue das voll. Wenn ich nicht gewesen wäre, hätte sie einfach einen schönen Abend gehabt. Sie hätte weitergemacht wie bisher. Und vielleicht hätte sie irgendwann tatsächlich ihr Leben um 180 Grad gedreht.«

»Klar, vielleicht. Aber vielleicht auch nicht. Wir wissen doch beide, dass in Melanies Leben ziemlich viel auf Sand gebaut war. Es ist nicht sicher, ob sie Chiara zurückbekommen hätte. Oder wie lange das wirklich gutgegangen wäre ...«

Er schien gar nicht zuzuhören. »Sie kam mir mit so einer Überheblichkeit. Von wegen, dass sich in meinem Leben nie etwas ändern würde. Ich sei ja nur ein mieser, verschuldeter Loser-DJ aus der Kleinstadt. Als wenn sie etwas Besseres gewesen wäre! Ich wollte, dass sie begreift, dass ihr Leben kein bisschen rosiger als meins sein würde.«

»Und dann?«

»Dann hat sie mich weiter beschimpft und ist schließlich abgehauen.« Er starrte ins Leere. »Das war das letzte Mal, dass ich sie gesehen habe.« Dago griff nach Fannys Hand und schaute sie unsicher an. So als wolle er sich versichern, ob sie im Moment größter Not für ihn da sein würde.

Aber Fanny war nicht da. Denn in diesem Augenblick verknüpften sich endlich alle Synapsen in ihrem Gehirn und veranstalteten ein riesiges chemisches Feuerwerk. Denn plötzlich fiel ihr ein, wo sie den von Brombeerbüschen umrahmten roten Schaukelsitz schon einmal gesehen hat. Ohne ein weiteres Wort zu sagen, ließ sie Dagos Hand los und rannte zur Tür.

Während sie mit ihrem Rad durch die Altstadt raste, versuchte Fanny, ihr Telefon zwischen Schulter und Ohr geklemmt, Lars zu erreichen. Sein Handy klingelte mehrmals eine gefühlte Ewigkeit, am Ende sprang jedoch immer nur die Mailbox an. Fanny versuchte es wieder und wieder, bis Maria schließlich abnahm und verwundert fragte, was denn los sei.

»Wo ist Lars? Ich muss dringend mit ihm sprechen!«, rief Fanny gehetzt ins Telefon, während sie mit dem Fahrrad in die Heilgeiststraße einbog.

»Du, der hängt gerade überm Klo. Den hat wohl irgendein Magen-Darm-Virus erwischt. Es geht ihm ziemlich beschissen. Soll ich rein und ihn dir geben?«

Fanny biss sich auf die Lippe. »Nee, nee, lass mal. Sag ihm einfach nur, dass er mich unbedingt anrufen soll, sobald es ihm etwas bessergeht.«

Sie trat kräftig in die Pedale, schob sich beim Fahren das Telefon in die hintere Hosentasche, durchquerte das Kütertor und fuhr dann über die weißen Brücken. Als sie dort links abbog und in Richtung Bahnhof fuhr, fiel ihr Blick auf den Himmel. Ein Sommergewitter braute sich über ihr zusammen. Vereinzelt zuckten bereits ein paar Blitze. Dazu donnerte es bedrohlich. Noch war es trocken, aber es war wohl nur eine Frage der Zeit, bis der Regen durch die schweren, dunklen Wolken brechen würde.

13

Alte Angst geht, neue Angst kommt
An der Kante zum Abgrund mit bunten Ballons
Drei Zimmer mit Balkon
Das bisschen Blaulicht, was da schimmert zwischen Himmel
und Beton
Materia

Henrike Winkler war in Wirklichkeit deutlich kleiner, als sie auf dem Foto gewirkt hatte. Denn inzwischen war Fanny klar – das Haus der Winklers war ihr wegen des Fotos mit der roten Holzschaukel und den Brombeerbüschen, das ihr damals in Melanie Schmidts Wohnung in die Hände gefallen war, so bekannt vorgekommen. Unter den blassblauen Augen von Chiaras Pflegemutter lagen tiefe Ringe und ihre Haut schimmerte gräulich in der Abenddämmerung. Sie stand wie festgefroren in der Haustür und sah Fanny irritiert an. Es war eindeutig, dass Henrike Winkler an diesem Abend nicht mehr mit Besuch gerechnet hatte.

Fanny sah fast genauso irritiert aus. In dem Moment, in dem ihr Henrike Winkler gegenüberstand, war sie sich auf einmal nicht mehr sicher, ob das, was sie hier tat, richtig war. Sie hatte keinen Plan. Sie schaute nach rechts. Aus dem Augenwinkel sah sie ihr Fahrrad, das sie an der

Stange eines Verkehrsschilds angekettet hatte. Sie könnte sich einfach umdrehen und nach Hause fahren. Eine gefühlte Ewigkeit lang stand sie einfach nur da. Dann schluckte sie ihre Angst herunter wie ein Stück Steak, das man nicht richtig gekaut hatte, und wandte sich wieder der Haustür der Winklers zu. Sie war ja nur da, um Fragen stellen, den Winklers auf den Zahn zu fühlen. Den Rest würde sie Lars erledigen lassen.

»Ja bitte?«, fragte Henrike Winkler und strich sich mit einer fahrigen Handbewegung eine Haarsträhne aus dem Gesicht. Ihre Haare, auf dem Foto in Melanie Schmidts Ordner noch ein eleganter Pixie-Schnitt, waren mittlerweile auf Kinnlänge gewachsen.

»Bitte entschuldigen Sie die Störung«, sagte Fanny so ruhig wie möglich, »mein Name ist Fanny Wolff, ich bin von den *Ostsee-Nachrichten* und recherchiere über Melanie Schmidt.«

Henrike Winkler starrte sie an wie einen Geist. Für einen Moment entglitten ihr die mühsam zusammengehaltenen Gesichtszüge. Sie schloss kurz die Augen. Nach wenigen Sekunden hatte sie sich jedoch wieder gefangen.

»Wenn es gerade ungünstig ist, komme ich gerne ein anderes Mal wieder«, sagte Fanny schnell. Aus irgendeinem Grund bereute sie es, hergekommen zu sein.

»Ist schon okay«, Henrike Winkler machte eine wischende Handbewegung, »kommen Sie rein, Frau Wolff.«

Henrike Winkler, die Fanny auf Mitte vierzig schätzte, führte sie durch einen kurzen Flur und blieb dann im Wohnzimmer stehen. Das geräumige Zimmer sah so aus, wie man es von außen erwartete. Holzfußboden, ein schicker, moderner Kamin in der Ecke und sparsam eingesetzte Möbel. Hinter den riesigen Panoramafenstern lag die Terrasse. Das ganze Haus schien aus klaren, geraden Linien zu bestehen. Es war sicherlich nicht der gemütlichste Ort, aber es zeugte von einer unaufgeregten Eleganz. Auf dem Designer-Sofa lag ein Babyphon, mit dem man über eine Kamera einen direkten Blick in Chiaras Bettchen werfen konnte. Fanny vermutete, dass das Kind in einem der Räume im oberen Stockwerk schlief, zu dem eine schlichte linear ansteigende Holztreppe gegenüber den Terrassenfenstern führte.

»Kann ich Ihnen etwas anbieten? Wasser? Wein? Eistee?«, fragte Henrike Winkler höflich. Sie selbst hatte es sich, das sah Fanny an dem Rotwein auf dem Glastisch vor dem Sofa, wohl gerade bequem gemacht. Herr Winkler schien nicht zu Hause zu sein.

»Einen Eistee gerne«, antwortete Fanny, und Henrike Winkler verschwand in die Küche.

Fanny sah ihr nach. Dann schaute sie sich im Wohnzimmer um. Sie entdeckte mehrere Fotografien auf dem Kaminsims, alle in demselben hellen Rahmen. Sie zeigten vornehmlich die kleine Familie Winkler, inklusive Chiara. Vor allem Chiara. Chiara, wie sie Enten bestaunt. Wie sie mit einem kleinen roten Rucksack in die Kita läuft. Planschend in der Badewanne. Und Eis schleckend. Auf diesen Fotos wirkte Chiara völlig anders als auf den Bildern, die Melanie bei Facebook gepostet hatte. Sie sah aus wie eine Tochter aus besserem Hause. Wenn auch ihre dunklen Haare verrieten, dass diese nordischen Typen neben ihr nicht ihre leiblichen Eltern sein konnten. Fanny drehte sich kurz prüfend um, aber Henrike Winkler schien immer noch in der Küche beschäftigt zu sein. Sie ging ein paar Schritte durch das Wohnzimmer und blieb vor dem raumhohen Regal mit Büchern stehen. Die gesamte untere Reihe war mit Kinderbüchern gefüllt. Fanny ließ ihren Blick über die bunten Bilderbücher schweifen. *Der Grüffelo. Wutz, Butz und Papa Bär. Elmar.* Und ganz links im Fach, fast schon sarkastisch, *Wo ist Mami?* Darüber standen die Erwachsenenbücher. Ein Querschnitt deutscher und amerikanischer Literatur. Klassiker. *Der Fänger im Roggen. Gatsby. Die Buddenbrooks. Der Zauberberg. Homo faber.* Aber auch: *Ein fliehendes Pferd. Der Turm. Im Stein.* Und ein Buch namens *Fünf Kopeken.* Daneben folgte ein Regal mit Biografien. Clinton. Kohl. Schröder. Mandela und Steve Jobs. Dann eine weitere Reihe mit Bildbänden.

Dieses Bücherregal schrie geradezu Bildungsbürgertum, dachte Fanny und schlenderte zurück zum Sofa. In dem Moment, als sie sich wieder hinsetzte, kam Henrike Winkler mit einem Tablett zurück. Sie stellte eine große Karaffe mit Eistee und darin schwimmenden Zitronenscheiben auf ein kleines Platzdeckchen auf dem Tisch und goss Fanny ein Glas ein. Prüfte ihr Werk, fuhr mit der Hand über eine kleine Wasserablagerung auf der Glasplatte und setzte sich dann auf einen Sessel, bei dem es sich, wenn Fanny sich nicht völlig täuschte, um einen Entwurf von Mies van der Rohe handelte.

Diese zwei Welten, Melanie Schmidts und die der Winklers, hätten unterschiedlicher nicht sein können, ging es Fanny durch den Kopf. Wie schwer das für Chiara gewesen sein musste, zwischen diesen beiden Leben hin- und herzupendeln.

»Was wollen Sie denn über Melanie wissen? Ich bin mir gar nicht sicher, ob ich Ihnen weiterhelfen kann.«

»Nun, Melanies Tochter Chiara lebt ja immerhin bei Ihnen.«

Henrike Winkler lächelte mit zusammengepressten Lippen. »Chiara ist unser Sonnenschein.«

»Sie kümmern sich um das Mädchen, seitdem sie sehr klein ist, oder?«

»Ja, Melanie Schmidt hat Chiara freiwillig in Pflege gegeben, als die Kleine vier Monate alt war.«

»Und Sie waren von Anfang an ihre Pflegeeltern?«

Henrike Winkler nickte und griff nach ihrem Weinglas. Sie schien aber nicht wirklich vorzuhaben, daraus zu trinken. Es wirkte eher, als brauche sie etwas zum Festhalten. »Mein Mann und ich haben jahrelang versucht, Kinder zu bekommen. Aber es sollte nicht sein. Dann haben wir ewig darauf gewartet, ein Kind adoptieren zu dürfen. Als der Anruf vom Jugendamt kam, war das wie ein Wunder.«

»Das kann ich mir gut vorstellen. Sie haben sich aufopferungsvoll um das Mädchen gekümmert.«

»Ich habe sie sofort ins Herz geschlossen. Sie ist unser Kind«, die Stimme von Henrike Winkler wurde trotzig, dann zuckte sie, als hätte sie sich über ihre eigene Reaktion erschrocken, leicht zusammen. »Ich weiß nicht, ob Sie das verstehen können«, fuhr sie leise fort, »Chiara ist bei uns aufgewachsen. Sie nennt uns Mama und Papa. Und das sind wir auch.«

»Natürlich«, bemühte sich Fanny schnell zu sagen. »Hatten Sie viel Kontakt mit Chiaras leiblicher Mutter?«

»Am Anfang weniger, dann gab es eine Zeit, in der Melanie Chiara einmal die Woche für ein paar Stunden sehen durfte.«

»Das Jugendamt wollte, dass die leibliche Mutter eine wichtigere Rolle in Chiaras Leben spielt. Die Option, Chiara komplett zurück in Melanies Obhut zu geben, stand im Raum ...«

Aber Fannys Worte schienen Henrike Winkler gar nicht richtig zu erreichen. »Wir wollten Chiara von Anfang an adoptieren.«

»Sie haben dafür Anwälte eingeschaltet?« Fanny erinnerte sich dunkel an den Briefumschlag von der Stralsunder Kanzlei, der in Melanies Wohnung gelegen hatte.

Henrike Winkler starrte in ihr Glas, sie wiegte es leicht in ihrer Hand hin und her. Der Rotwein plätscherte von rechts nach links und wieder zurück. Sie nahm einen großen Schluck, so groß, dass das Glas danach fast leer war. »Yagmur, Chantal, Jessica, Lara Mia ... sagen Ihnen diese Namen etwas?«

»Sie meinen Fälle der Kindstötung?« Fanny erinnerte sich daran, mal etwas über den Prozess im Fall der kleinen Yagmur gehört zu haben. Sie war ein paarmal mit der Gerichtsreporterin aus ihrer ehemaligen Redaktion mittagessen gewesen. Wahrscheinlich hatte sie ihr davon erzählt.

»Ich habe jede einzelne ihrer Geschichten gelesen. Das jahrelange Martyrium von Jessica, die eingesperrt in einem verdunkelten Zimmer, langsam verhungerte. Oder

Yagmur, die von ihren Eltern über Monate zu Tode geprügelt wurde ...«

»Hat Melanie Schmidt Chiara geschlagen?«

»Das ist doch gar nicht der Punkt! Melanie war ständig auf Drogen. Da hätte doch alles Mögliche passieren können! Vielleicht hätte sie einfach mal tagelang Party gemacht und völlig vergessen, dass Chiara bei ihr zu Hause liegt. Oder sie hätte einen Kerl mit nach Hause gebracht, der sich an Chiara vergeht. Das hätte ihr alles zustoßen können. Und ich habe mir geschworen, dass Chiara so etwas nicht erleben muss.«

Fanny nickte verständnisvoll. Sie versuchte, Henrike Winkler das Gefühl zu geben, dass sie ihre Angst nachvollziehen konnte. Konnte sie ja irgendwie auch. Wenn man über diese Kindstötungen las, wurde man sicher schnell verrückt vor Angst, zumal, wenn man in einer so ähnlichen Konstellation lebte, und das war hier der Fall gewesen. »Vor ihrem Tod wollte Melanie das Sorgerecht für Chiara zurückbekommen«, fuhr Fanny vorsichtig fort, »das muss ein ganz schöner Schock für Sie gewesen sein.«

»Wissen Sie, Frau Wolff, das stand ja immer im Raum. Wir haben immer gebangt. Jeden Morgen wache ich auf und frage mich, ob man mir heute Chiara wegnehmen wird. Deutsche Jugendämter glauben, dass Kinder bei ihren leiblichen Eltern am besten aufgehoben sind. Manchmal habe ich sogar gehofft, dass Melanie ihr Leben wieder in den Griff bekommt und Chiara zu ihr zurückkehren kann. Einfach nur, weil ich wollte, dass dieses ständige Hin und Her endlich ein Ende hat. Aber Melanie hat ihre unzähligen Chancen immer wieder verspielt. Sie tauchte nicht zu den verabredeten Zeiten auf. Ein paarmal war sie eindeutig auf Drogen. Und deswegen haben wir am Ende alles dafür getan, Chiara adoptieren zu können.«

Fanny hörte der Frau aufmerksam zu. Henrike Winklers ganzer Körper hatte sich zu einer entschlossenen Mauer formiert. Sie haben alles dafür getan, Chiara adoptieren zu können ... In Fanny machte sich ein beklemmendes Gefühl breit. Angst stieg in ihr auf und schnürte ihr die Kehle zu. Eine innere Stimme schien zu brüllen: ›Hau ab. Fahr wieder nach Hause!‹ Aber Fanny blieb stur auf dem Sofa sitzen. Sie hatte Kriege und Terror überlebt, es gab doch nicht den geringsten Grund, sich hier in diesem eleganten Haus zu fürchten. »Aber Melanie hat auf einmal einen Vater angegeben«, sagte sie und schaute Henrike Winkler dabei direkt in die Augen, »jetzt hätten Sie auch seine Zustimmung für eine Adoption gebraucht.«

»Er hat die Verzichtserklärung inzwischen unterschrieben«, antwortete Henrike Winkler kühl, und Fanny konnte ihre Überraschung über diese Aussage nicht verbergen. Warum hatte Dago ihr davon nichts erzählt?

»Sie werden Chiara also adoptieren können?«

Sie nickte langsam. »Der Bescheid soll in der kommenden Woche rausgehen. Mein Mann hat heute erst mit dem Jugendamt gesprochen.«

»Das freut mich für Sie.« Fanny lächelte Henrike Winkler an, »Wo ist Ihr Mann eigentlich?«

»Er hat Dienst.«

»Was arbeitet er denn?«

»Mein Mann ist Chirurg im Krankenhaus.«

Fanny schluckte. Auch wenn sie nie eine große Puzzlerin war – ihr mangelte es meistens an Geduld –, langsam fügte sie alle Teile zu einem Bild zusammen. »Verstehe. Sie sind sicherlich froh, dass der Albtraum jetzt ein Ende hat.«

»Wie meinen Sie das?«

»Na dieses ewige Hin-und-her-Gezerre von Chiara. Das war doch eine schlimme Belastung für Sie beide ...«

Henrike Winkler schaute sie mit feuchten Augen an. »Es war schrecklich. Immer wenn wir Chiara weggeben mussten, hat sie bitterlich geweint. Sie hat sich so wohl bei uns gefühlt und konnte nicht verstehen, warum wir sie weggaben. Es hat mir jedes Mal das Herz gebrochen.«

»Ich kann mir vorstellen, dass Sie Melanie Schmidt manchmal geradezu gehasst haben müssen ...«, wagte sich Fanny vor.

»Nein«, antwortete Henrike Winkler schnell, »sie hat mir eher leidgetan. Sie kam doch selbst aus ganz zerrütteten Verhältnissen. Sie wollte sich ja um Chiara kümmern, sie konnte es nur nicht.«

»Wie war es für Sie, als Sie von Melanies Tod erfahren haben?« Fanny nahm den letzten Schluck Eistee. Henrike Winkler machte keine Anstalten, ihr etwas nachzuschenken. Sie saß steif auf dem Sessel und ihre einzige Bewegung war ein gleichmäßiges Drehen ihres Eherings an der linken Hand.

»Worüber schreiben Sie in Ihrem Artikel?«, fragte sie auf einmal.

»Na ja, im Grunde genommen über Melanies Leben.

Und über den Mord an ihr und ihrer Freundin Janine Borgwardt.«

Henrike Winkler zuckte zusammen, als wenn sie von einem Schlag getroffen worden war.

»Mein Bruder, Lars Wolff, ist der ermittelnde Kommissar in der Sache«, fügte Fanny noch schnell hinzu. Sie sagte es so, als wenn dies ihr Schutzschild wäre. Ihr Bruder der Kommissar. Niemand würde sich mit ihr anlegen wollen.

»Wenn Sie dann keine weiteren Fragen mehr haben ...« Henrike Winkler sah sich unschlüssig um.

»Was ist in der Nacht, als Melanie starb, passiert?«

»Ich verstehe nicht, worauf Sie hinauswollen, Frau Wolff.«

»Sie war auf dem Weg zu Ihnen. Mit einem Überraschungsei. Wollte sie Chiara mitnehmen? Sie entführen?«

»Ich weiß nicht, wovon Sie sprechen. Melanie war nicht hier.« Henrike Winklers Stimme wurde lauter. Wie auf Stichwort drang ein Wimmern von Chiara aus dem Babyphon. »Bitte entschuldigen Sie mich kurz.« Sie nahm das Gerät und lief eilig die Treppe rauf.

Fanny sah ihr nach und als sie oben die Tür klappen hörte, griff sie nach ihrem Handy. »Warum hast du mir nicht erzählt, dass du die Verzichtserklärung für Chiara inzwischen unterschrieben hast?«, textete sie an Dago.

»Woher weißt du das?«, kam wenige Sekunden später zurück.

»Das hat mir Henrike Winkler gerade erzählt.«

»Was machst du bei den Winklers?«

Fanny überlegte, was sie darauf antworten sollte. Doch bevor sie dazu kam, einen weiteren Gedanken zu fassen, traf sie auf einmal ein dumpfer Schlag am Hinterkopf. Dann wurde alles um sie herum schwarz.

Als Fanny wieder zu sich kam, saß sie in einem dunklen Raum. Sie hatte einen süßlichen Geschmack im Mund und fragte sich, ob das Blut war. Ihr Blut. Fanny kniff die Augen zusammen und stöhnte leise, ihr Kopf dröhnte, als ob jemand von innen daran herumhämmerte. Es fühlte sich an, als klaffe schräg über ihrem rechten Ohr ein riesiges Loch. Sie hätte sich gerne an den Hinterkopf gefasst und überprüft, wie groß die Wunde war, von der sie eindeutig spürte, dass es sie gab. Aber ihre Hände waren hinter der Lehne des Stuhls, auf dem sie wie ein Sack hing, zusammengebunden. Sie drehte ihren Kopf langsam und dehnte sich vorsichtig in alle Richtungen und so gut sie eben konnte.

Wo auch immer sie war, hier war schon lange nicht mehr gelüftet worden. Ein leichter Dieselgeruch stieg ihr in die Nase und Fanny vermutete, dass Henrike Winkler sie in der Garage eingesperrt hatte. Sie versuchte an sich herunterzuschauen, da sie spürte, dass auch ihre Füße gefesselt waren. Aber selbst wenn sie das geschafft hätte, es wäre zu dunkel gewesen, um irgendetwas erkennen zu können. Sie streckte sich und spürte, dass ihre Knöchel fest mit Packband oder etwas Ähnlichem zusammengeschnürt worden waren. Sie versuchte, ihre Füße auch nur ein bisschen zu bewegen, aber es gelang ihr nicht. Immerhin gewöhnten sich ihre Augen langsam an die

Dunkelheit, wobei sie auch nach einigen Minuten nur schwache Konturen ihrer Umgebung erkennen konnte. Ihr gegenüber lag eine Tür, an deren Schwelle ein klein wenig gedämpftes Licht den Weg in die Garage fand. Ein paar Meter von ihr entfernt stand ein großes dunkles Objekt, wahrscheinlich ein Auto. Das Garagentor vermutete Fanny hinter sich. Sie versuchte sich zu drehen, aber ein stechender Schmerz im unteren Rücken hielt sie davon ab. Sie jammerte kurz auf. Fanny hätte jetzt gerne geweint, doch sie fühlte sich viel zu erschöpft dafür. Vor Wut zu schreien wäre auch eine Option gewesen; immerhin hatte man ihr nicht auch noch einen Knebel angelegt, aber damit hätte Fanny nur unnötig Aufmerksamkeit erregt. Besser, Henrike Winkler wusste erst einmal nicht, dass sie wieder zu sich gekommen war.

Sie schloss die Augen. Unfassbar, dass sie ihre innere Alarmanlage so sträflich ignoriert hatte. Sie hatte all die Chancen, einfach wieder zu gehen, auf ihr Rad zu steigen und nach Hause zu Lars und Maria zu radeln, verpasst.

»Der Unwissende hat Mut, der Wissende hat Angst«, fiel ihr das Mantra ihres ehemaligen Chefredakteurs ein. So ein blöder Satz. Er hatte ja wohl am meisten davon profitiert, dass Fanny nicht zu den Menschen gehörte, die sich schnell fürchteten. Wie man aber sah, wäre in ihrer jetzigen Lage ein wenig mehr Angst durchaus hilfreich gewesen. Sie hatte Henrike Winkler eindeutig unterschätzt. Selbst dann noch, als ihr eigentlich schon längst klar war, dass sie Melanie und Janine umgebracht haben musste.

Das war wohl ihre größte Schwäche, dachte Fanny

wütend über sich selbst, dass sie sich immer für cleverer hielt als ihr Gegenüber. Dass sie, auf eine völlig absurde, abgehobene Art dachte, die Verhaltensweisen anderer Menschen berechnen und lenken zu können. Sie war größenwahnsinnig. Vielleicht hatte sie im beschaulichen Stralsund die Gefahr aus ihrem früheren Leben vermisst. Wie bescheuert sie doch war. Wahnsinnig. Bescheuert. Und jetzt? Fuck. Und jetzt? *Fuck. Fuck. Fuck.*

Sie versuchte einen klaren Gedanken zu fassen. Immerhin hatte die Winkler sie nicht gleich vors Auto geworfen und überrollt. Sie lebte, und sie würde hier wieder herauskommen. Spätestens, wenn Lars und Maria sich wunderten, wo sie abblieb. Zum Glück hatte sie immerhin Dago geschrieben, dass sie bei den Winklers war. Lars würde früher oder später bestimmt Dago anrufen und dann eins und eins zusammenzählen. Und sie hoffte, dass das eher früher als später passierte. In der Zwischenzeit musste sie selbst gucken, ob sie sich irgendwie helfen konnte. Das Klebeband an ihren Händen, das spürte Fanny deutlich, war weniger fest angebracht als das an ihren Füßen. Wenn es ihr irgendwie gelänge, sich von den Fesseln zu befreien, dann wäre dies immerhin ein Anfang.

Als sie völlig das Zeitgefühl verloren hatte, frustriert vom vergeblichen Herumrutschen auf ihrem Stuhl, hörte Fanny, wie sich von draußen Schritte näherten. Sie hatte sich gerade einmal ein paar klägliche Zentimeter vom Fleck bewegt. Immer in der Hoffnung, es irgendwann zu irgendetwas zu schaffen, das ihr helfen würde, die Fesseln an ihren Händen aufzuschneiden. Ein Gegenstand, an dem sie ihre Handgelenke so lange reiben könnte, bis das Klebeband riss. Da ihr Stuhlrücken nicht besonders erfolgreich war, würde, wer auch immer jetzt zu ihr kam, wenigstens wohl kaum bemerken, was sie vorhatte. Die Tür öffnete sich langsam, wobei sie ein quietschendes Geräusch machte. Licht schien kegelförmig in den Raum, und Henrike Winkler tauchte im Türrahmen auf. Anscheinend befand sich neben der Garage ein Hauswirtschaftsraum, denn im Hintergrund meinte Fanny eine Waschmaschine zu erkennen. Henrike Winkler hielt ein Glas Wasser in der Hand, in der Mitte tanzte ein roter Strohhalm aufgeregt in der Kohlensäure.

»Oh, Sie sind wach«, rief Henrike Winkler erstaunt, als sie in Fannys erschrockenes Gesicht blickte.

Fanny wusste selbst nicht genau, warum sie so erschrocken schaute. Wahrscheinlich wurde ihr in diesem Moment restlos klar, dass all dies hier kein Versehen oder schlechter Scherz war. Kein Albtraum, aus dem sie gleich wieder aufwachen würde. Henrike Winkler hatte sie eingesperrt. Gefangen genommen. Und das mit voller Absicht. Die Aussicht, so wie Melanie Schmidt oder Janine Borgwardt zu enden, jagte Fanny einen kalten Schauer über den Rücken. »Sie können mich hier doch nicht einsperren. Mein Bruder wird bald nach mir suchen ...«

»Das habe ich mir auch schon überlegt«, sagte Henrike Winkler nachdenklich und zog etwas aus der hinteren Hosentasche, das wie Fannys Handy aussah, »Deswegen habe ich das hier an mich genommen. Sie müssen mir nur noch Ihre PIN geben und ich schreibe Ihrem Bruder in Ihrem Namen, dass alles okay ist.«

»Warum sollte ich das tun?«

Henrike Winkler lächelte seltsam entrückt. »Frau Wolff, ich will Ihnen nichts tun. Wenn Sie mir jetzt helfen, verspreche ich Ihnen sogar, dass ich Ihnen nichts tue. Aber ich muss Sie noch ein wenig hier festhalten ...«

Fanny schaltete sofort. »So lange, bis Sie schwarz auf weiß haben, dass Chiaras Adoption genehmigt ist ...«

»Ich wusste doch, dass Sie nicht auf den Kopf gefallen sind«, ihr Gesicht verfinsterte sich, »deswegen haben Sie vorhin auch so viele gemeine Fragen gestellt. Fragen, die nicht einmal der Polizei eingefallen sind.«

»Die Polizei war bei Ihnen?«

»Natürlich. Ich habe Ihren Bruder bereits kennengelernt. Wirkt kompetent. Nicht so ehrgeizig wie Sie, und auch nicht so ein Draufgänger.«

Fanny seufzte. Natürlich war Lars irgendwann einmal hier gewesen. Er hatte sicherlich alle möglichen Verbindungen zu Melanie überprüft. Aber anscheinend hatte Henrike Winkler ihm glaubhaft machen können, dass sie mit dem Mord an der jungen Frau nichts zu tun hat.

»Wo ist Ihr Mann? Weiß er, dass Sie mich hier eingesperrt haben?«

»Was tut das zur Sache?« Henrike Winkler kam ein paar Schritte näher. Sie hatte immer noch das Babyphone bei sich, es war an ihren Hosenbund geklemmt. Fanny schloss daraus, dass es noch Nacht war. Dabei kam es ihr so vor, als seien Tage vergangen, seitdem sie auf Henrike Winklers Sofa Platz genommen hatte.

»Wie sind Sie eigentlich auf mich gekommen?«, fragte Chiaras Pflegemutter, während sie Fanny das Glas mit dem Strohhalm hinhielt. Fanny trank hastig und leerte es fast in einem Zug. Erst jetzt hatte sie bemerkt, wie durstig sie gewesen war. Die Kohlensäure blubberte in ihrem ansonsten leeren Magen.

»Ich meine, nicht einmal Ihr Bruder hat uns auch nur ansatzweise verdächtigt.«

»Ich verstehe nicht, warum Sie Melanie umbringen mussten. Wenn sie wirklich Chiara entführen wollte, hätte das doch genügt, um ihr endgültig alle Chancen auf das Sorgerecht zu nehmen«, sagte Fanny statt einer Antwort.

Henrike Winkler schüttelte nur den Kopf. Sie stellte das Glas auf einem Regal im Nebenzimmer ab. Dann blieb sie in der Tür stehen und schaute Fanny lange an. Sie hatte immer noch kein Licht in der Garage angemacht, lediglich die Flurlampe schien durch die Tür hinein. Trotz ihrer offensichtlichen Müdigkeit und Erschöpfung war Henrike Winkler keine unattraktive Frau. Sie hatte ein markantes Gesicht mit einer runden, hohen Stirn. Schmale, geschwungene Lippen und eine lange, leicht gebogene Nase. So ein klassisches Adelsgesicht. Menschen mit solchen Gesichtern sahen irgendwie immer elegant und vornehm aus. Selbst wenn sie zwischen Hauswirtschaftsraum und Garage standen und gerade einen Menschen gefangen hielten.

»Wissen Sie, im Fall von der dreijährigen Yagmur, dem kleinen Mädchen aus Hamburg, da wussten alle, dass die leiblichen Eltern das Kind geschlagen haben. Es gab Gutachten und das Jugendamt wurde informiert. Und am Ende haben sie denen das Kind doch zurückgegeben. Nur damit die Eltern es dann ein paar Monate später zu Tode quälen konnten.«

»Aber Frau Winkler, das ist doch eine völlig andere Geschichte ...«

»Ist es?«, schrie Henrike Winkler sie auf einmal an. »Ist es? Wir denken immer, das ist doch was anderes. Die Thiele vom Jugendamt hat mir auch tausendmal erklärt, ›Frau Winkler, machen Sie sich nicht verrückt. Melanie Schmidt würde Chiara nie etwas antun‹«, sie imitierte die Stimme von Uta Thiele – zumindest glaubte Fanny das, da sie sich kaum mehr daran erinnern konnte, wie Uta Thiele klang. »Aber ich sage Ihnen eins: Als Chiara zu mir kam, da habe ich mir geschworen, ihr nie etwas zustoßen zu lassen.«

Fanny nickte langsam. »Ich verstehe Ihre Angst ja, Frau Winkler ...«

Henrike Winkler fixierte einen Punkt in der Dunkelheit. »Sie haben keine Kinder, oder?«

»Nein.«

»Dann können Sie das nicht verstehen. Glauben Sie mir, Sie können nicht verstehen, wie man einen Menschen so lieben kann, dass man alles tun würde, um ihn zu beschützen. Ich habe noch nie jemanden so geliebt wie Chiara. Sie ist mein Leben. Sie hat mein Leben erst wieder lebenswert gemacht. Bevor sie kam, war ich am Boden zerstört. Die jahrelangen Hormonbehandlungen, die unzähligen Male, die der Arzt uns mitteilte, dass es leider wieder nicht geklappt hat. Die Fehlgeburten. Ich war am Ende. Ich habe geglaubt, dass ich nie ein Kind haben würde. Ich habe mich damit abgefunden und bin in tiefste Depression verfallen. Und dann kam Chiara und hat Licht in meine Dunkelheit gebracht. Ich werde sie nie wieder hergeben, sie gehört zu mir.«

»Indem Sie mich hier unten festhalten, verbessern Sie Ihre Chancen nicht gerade ... Drei Morde, Frau Winkler. Dafür gehen Sie lebenslänglich in den Knast.«

Henrike Winkler schüttelte heftig den Kopf. »Ich werde Ihnen nichts tun ...«

»Und was ist mit Janine Borgwardt? Sie haben sie überfahren. Genauso wie Melanie ...«

»Das mit Janine war ein Unfall. Ein unglücklicher Unfall ... Sie wollte sich mit mir treffen und dann stand sie dort auf einmal ... mitten auf der Straße ...«

Fanny sah Henrike Winkler prüfend an. Ob sie selbst daran glaubte, was sie hier erzählte? »Janine hat herausgefunden, dass Melanie in der Nacht ihres Todes zu Ihnen wollte. Was hat sie dann gemacht? Wollte sie Geld? Hat sie Sie erpresst?«

»Sie können das mit den Fragen nicht lassen, Frau Wolff«, sagte Henrike Winkler scharf. Dann hielt sie erneut Fannys Handy hoch. »Sagen Sie mir jetzt sofort Ihre PIN!«

»Und was, wenn nicht? Sie können mich ja schlecht hier im Keller überfahren ...«

Henrike Winkler sah sie einen Moment irritiert an. Dann schmiss sie die Tür zu und Fanny hörte, wie sich ihre Schritte schnell entfernten. Sie schaute ihr besorgt hinterher. Was hatte diese Frau vor? Warum konnte sie nicht ihre große Klappe halten? Henrike Winkler war immerhin eine Mörderin. Eine Mörderin! Die zu provozieren war sicherlich die schlechteste Idee in dem ganzen Haufen von schlechten Ideen, die sie in den letzten 24 Stunden gehabt hatte.

Kurze Zeit später kam Henrike Winkler polternd wieder angelaufen. Sie riss die Tür auf, und Fanny zuckte zusammen, als sie sah, dass Henrike Winkler jetzt eine Waffe in der Hand hielt.

14

*Es gehen die Tage,
du stehst und siehst,
es bleibt vom Fluss doch nur,
dass er fließt.*
Holger Biege

»Überzeugt Sie das?«, sagte sie mit kalter Stimme und ihr Vorsatz, Fanny nichts zu tun, schien auf einmal dahin.

Fanny ratterten die Gedanken durch den Kopf. »Okay, okay«, rief sie schnell, »eins neun acht null, das ist der Code.«

»Neunzehnhundertachtzig«, murmelte Henrike Winkler und legte jetzt immerhin die Waffe beiseite. »Was schreibe ich ihm am besten?«, sagte sie zu sich selbst.

»Schreiben Sie ihm, dass ich spontan mit Katrin einen verlängerten Wochenendtrip nach Berlin mache. Und dass ich mich melde, wenn wir zurück sind. Das wird ihn beruhigen und er wird sich nicht fragen, wo ich eigentlich stecke.« Wenn ihr Bruder diese Nachricht las, würde er sofort wissen, dass etwas nicht stimmte. Im Leben würde sie nirgendwo mit Katrin hinfahren!

Henrike Winkler schaute sie misstrauisch an. »Ich warne Sie, Frau Wolff, wenn Sie versuchen, mich auszutricksen ...«

»Katrin ist meine beste Freundin. Das können Sie mir glauben. Schauen Sie in die Fotogalerie. Da ist ein Bild von uns beiden, es müsste eines der letzten Fotos sein.« Dass es sich bei der Frau auf dem Bild um Maria handelte, konnte Henrike Winkler ja zum Glück nicht ahnen.

Die Pflegemutter von Chiara guckte kurz auf das Handydisplay und begann dann die Nachricht einzutippen. Das klickende Geräusch der Tastaturanschläge war nun das Einzige, was in der Totenstille der Garage zu hören war. Als sie fertig war, steckte sie sich das Handy wieder in die hintere Hosentasche.

Fanny hoffte inständig, dass Lars jetzt keine höchst verwirrte Antwort zurückschickte. So was wie »Hä? Mit Katrin? Was meinst du denn damit, Fanny? Wo bist du? Was ist los?«.

Dann hätte Henrike Winkler natürlich sofort kapiert, dass etwas nicht stimmte. Die drehte sich um und schien gehen zu wollen. Fanny überlegte fieberhaft, wie sie sie in ein weiteres Gespräch verwickeln könnte. Es kam ihr eigentlich nicht so vor, als schlummere besonders viel kriminelle Energie in dieser Frau. Andrerseits war ihr bewusst, dass das, in Anbetracht der zwei Menschen, die Henrike Winkler auf dem Gewissen hatte, ein seltsamer Gedanke war. Allein die Tatsache, dass sie glaubte, mit der offiziellen Adoption von Chiara wäre alles in Ordnung, zeigte, dass sie jeden Realitätssinn verloren hatte. Das war das Gefährlichste an ihr. Sie war vielleicht kein Mensch, der in einer anderen Situation, in einem anderen Leben, solch schlimme Verbrechen begangen hätte – aber in ihrer Verzweiflung war Henrike Winkler eine tickende Zeitbombe. Und welche Rolle ihr Mann bei alldem spielte, konnte Fanny noch überhaupt nicht abschätzen. Aber die Winkler schien zumindest im Grunde genommen kein Monster zu sein. Wenn sie es geschickt anstellte, würde es ihr vielleicht sogar gelingen, die Frau dazu zu bringen, sie laufen zu lassen.

»Wissen Sie, ich war vor einer Weile, ähm, genauer gesagt vor vier Jahren, in einem Flüchtlingslager im Libanon. Dort gab es so viele Kinder und vor allem ein kleines Mädchen ist mir in Erinnerung geblieben. Sie hieß Fatma ...«, begann Fanny zu erzählen. Sie redete einfach darauflos. Erzählte davon, wie verzweifelt Fatmas Eltern gewesen waren, weil am Ende des Monats nie genug Geld übrig war, um die teuren Medikamente für ihr asthmakrankes Kind zu kaufen. Und wie die feuchten Wände ihrer ärmlichen Behausung alles nur noch schlimmer machten. Fanny hatte keinen Ahnung, was sie mit dieser Geschichte bewirken wollte. Aber immerhin hörte Henrike Winkler ihr zu. Sie öffnete sich sogar einen Klappstuhl und setzte sich hin.

»Wissen Sie, was aus Fatma geworden ist?«, fragte sie schließlich, als Fanny nichts mehr zu sagen wusste.

»Sie müsste heute ungefähr 16 Jahre alt sein. Ich hoffe, sie hat es nach Tripoli geschafft.«

»Ich dachte immer, Tripoli läge in Libyen.«

»Das ist Tripolis. Tripoli liegt im Norden vom Libanon. Gar nicht weit weg von Homs und Aleppo, den syrischen Städten, die in letzter Zeit recht oft in den Nachrichten waren.«

»Ist es nicht schrecklich, dass Kinder so aufwachsen

müssen? Diese ganzen armen Mäuse. Als das mit den Flüchtlingen losging, habe ich Thomas, meinem Mann, vorgeschlagen, auch eine Flüchtlingsfamilie oder einen der unbegleiteten Minderjährigen bei uns aufzunehmen ...«

»Das ist doch eine tolle Idee ...«

Henrike Winkler nickte gedankenverloren. »Ja, aber es ist wohl besser, dass Thomas dagegen war. So sind wir ungebunden und können jederzeit ...« Sie unterbrach sich selbst.

Der letzte Satz von Henrike Winkler machte Fanny stutzig. Er klang fast so, als ob die Winklers vorhatten, auf eine Reise zu gehen.

»Wollen Sie verreisen?«, fragte Fanny prompt und begriff im nächsten Moment die Absurdität der Situation. Sie, die Gefesselte, fragte ihre Entführerin, ob sie verreisen wolle. Ganz so, als handele es sich um Small Talk zwischen Nachbarinnen.

»Was? Nein«, antwortete Henrike Winkler erschrocken, »ich meine nur so generell. So eine ganze Familie, das ist ja eine große Verantwortung. Und diese Jugendlichen, mein Gott, was die alles durchgemacht haben. Das können die doch gar nicht verarbeitet haben. Und ich würde ja nicht wollen, dass Chiara etwas passiert. Am Ende weiß man doch nie, wen man sich da ins Haus holt.«

Und das aus dem Mund einer Mörderin. Fanny schob den Gedanken beiseite und überlegte, was sie Henrike Winkler noch fragen könnte. »Wo arbeiten Sie denn eigentlich?«

Henrike Winkler schüttelte den Kopf. »Früher, da hatte ich einen kleinen Buchladen. Direkt an der Gänseliesel in Göttingen.«

»Ach, Sie kommen ursprünglich aus Göttingen?«

»Gebürtige Braunschweigerin. Ich habe in Göttingen studiert und dort meinen Mann kennengelernt.«

Die Situation wurde immer absurder. Jetzt saßen sie hier und glichen im Plauderton Lebensdaten ab. Aber Fanny wusste nicht, wie sie sonst das Vertrauen von Henrike Winkler gewinnen konnte. Sie war nun einmal am besten darin, Fragen zu stellen. »Und was hat Sie nach Stralsund verschlagen?«

»Als Thomas die Stelle als Chefarzt und ärztlicher Direktor am Sund-Krankenhaus angeboten wurde, konnten wir nicht nein sagen. Und uns hat in Göttingen ja auch nicht wirklich viel gehalten. Mein Laden lief eh mehr schlecht als recht und hätte bald sowieso irgendeiner Filiale von irgendeiner Kette weichen müssen. Und als Chiara dann hier zu uns kam, war ich froh, mich voll und ganz um sie kümmern zu können.«

Fanny dachte über all das nach. Die Winklers hatten so viel zu verlieren! Wie hatten diese Bildungsbürger die Leiche von Melanie Schmidt ins Meer schmeißen können? Wie hatten diese zivilisierten Leute eine angefahrene Janine Borgwardt einfach auf der Straße liegen lassen können? Es war kaum vorstellbar. Der Teufel muss das Ehepaar geritten haben.

Fanny hatte schon oft in menschliche Abgründe gesehen. Aber sie hatten immer im Zusammenhang mit einer aus der Ordnung gefallenen Umgebung gestanden.

Waren in die Gewöhnung an das Böse eingebettet gewesen. Der Gedanke, dass die Verbrechen an Melanie und Janine inmitten von tiefer Normalität stattgefunden hatten, beunruhigte sie sehr. Nicht, dass ihr nicht theoretisch klar war, dass auch Ärzte morden konnten, dass auch Leute wie du und ich zu Extremen fähig waren – aber die Hoffnung, dass Menschen, wenn sie etwas zu verlieren hatten, nicht mehr so brutal und gewalttätig sein würden, hatte sie immer über all das Elend hinweggetröstet. Wenn es nur eine bessere Ausbildung gäbe, wenn die Menschen ein Haus hätten, das sie nicht verlieren wollten, wenn sie Liebe erfuhren. Alles Unsinn. Das Böse war überall. Es lauerte in jedem und wartete nur auf seine Chance.

»Werden Sie mich wirklich wieder gehen lassen?«, fragte Fanny kaum hörbar.

Henrike Winkler hatte in der Zwischenzeit ihr Babyphon zur Hand genommen und schaute gebannt auf den kleinen Bildschirm. »Manchmal liegt sie ganz verquer da und auf einmal fürchte ich, dass sie gestorben sein könnte. So wie Melody, ihre Schwester. Wussten Sie, dass plötzlicher Kindstod auch genetische Ursachen haben kann? Ich starre dann auf das Babyphon, um zu erkennen, ob sie atmet. Ob sich der Brustkorb hebt und senkt. Ob ihr kleines Ärmchen vielleicht zuckt. Dann versuche ich, mich selbst zu beruhigen. Mir klarzumachen, dass ich spinne. Statistisch gesehen, sterben Kinder mit über drei Jahren ja gar nicht mehr daran. Aber was, wenn sie nun etwas anderes hätte? Irgendeine seltsame Krankheit, von der man noch gar nicht weiß, dass sie existiert. Oder etwas, das nur ganz schwer zu entdecken ist.«

»Ich habe mir noch nie um irgendeinen Menschen so viele Sorgen gemacht«, stellte Fanny ehrlich fest.

»Ich weiß«, Henrike Winkler lächelte verlegen. »Früher hätte ich mir nie vorstellen können, dass ich mal so werde. Ich war nie ein Hypochonder oder so. Bin die Dinge ganz entspannt angegangen. Mit Chiara wurde alles anders. Ich hatte noch nie so viel zu verlieren.«

Fanny hörte auf einmal eine Tür schlagen. Sie sah in Henrike Winklers Gesicht, dass sie das Geräusch auch gehört hatte. »Das ist sicherlich mein Mann«, sagte sie schlicht und stand von ihrem Stuhl auf. Sie strich ihre Hose glatt und drehte sich um.

»Frau Winkler, ich habe schrecklichen Hunger. Können Sie mir vielleicht etwas zu Essen bringen?«, fragte Fanny schnell. Sie sah noch im letzten Licht, wie Henrike Winkler nickte. Dann schloss sich die Tür und sie saß wieder im Dunkeln. Thomas Winkler hatte gar nicht erst versucht, sein Auto in der Garage zu parken. Er wusste also Bescheid.

Eine Weile später höre Fanny gedämpfte Stimmen. Henrike Winkler und ihr Mann schienen über irgendetwas zu diskutieren. Und offenbar waren sie nicht derselben Meinung. Die Stimme von Thomas Winkler war tief und brummig. Er schrie nicht. Er brüllte nicht. Aber er wirkte trotzdem einschüchternd. Man hatte das Gefühl, was dieser Mann sagte, war Gesetz. Und Fanny konnte nur hoffen, dass das, was er dort oben sagte, Henrike Winkler zur Vernunft brachte.

Sie steht mit dem Rücken an der kahlen Hauswand. Spürt, wie der feuchte Putz langsam in ihren Pullover bröckelt. Es ist viel kälter, als sie erwartet hat. Warum sie dachte, dass es im Libanon immer warm sein müsse, war ihr jetzt auch nicht mehr klar. Es ist Winter. Doch selbst wenn die Sonne hier scheint, findet sie die Menschen in den engen Gassen von Shatila nicht.

Die Kinder, Mohammad und seine Schwester Fatma, zeigen den Fremden, was sie können. Mohammad hält eine Darbuka im Arm und trommelt wie ein Verrückter. Fatma, die unter ihrer langen schwarzen Tunika eine Jeans und auf dem Kopf ein weißes Kopftuch trägt, an den Füßen trotz der Kälte lediglich Flip-Flops, beginnt ausgelassen zu tanzen. Irgendwo stimmt ein Tamburin in die Melodie ein. Abdel, der Jüngste der Familie, springt in die Mitte des Raumes, schiebt seine Schwester beiseite und wartet bedeutungsschwer auf seinen Einsatz. Im richtigen Moment, gerade als das Trommeln seinen Höhepunkt erreicht, breitet er stolz die Arme aus. Seine Beine hopsen federleicht nach oben, er streckt den linken Fuß vor und zieht das Bein dann schnell zurück. Fatma dreht sich am Rand völlig in sich versunken im Kreis. Sie fängt ihren Blick auf und lächelt schüchtern, dann schlägt sie peinlich berührt die Hände vor dem Gesicht zusammen.

Fatma will nach Tripoli gehen, wenn sie groß ist. Dort ist es schön, sagt sie. Dort gibt es sogar Bäume!

Sie laufen mit den Kindern im Schlepptau hinaus. Gehen durch düstere Gänge. Steigen über Müllberge, einem Meer aus tausend Kippen. An jeder Ecke wehen Palästina-Fahnen und Graffiti schreit von den Wänden. Dazwischen ein halb abgerissenes Poster von Arafat, vergitterte Fenster ohne Scheiben und Baumaterialien, die doch nie zum Einsatz kommen werden. Heute ist es schlechter als gestern und morgen wird es schlechter als heute sein. Ein Gewirr aus Kabeln und Leitungen weist ihnen den Weg zu schmalen, steilen Treppen. Und wenn sie hochschauen, kein Himmel, sondern nur Dächer aus Wellblech.

Sie musste wohl eingenickt sein, als das Quietschen der Tür sie aus wirren Träumen aufschreckte. Henrike Winkler erschien im Lichtkegel, als wäre sie der Erlöser persönlich. Sie trug ein Tablett vor sich her und stellte es auf dem Stuhl ab, auf dem sie vorher gesessen hatte. »Ich wusste nicht, was Sie mögen«, sagte sie freundlich, »aber ich hatte noch etwas Risotto vom Mittag übrig.« Sie füllte das Essen auf einen großen Löffel auf und führte ihn zu Fannys Mund. Das Risotto war leicht versalzen, aber Fannys Hunger war zu groß, als dass sie sich daran gestört hätte. Henrike Winkler fütterte sie geduldig. Ab und zu hielt sie Fanny ein Glas Wasser hin.

»Kochen soll ja etwas Meditatives haben«, sagte Henrike Winkler plötzlich, »aber wissen Sie, es ist gar nicht so einfach, in Ruhe zu kochen, wenn man ein kleines Kind im Haus hat.«

»Es schmeckt wirklich gut.«

»Ist es Ihnen nicht zu salzig? Ich finde, es ist zu salzig. Für Chiara habe ich extra noch einmal eine neue Portion gemacht. Salz soll ja auch nicht so gesund sein.«

»Worüber haben Sie und Ihr Mann vorhin gestritten?«, fragte Fanny, die wieder zu Kräften gekommen war und neuen Mut geschöpft hatte.

Henrike Winkler schaute sie traurig an. »Darüber, wie es jetzt weitergeht.«

Irgendetwas gefiel Fanny an Henrike Winklers Gesichtsausdruck nicht. »Sie haben gesagt, dass Sie mir nichts tun werden ... Sie haben es versprochen.«

»Thomas meint, wir müssen weg hier. Mit Chiara natürlich. Ich will sie eigentlich nicht so aus dem Schlaf reißen, aber es ist wohl besser, wenn wir fahren, solange es noch dunkel ist.«

»Ich verspreche Ihnen, ich sage zu niemandem ein Wort ... Bitte lassen Sie mich gehen! Oder rufen Sie wenigstens von unterwegs die Polizei, damit die mich befreien kann.«

»Wir werden ein neues Leben anfangen. Thomas war mal bei den *Ärzten ohne Grenzen* ...«

»Sie wollen mit Chiara nach Afrika?«, fragte Fanny erstaunt.

»Um Gottes willen, da ist es doch viel zu gefährlich.«

»Wohin dann?«

Sie seufzte, dann sagte sie fast flüsternd: »Thomas hat Kontakte in Usbekistan. Er sagt, bei dem momentanen Flüchtlingschaos guckt sicher niemand so genau, wer entgegen der Flüchtlingsroute reist. Und Usbekistan kann man auf dem Landweg erreichen. Wenn wir dort sind, überlegen wir uns, wohin wir fliegen. Man kann dort gefälschte Pässe besorgen, alles kein Problem ...«

»Sag mal, bist du jetzt total verrückt geworden?«, schallte auf einmal die Stimme von Thomas Winkler durch den Flur. Der große stämmige Mann kam wie aus dem Nichts die Treppe heruntergerannt und stürmte in die Garage. Er packte Henrike Winkler am Oberarm und zerrte sie weg. Fanny sah noch, wie er mit einem Fuß die

Tür zuknallte, und dann wurde es wieder dunkel. Mittlerweile hatte die Dunkelheit fast etwas Vertrautes, und so brauchten ihre Augen nicht lange, um sich an den Wechsel zu gewöhnen. Innerhalb weniger Sekunden konnte Fanny die Umrisse des Raumes sehen. Viel interessanter war aber, was in dem Haus neben ihr vor sich ging. Sie spitzte die Ohren und hörte, wie Thomas Winkler seine Frau zusammenstauchte. Fanny konnte nicht alles verstehen, da er zwischendurch entweder sehr leise sprach oder sich immer wieder entfernte. So als liefe er irgendwo auf und ab. »Willst du der vielleicht noch eine Karte geben, welche Strecke wir genau nehmen wollen?«

»Thomas, es tut mir leid. Aber Frau Wolff wird uns nicht verraten«, hörte Fanny jetzt Henrike Winkler wimmern.

»Ach so? Und was macht dich da so sicher?«

»Sie versteht mich ...«, den Rest konnte Fanny nicht mehr hören, denn die Stimmen entfernten sich. Dann kamen sie wieder näher. »Es tut mir leid, Thomas, ich habe nicht nachgedacht«, hörte sie Henrike Winkler sagen.

»Das tust du in letzter Zeit wohl gar nicht mehr. Ich habe dir gesagt, du sollst endlich wieder deine Tabletten nehmen! Du treibst uns immer weiter ...«

Fanny konnte leider nicht hören, wie der Satz endete. Ins Unglück. Ins Verderben. In den Wahnsinn. Die Stimmen entfernten sich diesmal endgültig. So als wären die Winklers jetzt in den zweiten Stock gelaufen. Aber auch ohne noch mehr zu hören, wusste Fanny, dass sich ihre Chancen, hier noch lebend herauszukommen, gerade rapide verschlechtert hatten.

Sie rüttelte panisch an ihrem Stuhl. So stark, dass sie beinahe umgefallen wäre. Im gleichen Moment wurde ihr klar, dass das fatal wäre. Auf der Seite oder dem Rücken liegend, würde sie sich gar nicht mehr bewegen können. Fanny schnaufte. Sie wollte schreien, aber aus ihrer Kehle kam nur ein klägliches Piepsen. Sie merkte, wie Hitze in ihr aufstieg und sich ihr Herzschlag beschleunigte. Es war die Panik, die wie eine Flutwelle langsam heranrollte. Aber eine Attacke war das Letzte, was sie jetzt gebrauchen konnte. Sie konzentrierte sich auf ihren Atem. Ein und aus. Langsam. Zuversichtlich. Sie würde hier rauskommen.

Und vielleicht war Lars ja auch schon auf dem Weg. Sie stellte sich vor, wie ihr Bruder die Tür aufriss und ihr entgegengestürmt kam. Wie er sie umarmte und murmelte: »Gott, bin ich froh, dass dir nichts passiert ist.« Und wie sie dann gemeinsam nach Hause gingen und Marias Zander mit Spinat aßen.

Wenn sie hier rauskam, würde sie außerdem Ben anrufen und sich endlich für alles entschuldigen. Sie hatte sich nie entschuldigt. Sie war einfach abgehauen. Und neulich am Telefon hatte sie auch nicht die Chance genutzt, das mit ihnen wieder in Ordnung zu bringen. Dabei hatte Ben ihr mehrmals signalisiert, dass er sich ein klärendes Gespräch wünschte. Sie war feige gewesen. Aber damit würde Schluss sein, wenn ihr normales Leben wieder begann.

Auch das mit ihren Eltern würde sie kitten. Sie würde ihren Vater ins Auto verfrachten und zu ihrer Mutter fahren. Sie würde ihren Eltern sagen, dass sie endlich mit dem Schwachsinn aufhören und verdammt noch mal ihre goldenen Jahre miteinander genießen sollten. Reisen, essen und sich lieben sollten. Ihre Eltern würden sich in die Arme fallen und dann Hand in Hand den Deich in Richtung Ostsee entlangspazieren. Und während Fanny dann nach Hause fuhr – die Rügener Alleen mit ihren hohen alten Bäumen, die einem immer dieses besondere Gefühl von Geborgenheit gaben, entlang – würde sie, »Time of the Season« von The Zombies hören.

What's your name?
Who's your daddy?
Is he rich like me?
Has he taken any time
To show you what you need to live?

Sie begann, die Melodie vor sich hin zu summen. Als sie das Gefühl hatte, dass ihr Herz wieder normal schlug und ihr Atem einigermaßen gleichmäßig ging, versuchte sie, erneut den Stuhl zu bewegen. Sie drückte ihren Hintern nach links und tatsächlich, es gelang ihr, den Stuhl ein paar Zentimeter nach rechts zu rücken. Sie wiederholte das Ganze ein paarmal, bevor sie erschöpft eine Pause machte. Langsam näherte sie sich dem Tablett, das Henrike Winkler bei ihrem abrupten Abgang hatte stehen lassen. Wenn sie es schaffte, das Glas umzuschmeißen, könnte sie vielleicht etwas mit den Scherben anfangen.

In die Dunkelheit der Garage drang auf einmal wie aus weiter Entfernung ein Wimmern. Anfangs dachte Fanny, dass sie sich das Geräusch einbildete. Oder irgendwo in der Garage eine Maus saß? Dann begriff sie, dass es wohl Chiaras Weinen war. Die Winklers hatten das Mädchen also aufgeweckt. Das konnte nur bedeuten, dass die Familie wirklich losfahren wollte.

Fanny hielt inne und versuchte angestrengt zu hören, was da nebenan vonstattenging. Sie konzentrierte sich so sehr, dass sie irgendwann nur noch ein Rauschen im Ohr hörte. Nach einer Weile, und sie war sich nicht sicher, ob diese Weile zehn Minuten oder dreißig oder fünfzig waren, klappte die Haustür. Draußen wurde ein Wagen angelassen und mehrere Autotüren zugeschlagen. Gerade als sie erleichtert aufatmen wollte, denn die Flucht der Winklers war nicht das Schlechteste, was ihr passieren konnte, hörte sie, wie die Haustür wieder geöffnet wurde. Schritte näherten sich der Tür zur Garage, aber während Fanny fest damit rechnete, dass gleich der gute alte Lichtkegel auf sie fallen würde, kamen die Schritte kurz vor der Tür zum Stehen. Wer auch immer da draußen war, schien sich im Hauswirtschaftsraum zu schaffen zu machen. Fanny traute Henrike Winkler zu, dass ihr eingefallen war, dass irgendein wichtiges Kuscheltier von Chiara noch in der Dreckwäsche lag und sie dieses jetzt suchte. Nach einer Weile, Fanny hatte angefangen, die Sekunden zu Minuten durchzuzählen und es waren etwa zehn Minuten vergangen, entfernten sich die Schritte wieder. Die Haustür wurde verschlossen, und kurze Zeit später klappte erwartbar die Autotür und weg waren sie. Fanny wartete ab, aber die Winklers kehrten nicht mehr zurück. Sie waren weg, vielleicht ein für alle Mal. Immerhin hatte Frau Winkler ihr noch einmal zu trinken gegeben, sodass sie zumindest nicht fürchten musste, schnell zu verdursten. Sie hatte genug Zeit, um sich zu befreien. Oder geduldig auf Lars zu warten. Sie sprach sich selbst Mut zu und machte dann mit ihrem Stühlerücken weiter. Inzwischen war sie nur noch einen guten halben Meter von dem Stuhl und dem Tablett entfernt. Es fühlte sich an, als würde man mit einem Boot in Richtung Horizont fahren. Am Morgen bei Sonnenaufgang.

Und weil Fanny sich in grenzenlosem Optimismus übte und so wahnsinnig zuversichtlich war, hier heil wieder herauszukommen, dauerte es eine ganze Weile, bis ihr der Geruch auffiel, der langsam in die Garage kroch. Ganz kurz dachte sie, es wäre das noch heiße Risotto. Dann begriff sie, dass dieses Risotto nicht mehr heiß war und dass der Geruch nichts Positives an sich hatte. Es stank geradezu, so als würde irgendwo etwas brennen. Aber viel schlimmer war, dass noch etwas anderes in der Luft lag. Der Geruch von Gas.

15

Ich kann nicht die Hände in den Schoß legen und sagen:
Die sind zwar Schweine, aber was geht es mich an?
Hans Fallada

Der Rauch in der Garage wurde immer dichter. Und ihre Kopfschmerzen immer stärker. Es verging jetzt kaum noch eine Sekunde, in der sie nicht husten musste. Fanny wusste, dass es vor allem dieser Rauch war, der ihr Leben bedrohte. Viel mehr als das Feuer selbst. Menschen fielen meistens dem Qualm zum Opfer, nicht dem Feuer. Sie starben im Schlaf, gingen einfach dahin. Ohne Gegenwehr. Ohne überhaupt zu wissen, dass sie sterben. Wenn man schläft, schläft auch der Geruchssinn, hatte ihr mal ein Feuerwehrmann erklärt. Aber Fanny schlief nicht. Im Gegenteil, in der Dunkelheit, in der ihre Sehnerven wenig zu tun hatten, hatte sie das Gefühl, jede Riechzelle in ihrer Nase umso genauer zu spüren. Und der Rauchgeruch wurde immer unerträglicher und ihre Zeit damit immer knapper.

Irgendwann war es ihr gelungen, gänzlich an den Stuhl heranzurücken und das Tablett mit dem Glas auf den Boden zu kippen. Sie hatte sich umfallen lassen und versuchte nun, an einer Scherbe das Packband an ihren Händen aufzureiben. Bisher hatte ihr das vor allem blutige Hände eingebracht. In regelmäßigen Abständen erwischte sie die Scherbe nicht richtig. Statt in das Paketband, schnitt das Glas dann in ihren Arm. Es war fast erstaunlich, wie das immer wieder so weh tun konnte, als passiere es zum ersten Mal.

Durch die Tür drang nun das schrille Piepen des Rauchmelders, und Fanny fragte sich, wie lange es denn noch dauern konnte, bis in dieser behüteten Nachbarschaft jemand merken würde, dass im Hause Winkler etwas nicht stimmte. Sie hustete krampfhaft und merkte förmlich, wie ihr Atem immer flacher wurde, so als wolle sich ihr Körper vor den eindringenden Giften schützen.

Doch da war noch etwas anderes, was ihr Sorgen bereitete. Der Gasgeruch. Wenn die Winklers nicht nur ein Feuer gelegt hatten, sondern auch noch irgendwo eine Gasflasche geöffnet hatten, war die Gefahr groß, dass alles explodierte. Fanny versuchte, all ihre Energie wieder in Richtung der Hände zu kanalisieren. Er fühlte die Glasscherbe und begann dann erneut, mit den Handgelenken daran zu reiben. Der Widerstand des Klebebandes gab langsam nach. Wie ein Pfeil, der aus seinem Bogen herausschoss, trennte die Scherbe auch die letzte Faser des Bandes durch.

Fanny spürte, wie der Druck auf ihren Handgelenken nachließ. Ihr wurde jedoch gerade so schwindlig, dass sie ihren Kopf kurz auf den Boden legen musste. Dann begann sie, die Hände vorsichtig zu bewegen. Sofort hatte sie das Gefühl, von Nadeln traktiert zu werden. Es würde wahrscheinlich Minuten dauern, wenn nicht Stunden, bis sich ihre Hände nicht mehr so taub anfühlten. Aber für solche Kinkerlitzchen hatte sie jetzt keine Zeit. Sie versuchte, das Stechen so gut wie möglich zu ignorieren und legte die Scherbe zwischen Zeigefinger und Daumen. Ihre Hände begannen zu zittern. Es kostete sie einige Kraft, sich so zu verdrehen, dass sie an ihre Knöchel gelangte, aber im Moment schaffte sie es einfach nicht, sich aufzurichten. Sie spannte die Muskeln in ihrer rechten Hand an und begann an dem Band, das ihre Füße fesselte, herumzuscheuern. Es war deutlich strammer angebracht worden als das an ihren Händen. Ihre Füße lagen auch innerhalb der Fessel viel näher beieinander, sodass Fanny kaum einen Zentimeter Freiraum zum Unterhaken der Scherbe fand. Sie schrie auf. Das Glas hatte ihr sofort in die Haut geschnitten, denn natürlich hatte sie keine Socken an, es war ja Sommer. Sie spürte, wie ein kleines Rinnsal Blut auf ihre Hand floss, aber sie durfte jetzt nicht aufgeben, wo sie ihrem Ziel so nah war.

Immerhin gewann sie langsam die Kontrolle über ihre Hände wieder. Sie konnte die Finger endlich leicht krümmen und die Scherbe in die richtige Position bringen. Sie zerrte an dem Band. Schnitt. Zerrte. Schnitt. Zerrte. Und konnte ihr Glück kaum fassen, als sie das zischende Geräusch hörte, das bezeugte, dass die Scherbe endlich das Band eingerissen hatte. Der Glücksmoment sollte nicht lange anhalten, denn als sie versuchte, aufzustehen, spürte sie, wie die Beine unter ihr wegsackten und sie wieder auf den Steinboden sank. Der schrille Alarmton des Rauchmelders war das Letzte, was sie hörte.

Als sie aufwachte, dachte sie, sie wäre tot. Aber auch wenn Lars zwar die Locken eines Engels hatte, war sein Gesicht zu grob, um einer zu sein. Die Nase zu groß und die Augen zu klein. Es sei denn, sie war in der Hölle gelandet, dort, wo die Engel eben aussahen wie ihr Bruder Lars. Fanny bewegte ihre Lippen, doch kein Ton drang aus ihrem Mund. Sie drehte den Kopf ein wenig und sah ihre Eltern auf der anderen Seite neben sich stehen. Ihre Mutter schien etwas zu rufen, aber Fanny konnte sie nicht hören. Über dem Geschehen lag ein Schleier, eine Schicht aus Nebel wie ein Filter über den Augen. Sie spürte, wie jemand ihre Hand drückte, und erst in diesem Moment begriff sie, dass sie lebte. Dass sie höchstwahrscheinlich im Krankenhaus lag. Dass sie gerettet worden war. Sie seufzte stumm, voller Erleichterung, dann sank sie wieder in einen tiefen Schlaf.

Als sie abermals erwachte, fühlte sie sich wie neugeboren. Der Schleier war verschwunden und ihr Körper schien ihr wieder zu gehorchen.

»Mäuschen, was machst du bloß für Sachen«, hörte sie die Stimme ihrer Mutter und jetzt sah sie auch, wie Lars das Zimmer betrat.

»Fanny, du bist wach«, rief er aufgeregt.

Sie nickte langsam und räusperte sich. Im ersten Moment erkannte sie ihre Stimme kaum wieder. »Was ist passiert?«

»Moment, bevor ich dir das alles erzähle – weißt du, wo die Winklers hinwollten? Wir haben eine Großfahndung nach ihnen herausgegeben...«

»Aber Larsi, doch nicht jetzt, lass sie doch erst einmal zu sich kommen«, unterbrach ihre Mutter ihn.

»Flüchtlingsroute«, flüsterte Fanny, das Sprechen strengte sie deutlich mehr an, als sie im ersten Moment gedacht hatte, »Usbekistan.«

»Über die Flüchtlingsroute nach Usbekistan?«, wiederholte ihr Bruder verwundert.

Sie nickte schwach. Lars griff nach seinem Telefon und verließ das Zimmer.

»Mäuschen, trink mal was«, sagte ihre Mutter und hielt ihr einen Strohhalm hin. Aber die Situation erinnerte Fanny an Henrike Winkler. Sie schüttelte abwehrend den Kopf.

»Ah, da ist ja auch dein Vater. Bernd, komm schnell, sie ist aufgewacht.«

Ihr Vater tauchte in ihrem Gesichtsfeld auf. Er blieb in sicherer Entfernung hinter ihrer Mutter stehen. »Muckel, wie geht es dir?«, fragte er besorgt.

Sie schaute ihre Eltern an, wie sie dort in trauter Zweisamkeit standen, und lächelte. »Besser, viel besser.«

»Du hast uns vielleicht einen Schrecken eingejagt. Mensch, Kind, du ziehst die Gefahr aber auch magisch an!« Ihr Vater schaute sie halb vorwurfsvoll, halb erleichtert an.

Die Tür zu ihrem Zimmer öffnete sich erneut, und Lars kam wieder herein.

»Und?«, fragte Fanny, deren Stimme langsam wieder normal klang.

»Die werden nicht weit kommen, hoffe ich. Wir haben alle zuständigen Stellen informiert.«

»Hast du mich da rausgeholt?«

Lars nickte. »Aber du musst dich vor allem bei Dago bedanken. Er hat mich angerufen und alarmiert.«

Sie schaute ihren Bruder überrascht an.

»Als du ihm geschrieben hast, dass du bei den Winklers bist und er dich danach stundenlang nicht mehr erreichen konnte, ist er stutzig geworden. Gegen Mitternacht ist er in die Tribseer Vorstadt gefahren und hat dort zwar dein Fahrrad vor dem Haus der Winklers gesehen, aber niemand hat ihm die Tür geöffnet.«

»Und dann?«, fragte Fanny gespannt. Sie fühlte sich fast so, als würde sie eine Geschichte hören, in der es nicht um ihr eigenes Leben ging.

»Er ist ein bisschen ums Haus und in der Nachbarschaft herumgelaufen und als er da nicht weiterkam, ist er wieder nach Hause gefahren. Aber die Sache ließ ihn wohl nicht los, und so hat er sich nachts auf den Weg zu deiner Wohnung gemacht. Er dachte, dass du vielleicht irgendwie anders nach Hause gekommen bist. Na ja, und in der Wohnung hat er dann mich getroffen. Wir haben eins und eins zusammengezählt und sind sofort in die Tribseer Vorstadt gerast.«

»Du hast die Message von der Winkler also gar nicht gesehen?«, fragte sie enttäuscht.

Lars schüttelte seufzend den Kopf. »Ausgerechnet wenn du mich brauchst, hänge ich überm Klo. Hätte ich die Nachricht gelesen, wäre ich sofort gekommen.« Er atmete geräuschvoll aus. »Ich hätte dir einiges erspart, und die Winklers wären nicht geflüchtet.«

»Aber das mit Katrin war 'ne gute Idee, oder?«

»Sehr gut, Schwesterherz!« Lars griff nach ihrer Hand. »Na ja, jedenfalls haben Dago und ich dann gemeinsam mit der Feuerwehr das Garagentor aufgebrochen. Der Winkler hatte nicht nur ein Feuer gelegt, sondern auch die Gasflasche seines Heizpilzes geöffnet. Du hattest mehr Glück als Verstand.«

»Ich lass mir doch nicht euren Zwerg entgehen!«

»Euren Zwerg?«, horchte ihre Mutter auf, »ist Katrin etwa schwanger?«

Fanny und Lars lachten beide im gleichen Moment los.

»Was ist daran so witzig?«, fragte ihre Mutter empört, »Hallo, ihr beiden, kann mich mal jemand aufklären? Bernd«, sie knuffte Fannys Vater in die Seite, »weißt du, wovon die beiden reden?«

Vier Wochen später ...

Es schien fast, als sei die ganze Stadt auf den Beinen. Fanny lief durch das Hafenareal und fragte sich, ob es wirklich eine gute Idee gewesen war, gerade jetzt joggen zu gehen. Bereits in den Morgenstunden konnte man vor lauter Touristen kaum das Kopfsteinpflaster sehen. Sie machte ihre gewohnte Runde um den kleinen grünen Leuchtturm am Ende der Promenade und beobachtete, wie in der Marina ein neues Segelboot anlegte. Die Mecklenburg-Fahne wehte aufgeregt am Mast. Sie fühlte sich ähnlich wie die Flagge im Wind. Ganze vier Wochen lang hatte sie sich keiner körperlichen Anstrengung aussetzen dürfen, vier Wochen, in denen sie zu ihrer eigenen Überraschung nicht eine einzige Panikattacke hatte. Die Symptome waren wie weggeblasen, als hätte die unfassbare Angst vor dem Sterben in der Garage der Winklers sie ein für alle Mal vertrieben. Etwas mitgenommen fühlte sie sich trotzdem noch, und so hatte ihr der Arzt das Joggen nur unter der Bedingung erlaubt, dass sie regelmäßig Pausen machte.

Aber wie gut es sich anfühlte, endlich wieder in Bewegung zu sein. Sie hielt kurz inne und überlegte, dass das Wetter perfekt war, um später an den Strand zu fahren. Es sollte noch einmal richtig warm werden, höchstwahrscheinlich der letzte Sommertag, bevor der Herbst kam. Lars und Maria hatten sicherlich nichts gegen einen kleinen Ausflug, und sie konnten den Strandtag mit einem Besuch bei ihrer Mutter auf dem Mönchgut verbinden. Ihre Eltern lebten zwar immer noch getrennt voneinander, aber Fanny hatte bei ihrem letzten Besuch auf Rügen überrascht festgestellt, dass im Badezimmer auf einmal wieder Utensilien ihres Vaters standen. Anscheinend hatten die beiden wieder zueinandergefunden, wenn auch auf eine ungewöhnliche Art.

Fanny seufzte zufrieden und setzte ihren langen, schlaksigen Körper langsam in Bewegung. Es gab nichts Schöneres als den Sommer in ihrer Heimat, dachte sie verträumt, während sie an den hohen Hafenspeichern vorbeilief. Eine wohlige Wärme breitete sich in ihrem Bauch aus. So musste sich wohl Zufriedenheit anfühlen. Sie bog rechts ab und lief an der Feuerwehr und dem Gymnasium vorbei in Richtung Badeanstalt. Ein riesiger Schwarm Raben sammelte sich geräuschvoll über ihr in den Baumkronen. Der Blick auf den Steg, an dem sie damals Melanie Schmidt gefunden hatte, trübte ihre gute Laune ein wenig. Trotz ausgiebiger Fahndung waren die Winklers wie vom Erdboden verschluckt geblieben. Das Chaos durch die Flüchtlingsströme war einfach zu groß, und Lars vermutete, dass die Familie außerdem noch vor der deutschen Grenze das Auto gewechselt hatte.

Der Gedanke, dass das Ehepaar für immer mit dem unguten Gefühl, auf der Flucht zu sein, leben musste, beruhigte sie nur wenig. Andererseits, Fanny war sich nicht sicher, ob sie Thomas und Henrike Winkler lieber hinter Gittern gesehen hätte: Chiara hatte bereits alles verloren, ihr nun auch noch die Menschen zu nehmen, die wirklich alles – im Guten wie im Schlechten – für sie getan hatten, wäre brutal. Diese Welt brauchte nicht noch ein Kind, das im Kinderheim aufwuchs, ohne die elterliche Liebe, die für Menschen wie Fanny oder Lars selbstverständlich war. Vielleicht lag es daran, dass Fanny kaum Hass auf die Winklers verspüren konnte. Trotz allem, was sie getan hatten. Sie hatte in ihrer Arbeit als Kriegsreporterin wohl irgendwie gelernt, Dinge nicht persönlich zu nehmen. Und ihr Nahtoderlebnis hatte sie zusätzlich demütig gemacht. Es ging nicht um sie oder Janine Borgwardt, sie waren Kollateralschäden gewesen, so zynisch das auch klang. Und so wütend Fanny über den Mord an Melanie Schmidt war, sie konnte das Gefühl des Verständnisses für Henrike Winkler einfach nicht unterdrücken.

»Frau Wolff«, hörte sie plötzlich eine Stimme neben sich.

Fanny verlangsamte ihren Schritt und sah Lutz und Uta Thiele. Sie war so in Gedanken versunken gewesen, dass sie ihren Chef gar nicht gesehen hatte. Die beiden machten wohl ebenfalls eine Morgenrunde, wenn auch in deutlich langsamerer Gangart.

»Ich sehe, Sie laufen wieder«, nickte ihr Lutz Thiele anerkennend zu.

»Ja«, antwortete Fanny außer Atem, »und ab Montag bin ich wieder in der Redaktion.«

»Ich habe Ihren Artikel über Melanie gelesen«, sagte Uta Thiele und legte ihre Hand auf Fannys Schulter, »was für ein berührender Text. Da haben Sie wirklich ganze Arbeit geleistet. Sie haben Melanies Leben und das ihrer Kinder so eindringlich beschrieben, dass es selbst mir die Tränen in die Augen getrieben hat. Und das, obwohl man ja eigentlich mit den Jahren abstumpfen sollte ...«

»Gibt es denn Neuigkeiten von diesen Adoptiveltern? Wie hießen die noch?« Thiele schaute suchend zu seiner Frau.

»Thomas und Henrike Winkler.«

»Nichts, soweit ich weiß«, antwortete Fanny kopfschüttelnd.

»Ganz ehrlich gesagt, und ich weiß, dass das für Sie wie blanker Hohn klingen muss, aber für Chiara ist das vielleicht nicht die schlechteste Lösung ...«

Fanny winkte ab. »Frau Thiele, das habe ich auch schon gedacht.«

»... Justin hatte ja leider nicht das Glück ...«

»Wie geht es dem Jungen?«

»Na ja, etwas besser. Aber wir suchen immer noch händeringend eine Pflegefamilie für ihn.«

Fannys Herz machte auf einmal einen Satz. Das Gefühl irritierte sie fast. Es war, als wollte ihre innere Stimme ihr etwas sagen. Und das, obwohl sie bis vor einer Sekunde nicht an so etwas wie innere Stimmen geglaubt hatte. Aber irgendetwas veränderte sich in diesem Moment. Die Sonne strahlte heller, oder der Himmel wurde blauer. Es wehte ein Hauch von Enthusiasmus. Fanny holte tief Luft und schaute Uta Thiele eindringlich an: »Was müsste man denn tun, um die Pflegschaft zu übernehmen?«

* * *

Anmerkungen der Autorin

Die gesamte Geschichte, sämtliche Personen und Zusammenhänge habe ich mir an meinem Schreibtisch voll und ganz ausgedacht. Ich bin in Stralsund aufgewachsen und habe dieses Heimatgefühl ins Buch einfließen lassen. In diesem Sinne stammen auch sämtliche Zitate vor den Kapiteln von Künstlern, die in Mecklenburg-Vorpommern geboren wurden und/oder lebten.

Für die Flashbacks aus Fannys Zeit als Kriegsreporterin habe ich echte Artikel von Kriegsreportern verwendet.

Der Flashback Gaza entspringt einem Bericht von France-24-Reporter Gallagher Fenwick, der 2014 um die Welt ging, weil während der Live-Schalte ins Studio eine Rakete direkt neben dem Reporter in Gaza abgeschossen wurde.

Der Flashback Bagdad bezieht sich auf einen Artikel von Wolfgang Bauer aus dem Jahr 2015, der unter dem Titel »Die Straße der Angst« in *Die Zeit* erschienen ist.

Die Rückblende nach Afghanistan basiert auf einer Reportage von Julian Reichelt für die *Bild*, die dort 2007 unter dem Titel »Sie können uns töten, aber niemals besiegen« veröffentlicht wurde.

Der Flashback aus dem Flüchtlingslager Shatila in der Nähe Beiruts ist von einer Multimedia-Doku des Senders

CBC inspiriert, die unter dem Titel »Exile without End« von Nahlah Ayed and Radio-Canada's Ahmed Kouaou and Danny Braün recherchiert wurde.